KB097163

좁은 문

A. 지드 지음

구자운 옮김

일신서적출판사

좁은 문

차례

좁은 문

"이 세상 그 어떤 불가항력의 힘이

오늘 나를 주께로 이끄는가?

인간의 무리 위에 지주를

세우는 자는 불행하리라!"

❋ **1** ❋

　만일 다른 사람들이었더라면 이 이야기를 한 권의 책으로 꾸며
낼 수도 있었을 것이다. 그러나 지금 내가 하고 싶은 이 이야기는 나
의 모든 것을 다해 체험하였고, 그러한 만큼 나의 기력을 모두 소모
시켜 버렸던 그러한 이야기이다. 그래서 될 수 있는 한 간명하게 적
어 나가려 한다. 나의 회상에 의한 이야기가 가끔씩 건너뛰며 흐트
러져 있다 할지라도, 나는 그것을 시간적인 순서에 따라 잇거나 바
로잡기 위해 의도적으로 꾸미거나 어떠한 것도 덧붙이지 않을 것이
다. 회상을 꾸미려 하는 욕망은 그것을 이야기하는 데서 얻게 될 마
지막 즐거움마저 망쳐 버릴 것이기 때문이다.

　나는 아버지를 여의었을 때 채 열두 살도 안 된 어린아이였었다.
생전에 아버지가 의사로 지내시던 르아브르에 더 이상 머물러 있을
필요가 없게 되자, 어머니는 내게 좀더 나은 교육 환경을 마련해 줄

수 있으리라는 생각에서 파리로 옮겨 살기로 작정하셨다. 어머니는 뤽상부르 공원 부근에 있는 자그만 아파트를 구하셨고, 그 아파트에서 미스 애슈버튼이 우리와 함께 살게 되었다.

당시 가족이라곤 아무도 없었던 플로라 애슈버튼은 처음에는 어머니의 가정교사였지만, 곧 서로 말벗이 되어 마침내는 친구가 된 그런 분이었다. 내게 언제나 상복 차림이었던 것으로밖에는 기억되지 않는, 한결같이 온화하고 슬픈 표정의 그 두 여인 곁에서 나는 자라났던 것이다. 아마도 아버지가 돌아가신 지 꽤 오랜 후의 어느 날 아침이었을 것이다. 어머니는 언제나 당신의 모자에 달고 계셨던 검은 리본 대신에 주홍빛 리본으로 바꿔 다셨다. 그것을 본 나는 큰소리로 외쳤다.

"엄마! 그 색깔은 엄마한테 전혀 어울리지 않아요!"

그 이튿날 어머니는 다시 검은 리본을 달고 계셨다.

나는 몹시 허약한 체질이었다. 하지만 내가 피곤하지 않도록 항상 깊은 관심을 보여 주셨던 어머니와 미스 애슈버튼의 알뜰한 보살핌 속에서도 내가 게으름뱅이가 되지 않을 수 있었던 것은, 내가 공부하는 데 정말 재미를 느끼고 있었기 때문이다. 초여름에 접어들어 날씨가 좋아지자 두 분은 내가 도시를 떠날 때가 되었다고 생각하셨다. 도시에서는 나의 섬약한 체질이 점점 더 나빠질 뿐이라고 판단하셨기 때문이다. 우리는 매년 유월 중순경이면 으레 르아브르 근교의 퐁그즈마르로 떠나곤 했다. 우리는 매년 여름을 그곳에 있는 뷔콜랭 외삼촌 댁에서 보내곤 했던 것이다.

별로 크지도 않고 그리 아름답지도 않아, 노르망디 지방의 다른 정원들에 비해 두드러진 점이라고는 아무것도 없는, 정원에 서 있는 하얀 이층 건물인 뷔콜랭 가(家)는 18세기 대부분의 시골 집들과 비슷했다. 그 집은 동쪽으로 정원을 향해 스무 개 남짓한 커다란 창들이 나 있었고, 뒤쪽으로도 그 정도의 창들이 있었다. 그러나 집 양쪽에는 창문이라고는 하나도 없었다. 창문에는 작은 유리들이 끼워져 있었는데, 갈아 끼운 지 얼마 되지 않아 보이는 몇몇 유리창들이 이끼색의 흐릿한 해묵은 창문들 사이에서 유난히도 말갛게 보였다. 이 유리창 중 어떤 것들에는 집안 사람들이 '거품'이라고 부르는 흠집이 나 있었는데, 그것을 통해서 바라보면 나무들은 갑자기 비틀거리고, 마침 그 앞을 지나가는 우체부에게는 난데없이 혹이 생기기도 하였다. 길고 네모진 정원은 담으로 둘러싸여 있었다. 정원은 집 앞쪽으로 꽤 널따랗고 그늘진 잔디밭을 이루고 있었는데 그 잔디밭 둘레를 자갈이 깔린 좁은 길이 띠처럼 에워싸고 있었다. 한쪽으로는 정원을 둘러싸고 있는 낮은 담 너머로 이 지방 특유의 너도밤나무가 늘어서 있는 길로 경계 지워진 농가의 안마당과 건물들을 들여다볼 수 있었다.

집 뒤편인 서쪽으로는 정원이 한결 시원하게 트여 있었다. 이름 모를 풀꽃들이 여기저기 피어 있는 오솔길은 남쪽에 있는 과일나무의 가지런한 가지들 앞으로 뚫려 있어, 포르투갈 산(産) 계수나무의 무성한 장막과 몇 그루의 나무에 의해 바다 바람으로부터 보호받고 있었다. 그리고 북쪽 담을 따라 트여 있는 또 하나의 오솔길은 우거진 나뭇가지를 아래로 잦아들 듯 사라져 가고 있었다. 내 사촌들은 이 오솔길을 '어두운 길'이라고 불렀는데, 저녁 어스름이 스러진 뒤에는 좀처럼 그 길에 들어서려고 하지 않았다. 이 두 길은 채소밭으로 통해 있었으며, 채소밭은 층계를 몇 발자국 내려선 곳에서 아래 정원으로 이어지고 있었다. 그리고 이 채소밭의 한 끝, 조그만 비밀 문이 나 있는 담 맞은편에는 벌채림(伐採林)이 있었고, 너도밤나무 오솔길이 좌우 양쪽에서 그곳에 이르고 있었다. 서쪽 현관 층계에서는 작은 수풀 너머로 고원이 건너다 보이고, 그 위를 뒤덮은 농장의 수확물들도 바라다보였다. 또한 지평선 쪽으로는 그렇게 멀지 않은 곳에 마을의 자그만 교회가 눈에 띄고, 바람이 잔잔한 날 저녁 무렵에는 몇몇 집에서 피어오르는 저녁을 짓는 연기가 보이기도 했다.

여름의 아름다운 석양녘이면 우리는 저녁 식사를 끝낸 후 아래의 정원으로 내려가곤 했었다. 그 조그만 비밀 문을 지나서 우리는 주위가 어느 정도 잘 보이는 한길 가의 벤치까지 가곤 했는데 거기 이미 폐광이 된 이회암(泥灰岩) 채굴터의 이엉으로 엮은 지붕 가까이에 있는 벤치에 외삼촌과 어머니, 그리고 미스 애슈버튼이 자리 잡곤 하였다. 바로 앞 작은 골짜기에는 짙은 안개가 피어올랐고, 먼 숲 위에서 하늘은 황금빛으로 물들어 가는 것이 보였다. 그러고 나서도 우리는 이미 어두워진 정원의 아래쪽 끝에서 얼마 동안 머물곤 했다. 그러다가 다시 집 안으로 들어오면 그때까지 그대로 응접실에 앉아 계셨던 외숙모를 볼 수 있었다. 외숙모는 우리와 함께 정원에 나간 적이 거의 없었다. 우리 아이들에게는 이것으로써 저녁 시간이 끝나야 했지만, 우리는 종종 어른들이 올라오는 기척이 있을 때까지 책을 읽기도 하였다.

우리는 정원에서 보내는 시간 외에 거의 모든 시간을 원래는 외삼촌의 서재였으나 우리들을 위해 자그만 책상들을 들여 놓고 꾸민, 우리들의 '공부방'에서 지냈다. 외사촌 동생 로베르와 나는 나란히 앉아 공부했고, 우리 뒤에서 쥘리에트와 알리사가 나란히 앉아 공부를 했다. 알리사는 나보다 두 살이 더 많았으며 쥘리에트는 한 살 아래였고, 우리 넷 중에선 로베르가 가장 어렸다.

앞으로 내가 써나가려고 하는 것은 나의 어린 시절 전체에 대한 회상이 아니라 다만 이 이야기와 연관이 있는 부분에 대해서만이다. 이 이야기가 시작된 것은 아버지가 돌아가신 바로 그 해부터라고 해야 될 것 같다. 집안의 불행, 그리고 나 자신의 슬픔에 의해서가 아니라면, 적어도 어머니의 슬픔을 지켜보는 것에 의해 감수성에 자극을 받았던 나는 생소한 감정이 유발되었던 탓인지 매우 조숙했었다. 그 해 우리가 다시 퐁그즈마르에 왔을 때, 쥘리에트와 로베르는 그만큼 더 어려 보였다. 그러나 알리사를 보는 순간 나는 우리 두 사람은 이제 더 이상 어린아이들이 아니라는 사실을 깨닫게 되었다.

틀림없이 그것은 아버지가 돌아가신 바로 그 해였다. 우리가 그곳에 도착한 직후 어머니와 미스 애슈버튼이 주고받던 대화가 이러한 나의 기억을 확실하게 해준다. 나는 그때 어머니와 미스 애슈버튼이 이야기하고 있던 방에 불쑥 들어갔었다. 두 분은 외숙모에 대해서 이야기하고 있었는데, 어머니는 외숙모가 상복을 입지 않았다든가 아니면 벌써 벗어 버렸다든가 하는 일로 역정을 내고 계셨다. (사실 내게는 검은 상복 차림의 뷔콜랭 외숙모를 상상하기란 화려한 옷차림의 어머니를 그려 보는 것만큼이나 어려운 일이다.) 내 기억으로는 우리가 그곳에 도착하던 그날 뤼실르 뷔콜랭은 모슬린 옷을 입고 있었다. 언제나 그렇듯이 보다 타협적인 미스 애슈버튼은 어머니의 마음을 가라앉히려고 애쓰고 있었다. 그녀는 조심스러운 어투로 항변하였다.

"아무튼 흰빛도 상복 차림이라고 봐 줄 수 있지 않나요?"

"그럼 그녀가 어깨에 두른 빨간 숄도 상복 차림이라고 할 수 있단 말이에요? 애슈버튼, 당신은 화를 돋우시는군요."

어머니는 소리를 지르셨다.

내가 외숙모를 본 것은 단지 여름방학 때뿐이었는데, 내 눈에 익숙한 외숙모의 많이 드러내 보이는 가벼운 웃옷 차림새도 아마 더위 탓이었을 것이다. 그러나 어머니의 눈에 그토록 거슬렸던 것은 외숙모가 드러낸 어깨 위에 걸친 숄의 타는 듯한 빛깔보다도 목이며 가슴을 그렇게 많이 드러내 놓은 모습 때문이었다.

뤼실르 뷔콜랭은 몹시 아름다웠다. 내가 지금도 지니고 있는 외숙모의 작은 초상화는 그 무렵의 모습을 아주 잘 보여 주고 있는데, 그녀는 자기 딸들의 언니로 오인될 정도로 젊어 보였고, 늘상 그런 것처럼 비스듬히 앉아서 왼손으로 턱을 괴고 새끼손가락을 거만하게 입술 쪽으로 약간 구부린 모습이다. 망이 굵은 그물이 그녀의 곱슬곱슬한 머리채를 감싸고 있고, 머리는 반쯤 풀어져서 목에 드리워져 있다. 그녀의 웃옷 깃 사이의 움푹 패인 곳엔 검정 벨벳 리본을 했는데, 그 리본엔 이태리식 모자이크 메달이 느슨하게 달려 있다. 큼직한 매듭이 조용히 흔들거리는 검정 벨벳으로 만든 허리띠, 의자 등받이에 끈으로 매달아 늘어뜨린 차양이 넓은 우아한 밀짚모자, 이러한 모든 것들이 외숙모의 모습을 더욱 앳되어 보이게 한다. 아래로 늘어뜨린 오른손에는 접혀진 책 한 권이 들려 있다.

뤼실르 뷔콜랭은 식민지에서 태어난 사람이었다. 외숙모는 부모가 누군지도 모른다고 하기도 했으며, 또는 아주 어렸을 때 부모를 여의었다고 하기도 했다. 나중에 어머니가 나에게 들려주신 얘기로는, 어렸을 때 버려졌거나 고아였던 그녀를 마침 그때까지 아이가 없던 보티에 목사 부부가 입양했는데, 그들이 마르티니크를 떠나게 되어 뷔콜랭 집안이 살고 있던 르아브르로 데려 왔다는 것이다. 보티에 가와 뷔콜랭 가는 집안끼리 서로 가까웠다고 한다. 외삼촌은 그 당시 외국에 있는 은행에서 근무하고 있었기 때문에 뤼실르를 만나게 된 것은 3년 후, 그 분이 가족들 곁으로 돌아왔을 때였다고 한다. 외삼촌이 뤼실르를 만나자 깊은 사랑에 빠져 구혼을 하는 바람에 외조부모님과 나의 어머니는 걱정을 했다고 한다. 그때 뤼실르는 열여섯 살이었으며, 그 동안 보티에 부인은 자기의 아들을 둘이나 낳아 기르고 있었는데, 날이 갈수록 성격이 괴팍해지는 양녀가 자기 자녀에게 끼치게 될 영향을 두려워하고 있었다고 한다. 그런데다가 보티에 집안은 살림 형편도 그리 넉넉하지 못했기 때문에, 그런 사정들이 보티에 부부가 외삼촌의 청혼을 기꺼이 받아들이게 했다고 어머니는 내게 이야기해 주셨다. 더구나 이미 성숙한 뤼실르가 보티에 목사 부부를 몹시 곤란하게 했을 거라고 나는 생각한다. 르아브르 지방의 분위기를 잘 알고 있는 나로서는 마을 사람들이 그처럼 매혹적인 처녀 뤼실르를 어떻게 대했을지는 어렵지 않게 상상할 수 있다.

보티에 목사는 그 뒤에 나도 알게 되었지만, 온화하고 매우 신중하며 또한 몹시 순진한 분으로서 모략에 대해서는 도저히 감당을 못하는, 악(惡) 앞에선 완전히 무력한 분이었다. 따라서 그 훌륭한 분은 분명히 뤼실르로 인해 궁지에 빠져 있었을 거라고 생각된다.

보티에 부인에 대해서는 나는 아무런 이야기도 할 수가 없다. 부인은 넷째 아이, 거의 나와 동년배이고 후에 내 친구가 된 아이를 낳다가 돌아가셨기 때문이다.

뤼실르 뷔콜랭은 우리의 생활에는 거의 끼어들려 하지 않았다. 그녀는 점심 식사 시간이 지나서야 자기 방에서 내려왔으며, 내려와서도 곧 긴 의자나 그물 침대에 누워 지내다가 저녁때가 다되어서 나른한 듯이 일어났다. 그녀는 윤기라곤 전혀 없는 이마에다 이따금씩 마치 땀이라도 닦으려는 듯이 손수건을 갖다 대곤 했는데, 그녀의 피부는 매끄럽고 깨끗하였다. 그 손수건의 화사함과 또한 꽃향기라기보다는 오히려 산뜻한 과일 냄새에 가까운 향내에 나는 언제나 경탄을 감추지 못했었다. 그녀는 가끔 허리띠에서 여러 가지 노리개와 함께 시계줄에 매달려 있는 매끄러운 은제 뚜껑이 달려 있는 작은 거울을 꺼냈었는데, 그녀는 그 작은 거울에 얼굴을 비춰 보면서 한 손가락을 입술에 대고 약간의 침을 묻혀서는 눈꼬리를 축이곤 하였다. 그녀는 종종 책을 들고 있었지만 책은 언제나 닫힌 채였고, 책의 중간쯤에는 거북 등껍질로 만든 책갈피가 끼워져 있었다. 누가 곁으로 가까이 다가가도 그녀는 그가 누군지 알아보기 위해 몽상에 잠긴 눈을 들거나 돌리는 법이 없었다. 종종 그녀 자신의 부주의로 인해 나른하게 늘어뜨린 손에서, 또는 의자의 뒤나 그녀의 치마폭 주름 사이에서 손수건이나 책, 꽃잎이나 책갈피 같은 것이 바닥으로 흘러 떨어지는 일이 있었다. 어느 날, 나는 그렇게 하여 떨어져 있는 책을 주워 본 일이 있었는데—그런 건 어린 시절의 일반적인 추억일 것이다—그것이 시집임을 알고 얼굴을 붉혔었다.

저녁 식사가 끝나고 나서 뤼실르 뷔콜랭은 테이블에 둘러앉아 있는 우리에게 끼지 않고 피아노 앞에 앉았다. 그러고는 거기서 쇼팽의 느린 마주르카를 한 곡 치면서 차분한 휴식을 누리는 것이었다. 때로는 악절을 무시하고 중간에서 연주를 멈추고는, 어느 한 음만을 누른 채 꼼짝 않고 있기도 했다.

나는 외숙모에게서 야릇한 거북스러움, 찬탄과 두려움이 섞인 혼란된 감정을 느꼈다. 아마도 알 수 없는 어떤 것이 본능적으로 그녀에 대한 경계심을 갖게 했는지도 모른다. 게다가 나는 외숙모가 플로라 애슈버튼과 나의 어머니를 경멸한다는 것을 느꼈는데, 그것은 미스 애슈버튼이 그녀를 두려워하고 어머니는 그녀를 좋아하지 않았기 때문이다.

뤼실르 뷔콜랭, 나는 더 이상 당신을 원망하려 하지 않으며, 또한 당신이 얼마나 큰 잘못을 저질렀는가 하는 것도 잠깐 잊고 싶은 마음입니다. 어쨌든 나는 적어도 노여움 없이 당신에 대한 이야기를 해보려 합니다.

그 해 여름 어느 날—어쩌면 그 이듬해였는지도 모른다. 언제나 같은 배경이었기 때문에 내 기억은 가끔 헛갈리곤 한다—나는 책을 한 권 찾으려고 응접실에 들어갔는데 그녀가 그곳에 있었다. 나는 곧 되돌아 나오려 했다. 그런데 다른 때에는 나를 거들떠보지도 않던 그녀가 나를 불러 세웠다.

"너는 왜 그리 도망치려고만 하니? 제롬, 내가 무서우니?"

나는 가슴이 마구 뛰는 것을 느끼며 그녀에게로 다가가서는 힘들게 미소를 지어 보이며 그녀에게 손을 내밀었다. 그녀는 한 손으로 내 손을 잡고 다른 손으로는 내 뺨을 어루만졌다.

"어쩜 네 어머니는 아이에게 이렇게 흉하게 옷을 입힌담! 가엽게도……."

그때 나는 깃이 넓은 해군복 같은 옷을 입고 있었는데, 그녀는 갑자기 내 옷을 잡아당기기 시작했다.

"이 옷은 깃을 많이 젖혀 입어야 보기 좋단다." 그녀는 내 옷의 단추를 하나 풀면서 말했다. "자! 보렴, 훨씬 낫지 않니?" 그러고는 자기의 작은 거울을 꺼내더니 내 얼굴을 자기 얼굴 가까이 끌어당기고는, 훤히 드러난 팔로 내 목을 감고 반쯤 풀어 젖혀진 내 옷 속으로 손을 밀어 넣으면서 간지럽지 않느냐고 웃는 얼굴로 물었다. 그러면서 자꾸만 아래로 손을 밀어 넣었다. 내가 너무 갑작스럽게 몸을 빼내려 하는 바람에 그만 내 옷이 조금 찢어지고 말았다. 나는 얼굴이 홍당무처럼 빨개진 채 재빨리 몸을 빼어 달아나는데, 그녀가 내 등 뒤에서 소리쳤다. "어머! 이런 바보 좀 보게나!" 나는 곧바로 채소밭의 반대쪽 끝으로 달려가서는 거기에 있는 작은 물통에 손수건을 적셔, 이마며 뺨이며 목덜미며 그녀의 손길이 닿았던 모든 곳을 닦고 문질렀다.

가끔 뤼실르 뷔콜랭은 '발작' 이라는 것을 일으켰다. 그것은 갑자기 그녀를 사로잡아, 마침내는 온 집안을 뒤집어 놓곤 했다. 그럴 때면 미스 애슈버튼은 부랴부랴 아이들을 따로 불러내어 관심을 다른 데로 돌리게 하려고 했지만, 침실이나 응접실에서 터져 나오는 그 무서운 외침 소리를 듣지 못하게 할 수는 없었다. 외삼촌은 거의 미친 사람이 다 되어 수건이나 오드콜로뉴, 에테르를 찾기 위해 복도를 뛰어다녔다. 그리고 그런 날이면 외숙모의 모습이 나타나지 않은 저녁 식탁에서 근심스러운 빛을 떨치지 못하는 외삼촌의 얼굴은 더욱 늙고 초췌해 보였다.

발작이 거의 진정되면 뤼실르 뷔콜랭은 로베르와 쥘리에트를 자기 곁으로 오도록 하였다. 그러나 알리사는 부르지 않았다. 그런 날이면 가끔 외삼촌이 알리사를 보러 가곤 했다. 외삼촌은 자주 알리사와 얘기를 하는 편이었다.

외숙모의 발작은 항상 하인들에게 깊은 충격을 주곤 했다. 어느 날엔가 그녀의 발작이 유난히 심하여, 응접실에서 일어나는 소리가 잘 들리지 않는 어머니의 방에 있으라는 명령을 받고 어머니와 함께 있을 때였다. 순간 주방의 하녀가 고함을 지르며 달려가는 소리가 났다.

"주인님, 얼른 내려오셔야겠어요. 마님이, 마님이 지금 돌아가세요!"

그때 외삼촌은 알리사의 방에 올라가 계셨었다. 어머니는 외삼촌을 만나러 나가셨다. 15분쯤 후, 내가 머물러 있던 어머니 방의 창 밑에서 외삼촌과 어머니가 얘기하는 걸 들었다. 어머니의 말소리가 들려왔다.

"내 생각을 말해 볼까? 이건 다 연극이야!" 그리고 어머니는 각 음절을 또박또박 강조하면서 몇 번이고 '연극'이라는 말을 되풀이했다.

그것은 나의 아버지가 돌아가신 지 2년 후, 여름방학이 끝나갈 무렵에 일어났었다. 이 일이 있었던 후로 나는 오랫동안 외숙모를 보지 못했다. 우리 집안을 뒤흔들어 놓은 그 불행한 사건이 일어나기 전에, 그 마지막 재난이 일어나기 얼마 전에, 그때까지 뤼실르 뷔콜랭에 대해 느껴온 나의 복잡하고도 모호한 감정을 마침내는 뚜렷한 증오심으로 바꿔 놓은 작은 사건이 하나 있었는데, 그 사건을 이야기하기에 앞서 나는 먼저 내 외사촌 누이에 대한 이야기를 해야 할 것 같다.

　　그때까지 나는 알리사 뷔콜랭이 아름다운지조차도 깨닫지 못하고 있었다. 내가 그녀에게 이끌리고 그녀 가까이 머무르려고 한 것은 단순히 용모의 아름다움 때문이 아니라 그녀의 좀더 색다른 매력 때문이었다. 물론 그녀는 자기 어머니를 많이 닮았다. 그러나 그 눈매가 외숙모와는 너무나 달라서 나는 그 두 사람이 닮았다는 사실을 뒤늦게야 알게 되었다. 지금 나는 아무래도 알리사 그녀의 얼굴 모습을 그려낼 수가 없다. 그녀의 얼굴 생김새와 눈빛마저도 도저히 생각나지 않는다. 지금 나에게 보다 분명하게 떠오르는 것은 이미 그때부터 슬픈 빛을 띠고 있던 그녀의 미소와, 커다란 호선(弧線)을 그리며 눈 위로 시원하게 올라붙은 눈썹의 선뿐이다. 지금까지도 나는 그런 눈썹을 본 적이 없다. 단테 시대의 플로렌스에서 만들어졌다는 조그만 조상(彫像)에서 본 것 말고는. 그래서 나는 어린 베아트리체도 그런 눈썹처럼 아주 둥그렇고 시원한 호선의 눈썹이었을 것이라고 즐겨 상상하곤 했었다. 그러한 눈썹은 그녀의 눈길에, 몸 전체에 근심스러운 듯한, 그러면서도 미더운 질문의 표정—그렇다, 열정적인 질문을 주었다. 그녀에게 있어 모든 것은 다만 물음이었으며, 기다림이었다. 그녀의 이런 물음이 어떻게 나를 사로잡았고 어떻게 나의 인생을 결정짓게 했는가를 이제 나는 당신들에게 이야기하려고 한다.

어쩌면 보는 이에 따라서는 쥘리에트 쪽이 더 아름답게 보일 수도 있을 것이다. 그녀에게서는 쾌활함과 건강미가 온통 빛을 발하고 있었으나 그녀의 아름다움은 언니의 우아한 자태에 비하면 외면적이고 누구에게나 단번에 드러나는 그러한 것이었다. 외사촌 동생 로베르는 개성이 전혀 없는 평범한 성격의 그저 내 나이 또래의 건강한 사내아이에 지나지 않았다. 나는 쥘리에트와 로베르와는 함께 놀았고 알리사와는 함께 이야기를 나누었다. 알리사는 우리의 놀이에 끼어드는 일이 거의 없었다. 아무리 까마득한 과거를 거슬러 올라가 보아도 진지하게 생각에 잠긴 채 부드럽게 미소를 짓고 있는 그녀의 모습만이 떠오를 뿐이다. 알리사와 나는 어떠한 이야기들을 나누었던가? 아직 어린 두 아이들이 무슨 얘기를 나눌 수 있었겠는가? 이제 나는 그러한 것들을 얘기하겠지만, 나중에 다시 외숙모에 대한 얘기를 꺼내지 않도록 하기 위해, 우선 외숙모에 대한 이야기를 끝마치려고 한다.

아버지가 돌아가신 지 2년 후, 어머니와 나는 르아브르에서 부활절 방학을 보내고 있었다. 우리는 시내에서 비좁게 지내는 외삼촌 댁이 아니라 한결 더 넓은 이모님 댁에서 머물기로 하였다. 내가 자주 만나 뵙지 못한 플랑티에 이모님은 오래 전에 홀로 되신 분이었다. 나보다 훨씬 손위고 성격도 아주 다른 이종 사촌들과는 겨우 얼굴이나 아는 정도였다. 그리고 플랑티에 이모 댁은 시내에 있는 것이 아니라 사람들이 '산마루'라고 부르는, 시내가 환히 내려다보이는 언덕배기 중턱쯤에 있었다. 뷔콜랭 외삼촌 댁은 상가(商街) 근처에 있었는데, 가파른 지름길을 이용하면 두 집 사이를 재빨리 오갈수 있었다. 하루에도 몇 번씩 나는 그 길을 구르듯 달려 내려갔다가 다시 기어오르곤 했다.

그날 난 외삼촌 댁에서 점심을 먹었다. 식사 후에 외삼촌은 외출을 하셨다. 나는 사무실까지 외삼촌을 따라갔다가 어머니를 찾기위해 플랑티에 이모님 댁으로 갔다. 그러나 어머니는 이모님과 함께 외출을 하셨기 때문에 저녁때나 돌아오신다는 것이었다. 나는더 이상 지체하지 않고 다시 시내로 내려갔다. 혼자서 이렇게 거리를 자유롭게 쏘다닐 수 있는 기회가 나에게는 무척 드문 일이었으므로 나는 즐거운 기분으로 부두로 갔다. 부두는 바다에 짙게 낀 안개 때문에 침울하고 구슬프게 보였다. 나는 한 두세 시간쯤 선창가를 어슬렁거리며 돌아다니다가 불현듯 불쑥 알리사를 찾아가서 놀라게 해주고 싶은 욕망에 사로잡혔다. 사실 알리사와 헤어진 지가얼마 되지 않았지만……. 나는 시내를 가로질러 달려가 뷔콜랭 댁벨을 울렸다. 내가 막 층계를 달려올라 가려고 했을 때 문을 열어 준하녀가 나를 가로 막았다.

"올라가지 마세요. 제롬 도련님! 올라가시면 안 된다니까요. 마님이 발작을 일으키셨단 말이예요."

그러나 나는 못 들은 척하고 그대로 올라갔다. 내가 만나러 온 사람은 외숙모가 아니라고 생각하면서. 알리사의 방은 3층에 있었다. 1층에는 응접실과 식당이, 그리고 2층에는 외숙모의 방이 있었는데 거기서 말소리가 새어 나오고 있었다. 방문이 열려 있었고, 나는 그 앞을 지나가야만 했다. 방에서 흘러나온 한 줄기 불빛이 층계참을 꺾어 내비치고 있었다. 들키지나 않을까 하여 잠시 멈칫하다가 나는 몸을 숨겼다. 그러나 다음 순간 눈에 띄는 방 안의 광경에 아연해지고 말았다. 커튼으로 가려져 있긴 해도 두 개의 갈래 촛대에 꽂혀 있는 촛불이 은은하고 밝은 빛을 흩뿌리고 있는 방 안은 너무나도 잘 드러났다. 불빛 환한 방 한가운데에 외숙모가 긴 의자 위에 길게 누워 있었고, 그 발치에 쥘리에트와 로베르가 서 있었다. 지금에서야 쥘리에트와 로베르가 그 자리에 있었다는 것이 왠지 부자연스럽고 기괴하게 생각되지만 당시의 순진한 생각으로는 오히려 안도감을 주었다.

"뷔콜랭! 뷔콜랭! 내게 만일 양이 한 마리 있었다면 나는 틀림없이 뷔콜랭이란 이름을 지어 주었을 텐데……."

날카로운 목소리로 이런 말을 되풀이하는 낯선 젊은이를 아이들은 웃으며 쳐다보고 있었다. 외숙모까지도 큰 소리로 웃어젖혔다. 나는 외숙모가 젊은 사내에게 불을 붙이라고 담배를 한 개비 내밀고, 그것을 몇 모금 빨다가 바닥에 떨어뜨리는 것을 보았다. 사내는 담배를 주우려고 성큼 발을 떼어놓다가 숄에 발이 감긴 척하며 넘어지더니 외숙모 앞에서 무릎을 꿇었다. 이 우스꽝스러운 연극 덕분에 나는 그들에게 들키지 않고 빠져나갈 수 있었다.

나는 알리사의 방문 앞에 이르러 가만가만 문을 두드렸다. 그리고 잠시 그대로 서서 기다리고 있었다. 아래층에서 들려오는 시끄러운 웃음 소리가 내 노크 소리를 지웠는지 방 안에서는 아무런 응답도 없었다. 나는 가만히 문을 밀어 보았다. 문은 잠겨 있지 않았는지 조용히 열렸다. 방 안은 너무 어두워서 금방 알리사의 모습을 찾아낼 수가 없었다. 저무는 햇살의 마지막 빛이 스며들고 있는 창문을 등지고 알리사는 침대맡에 무릎을 꿇고 있었다. 내가 다가가자 그녀는 고개를 돌렸다. 그러나 일어서지는 않은 채 속삭이듯 말했다.

"아! 제롬, 왜 돌아왔어?"

나는 그녀에게 입맞추려고 몸을 구부렸다. 그녀의 얼굴은 온통 눈물로 젖어 있었다.

이 순간이 나의 전 생애를 결정하였다. 지금도 나는 고통없이 그 순간을 떠올릴 수가 없다. 물론 나는 알리사의 비탄의 원인에 대하여 아주 모호하게밖에는 깨닫지 못하고 있었다. 그러나 그 슬픔이 아직 여리게 팔딱거리는 영혼과 흐느낌으로 온통 떨리고 있는 가녀린 육체에는 너무나도 벅찬 것이라는 것을 고통스러울 만큼 강렬하게 느꼈다.

나는 여전히 무릎을 꿇은 채 움직이지 않는 알리사의 곁에 선 채로 있었다. 나는 내 몸에 솟구치는 새로운 격정을 어떻게 표현해야 할지 전혀 알지 못했지만 그녀의 머리를 가슴에 껴안고 내 온 영혼이 흘러넘치는 입술을 그녀의 이마에다 대고 있었다. 사랑과 연민의 감정에 몸을 떨며, 감격과 자기 희생과 정성이 뒤섞인 감정으로 나는 내 온 힘을 다해 하나님을 불렀고, 이제는 내 삶의 목적이 다만 공포와 악(惡)한 모든 것으로부터 이 소녀를 보호하는 것 이외에 다른 것은 없다고 생각하면서 스스로 모든 것을 하나님께 바쳤다. 나는 마침내 온통 기원으로 가득 찬 채 무릎을 꿇고 내 몸으로 가리듯 그녀를 감쌌다. 가녀린 그녀의 말소리가 들렸다.

"제롬! 아무도 널 보지 못했지? 이젠 가 봐! 그 사람들 눈에 띄면 안 돼!"

그러고는 한결 더 낮은 목소리로 덧붙였다.

"제롬! 아무한테도 말하지 마. 가엾은 아버지는 아무 것도 모르고 계셔……."

그래서 나는 이 일에 대해서 어머니께 아무 말도 하지 않았다. 그렇지만 플랑티에 이모와 어머니의 끝없는 밀담, 두 분의 무언가를 숨기는 듯 안절부절 못하시던 근심스러운 모습, 두 분이 소리 낮춰 이야기하고 계시는 곳으로 내가 무심코 다가갈 때면 "애야, 저리 가거라." 하시며 나를 멀리하시던 일, 이런 모든 것들이 나로 하여금 두 분이 뷔콜랭 가의 비밀을 모르고 계시지는 않는다는 것을 곧 깨닫게 해주었다.

우리가 파리로 돌아오자마자 전보가 와서 어머니는 르아브르로 되돌아가셔야만 했다. 외숙모가 집을 나갔다는 것이었다.

"누구하고요?"

나는 르아브르로 급히 떠나면서 어머니가 나를 보살피게 한 미스 애슈버튼에게 물어보았다.

"애야, 그런 건 어머니에게나 여쭤 보렴. 난 도무지 대답할 말이 없구나."

하고 르아브르의 가출 사건에 아연 실색한 다정한 노부인은 머리를 내저으며 말했다.

이틀 후 미스 애슈버튼과 나는 어머니를 만나러 르아브르로 떠났다. 그날은 토요일이었다. 다음날이면 나는 교회에서 내 사촌들과 만날 것이었으므로 오직 그 생각만이 나를 사로잡고 있었다. 지극히 어린애다운 내 생각으로는 뜻하지 않은 알리사와의 재회를 위해 마련된 장소가 바로 교회라는 것에 대한 신성함을 대단히 중요하게 생각하고 있었던 것이다. 그때 나는 외숙모에 대해서는 거의 걱정하지 않고 있었다. 그리고 그러한 것은 어머니에게도 캐묻지 않는 것이 정당한 태도라고 생각하고 있었다.

그날 아침 자그마한 예배당에는 사람이 별로 많지 않았다. 그래서 일부러 그러셨겠지만, 보티에 목사님은, "좁은 문으로 들어가기를 힘써라." 하는 성경 말씀을 그날의 묵도(默禱)를 위한 구절로 선택하셨다.

알리사는 내가 앉은 자리에서 몇 자리 떨어진 앞쪽에 앉아 있었다. 내 자리에서는 그녀의 옆얼굴이 보였다. 나는 거의 내 자신을 잊은 채 그녀만을 바라보고 있었으므로 보티에 목사님의 말씀도 그녀를 통해서 들려오는 듯했다. 외삼촌은 어머니 곁에 앉아 있었는데 울고 계셨다.

보티에 목사님은 먼저 절(節) 전체를 읽으셨다.

"좁은 문으로 들어가기를 힘써라. 멸망으로 인도하는 문은 크고 그 길은 넓어 그리로 들어가는 자가 많고, 생명으로 인도하는 문은 좁고 협착하여 찾는 이가 적음이니라."

그런 다음 목사님은 주제에 대한 다른 제목을 갖고 우선 '넓은 길'에 대해서 말씀하셨다. 넋을 잃은 채 나는 꿈결에서처럼 외숙모의 방을 보았다. 긴 의자에 드러누워 웃고 있던 외숙모의 모습이 환하게 떠올랐다. 외숙모와 함께 웃고 있던 멋있는 중위의 모습도 보였다. 그러자 웃음과 기쁨이라는 생각 자체가 불쾌하고 모욕적인 것이 되고, 말하자면 추악한 죄악의 과장인 것 같았다.

"그리로 들어가는 자가 많고……." 보티에 목사님은 다음 구절을 읽으셨다. 목사님이 말씀하실 때, 나는 화려한 옷을 입고 웃고 떠들며 즐겁게 떼를 지어 나아가는 군중들을 보았다. 그러면서 그러한 무리 속에 나는 자리 잡을 수도, 자리 잡고 싶지도 않다고 느꼈다. 내가 그런 무리들과 함께 한 걸음 한 걸음 내디딜 때마다 알리사로부터 그만큼 멀어질 것이기 때문이었다. 목사님은 인용구의 첫 부분을 다시 되풀이하셨고 나는 힘써 들어가야 할 좁은 문을 보았다. 나는 꿈속에 잠겨서, 그 좁은 문을 마치 금속압연기(金屬壓延機)처럼 상상했으며, 이 문으로 들어가는 것이 몹시 고통스러울 것이기는 하나, 그곳에서는 하늘나라의 지복(至福)을 미리 맛볼 수 있을 거라고 생각했다. 그러자 그 문은 알리사의 방문이 되었다. 나는 그 문으로 들어가기 위해 스스로를 억제하며, 내 안에 있는 이기적인 모든 것을 비웠다.

"생명으로 인도하는 문은 좁고……." 보티에 목사님은 계속해서 말씀하셨다. 나는 모든 고통과 또한 모든 슬픔을 넘어서서 지금까지와는 전혀 다른, 맑고 신비롭고 순결한 기쁨, 내 영혼이 벌써부터 갈망하고 있던 그 기쁨을 예감하였다. 그것은 예민하면서도 섬세한 바이올린의 선율과도 같으며, 알리사의 마음과 나의 마음을 태워버리는 불꽃처럼 맹렬하다고 나는 상상하였다. 묵시록에 계시되어 있는 그 흰 옷을 입고, 서로 손을 잡고 하나의 목표를 향해 우리 두 사람은 나아가고 있었다…….어린 아이의 이러한 몽상이 다른 사람들의 웃음을 자아낸다고 한들 그게 무슨 상관이랴! 나는 그때의 몽상 그대로를 이야기하고 있는 것이다. 혹시 수사적인 혼란이 있다면 그것은 오로지 아주 분명한 감정을 나타내기 위한 언어와 불완전한 비유의 사용에서 오는 모호함 때문일 뿐, 그것이 나타내고자 하는 감정은 아주 명확한 것이었다.

"찾는 이가 적음이니라." 보티에 목사님은 끝맺음을 하셨다. 목사님은 어떻게 하면 좁은 문을 찾아낼 수 있는가에 대하여 이야기하셨다. "……적음이니라."

그러나 나는 그 중의 하나가 될 것이다.

설교가 끝나갈 무렵 나는 마음의 긴장 상태가 극에 달해 있었다. 그래서 예배가 끝나자마자 나는 외사촌 누이를 만나 보려 하지도 않고 먼저 교회를 빠져 나왔다. 자랑스럽게, 벌써부터 내 결심을(나는 이미 결심하였던 것이다.) 시험해 보고 싶었고, 지금 바로 알리사로부터 나를 멀리함으로써 한결 더 그녀에게 합당한 사람이 될 것이라고 생각했기 때문이다.

❋ 2 ❋

준엄한 이 교훈은 그에 대한 의무를 받아들일 준비가 되어 있으며, 또 태어나면서부터 그 의무에 대한 기반을 갖춘 하나의 영혼을 발견해낸 셈이다. 그리고 나의 어머니와 아버지께서 보여 주신 모범은 어린 내 마음의 충동적인 욕구를 절제하도록 해준 청교도적인 규율과 결합되어 나의 영혼을 덕성이라고 하는 것에 결정적으로 이끌어 주었다. 나에게는 자신을 절제한다는 것이 다른 사람들이 자신을 함부로 내던지는 것만큼이나 자연스러운 일이었다. 그리고 나를 규제하는 엄격함도 내게 반감을 불러일으키기는커녕 오히려 나를 기쁘게 해주는 것이었다. 내가 나의 미래에서 찾고자 한 것은 행복 그 자체라기보다 행복에 이르는 노력, 그것이었다. 그처럼 나는 행복과 덕성을 혼동하고 있었다. 물론 아직 14살의 소년이었던 나에게는 많은 것들이 모호한 상태였었고, 어떠한 가르침이 있기를 기대하고 있는 상태였다. 그러나 마침내 알리사에 대한 나의 사랑은 결정적으로 나를 그러한 방향으로 잠겨들게 했다. 그것은 불현듯이 내린 계시로서, 그것 때문에 나는 나 자신을 의식하게 되었다. 나는 내성적이며, 활달하지 못하고 어떠한 것에도 적극적이지 못한 채 무엇인가를 기다리고 있으며, 남의 일에는 별로 관심을 두지 않고 모험적이지 못하며 오로지 자아(自我)에 대한 성취만을 꿈꾸는 점이 있었다. 나는 공부하는 것을 좋아했고, 놀이일지라도 깊은 생각이나 힘을 기울여야 하는 것에만 마음을 쏟았다. 나는 내 나이 또래의 아이들과는 잘 사귀지 않았다. 가끔 그들과 어울리는 일이 있기는 했지만, 그것은 내가 그 아이들에게 갖는 친절이나 일종의 우정을 표현하기 위해서일 뿐이었다. 그렇지만 나는 아벨 보티에와는 곧잘 어울렸다. 아벨은 이듬해 파리에 와서 나와 같은 반에서 공부하게 되었다. 그는 상냥하고 태평스러운 소년으로, 나는 그 아이에게서 존경보다는 다정함을 더 느끼고 있었다. 그리고 무엇보다도 아벨과 함께 언제나 나의 생각이 줄달음쳐가는 르아브르와 퐁그즈마르의 이야기를 할 수 있어서 좋았다.

외사촌 동생 로베르 뷔콜랭은 아벨과 내가 다니는 중학교 기숙사로 들어왔지만, 우리보다 두 학년이 아래였다. 그래서 로베르와는 일요일에나 만날 뿐이었다. 그 아이가 내 외사촌 누이동생들의 동생이 아니었던들—게다가 그 아이는 외사촌 누이들과는 닮은 점도 거의 없었다—아마 나는 그 아이와 만나는 데 아무런 재미도 느끼지 못했을 것이다.

그 무렵 나는 오로지 사랑에만 사로잡혀 있어서 아벨과 로베르와의 사귐이 나에게 어떤 중요성을 갖는다면, 그것은 다만 사랑에 비추어서일 뿐이다. 알리사는 복음서에 나오는 값진 진주였고, 나는 그 진주를 얻기 위해 스스로가 소유한 모든 것을 팔아 버리는 장사꾼이었다. 그때 내가 아직 어린 소년이었다고 해서 지금 내가 사랑에 대해서 이야기하고, 또 외사촌 누이에게 느꼈던 감정을 사랑이라고 하는 것은 잘못된 일일까? 그 뒤로 내가 겪은 어떤 경우의 감정도 이때보다 더 사랑이라는 이름에 잘 어울린다고 생각되는 것은 하나도 없었다. 그뿐 아니라, 내가 육체적인 불안으로 괴로워하는 나이가 되었을 때조차 사랑에 대한 나의 감정은 그리 달라지지 않았다. 사랑의 감정이 싹트기 시작한 어린 시절, 내 스스로 오로지 외사촌 누이에게 합당한 사람이 되기를 원했고, 그녀를 직접적으로 소유하려 하지는 않았던 것이다. 학업에 대한 열중, 어떤 일에 대한 노력, 경건한 행위, 이런 모든 것을 나는 알리사에게 바쳤으며, 그녀만을 위해서 한 행위조차도 그녀가 모르게 하는 것으로 나의 사랑의 미덕은 갈고 닦인다고 생각하고 있었다. 이렇듯이 나는 어쩌면 황홀하기까지 한 겸양에 도취되어 있었다. 아아, 나의 즐거움에 대해서는 거의 언제나 별로 깊이 생각하지 않고, 다만 나에게 어떤 노력이 요구되는 것이 아니면 어떤 일에도 만족하지 못하는 버릇에 빠져 있었다.

나만이 이러한 극기 훈련에 몰두해 있었던가? 알리사는 나의 이러한 태도를 알아챈 것 같지도 않았으며, 오로지 그녀만을 위해 온 힘을 다하고 있는 나를 위하여 무언가를 하는 것 같지도 않았다. 아무런 꾸밈이 없는 그녀의 영혼 속에서는 모든 것이 더없이 지순한 아름다움 바로 그것이었다. 그녀의 덕성조차도 너무나 자연스럽고 우아했기 때문에 아무렇게나 내던져져 그냥 그녀의 주위에 흘러넘치는 것처럼 보였다. 앳된 미소로 하여 그녀의 시선에 배어 있는 엄숙함마저 부드러운 매력으로 빛났다. 알리사의 묻고 있는 듯한, 그렇게 부드럽고 다정한 눈길을 위로 치켜 올리는 모습을 지금도 보는 듯하다. 바로 그러한 점 때문이었으리라, 외삼촌에게 마음의 동요가 일어날 때마다 당신의 맏딸인 알리사에게 도움과 충고와 위안을 구하시던 것도.

　그 이듬해 여름, 나는 외삼촌이 알리사와 이야기하시는 모습을 자주 보았었다. 그 사건 이후로 외삼촌은 슬픔 때문에 갑자기 나이보다 훨씬 더 늙어 보였다. 식사 때에도 외삼촌은 거의 말이 없으셨고, 때로는 짐짓 즐거운 듯한 표정을 짓곤 하셨지만, 나에게 그러한 외삼촌의 모습은 잠자코 계실 때보다 더욱 안쓰럽게 느껴졌다. 외삼촌은 알리사가 모시러 가는 저녁 시간까지 서재에서 꼼짝도 하지 않은 채 담배만 피우고 계셨고, 알리사가 빌다시피하여 밖으로 모시고 나오곤 하였다. 알리사는 어머니가 어린아이를 보살피듯이 외삼촌을 모시고 정원으로 내려가곤 하였다. 외삼촌과 알리사는 꽃핀 오솔길을 지나 채소밭 층계 근처, 의자가 몇 개 놓여 있는 갈림길의 둥그런 빈터에 앉곤 했다.

　어느 날 석양 무렵이었다. 나는 붉은 빛깔의 우람한 너도밤나무 한 그루가 그늘을 만들어 준 잔디밭에 누워 책을 읽고 있었다. 내가 드러누운 잔디밭과 꽃핀 오솔길 사이에는 월계수 생울타리가 있었는데 그것은 사람의 시선을 가로막았지만 목소리는 그대로 전해 주었다. 책을 읽다 말고 나는 외삼촌과 알리사가 주고받는 말소리를 들었다. 아마도 로베르에 대한 이야기를 막 하고 난 듯싶었다. 그러자 알리사가 내 이름을 말하는 듯하고, 이어 내가 두 사람의 말소리를 조금 알아듣기 시작했을 때, 외삼촌이 큰 소리로 말씀하셨다.

"아! 그 아이야 언제나 공부하기를 즐겨하지."

전혀 의도하지 않고 갑작스럽게 엿듣는 입장이 되어 버린 나는 얼른 그 자리를 떠나 버리거나, 적어도 내가 있다는 어떤 기척이라도 내려고 했다. 그러나 어떻게? 헛기침으로? 나 여기 있어요. 듣고 있어요……! 하고 외치기라도 해야 한단 말인가! 나는 두 사람의 얘기를 더 듣고 싶은 호기심에서라기보다 거북스러움과 수줍음 때문에 그냥 잠자코 누워 있었다. 그런데다가 알리사와 외삼촌은 오솔길을 산책하면서 그냥 지나가고 있을 뿐이었고, 나는 두 사람의 이야기를 불확실하게 듣고 있었을 뿐이었다. 두 사람은 천천히 다가오고 있었다. 아마 알리사는 언제나 그러하듯이 작은 바구니를 옆에 끼고 시든 꽃을 따거나, 올해 따라 자주 끼는 바다 안개 때문에 채 익지도 않고 떨어진 과일을 주워 모으고 있을 것이었다. 알리사의 맑고 또렷한 목소리가 들려왔다.

"아버지, 팔리시에 아저씨는 훌륭한 분이셨나요?"

외삼촌의 목소리는 잦아드는 듯 불확실하여 나는 대답 소리를 분명하게 알아듣지 못했다. 알리사가 다짐하듯 물었다.

"아주 훌륭하셨어요?"

다시 희미한 외삼촌의 대답 소리였다. 뒤를 이어 알리사의 또렷한 말소리가 들렸다.

"제롬은 현명하지요? 그렇게 생각하지 않으세요?"

이럴 때 내가 어찌 귀를 기울이지 않을 수 있겠는가? 그러나 외삼촌의 말소리는 도저히 알아들을 수가 없었다. 알리사가 말했다.

"그 애는 훌륭한 사람이 될 것 같지 않으세요?"

외삼촌의 목소리가 조금 커졌다.

"하지만 애야, 네가 훌륭하다는 말을 어떤 뜻으로 했는지 먼저 그것부터 알아야겠구나. 그럴싸하게 보이지도 않으면서, 적어도 인간의 눈엔 그렇게 보이지 않는데 사실은 대단히 훌륭한 사람이 있는 법이란다. 하나님의 눈으로 보면 말이다."

"아버지, 제가 말하려는 것도 바로 그거예요."

"지금……그걸 누가 알겠니? 그 아이는 너무 어려. 하지만 그 앤 분명히 아주 유망하지. 그렇다고는 하지만 그것만으로는 충분하지 못하단다……."

"무엇이 더 필요한 거죠?"

"글쎄, 무어라고 할까! 신뢰라든가 도움이라든가 사랑이라든가 하는 것들이랄까?"

"도움이라뇨?"

알리사가 물었다.

"그래, 내겐 주어지지 않았던 애정과 존경, 그런 것 말이다."

외삼촌은 쓸쓸하게 대답하셨다. 그리고는 두 사람의 말소리는 차츰 들리지 않게 되었다.

저녁 기도 시간, 나는 뜻하지 않게 저지른 나의 지각 없는 행동을 뉘우쳤다. 결국 나는 그 일을 알리사에게 고백하기로 하였다. 그렇게 하기로 결심한 데에는 아마 그때 듣지 못했던 두 사람의 대화 내용을 알고자 하는 마음도 작용했을 것이다.

이튿날 알리사에게 어제의 일을 말하자마자 그녀는 나를 가볍게 나무랐다.

"제롬, 남의 말을 엿듣다니, 그런 태도는 좋지 않아! 기척을 내거나 그 자리를 떠나거나 했어야지."

"일부러 들으려고 해서 들었던 건 아니야. 갑작스레 그런 얘기가 들려 왔었고, 미처 내가 어떻게 하기도 전에 두 사람은 지나가고 있었어."

"우린 천천히 걷고 있었는데……."

"그래, 그랬었지. 처음엔 난 잘 알아듣지도 못했어. 그리고 이내 들리지 않게 되고……인생에서 성공하려면 뭐가 있어야 하느냐고 여쭤 보았을 때 뭐라고 대답하셨지?"

"제롬, 넌 벌써 다 들었잖니? 내게 다시 듣는 게 재미있겠니?"

알리사는 웃으며 말했다.

"아냐, 정말 난 처음밖엔 못 들었어. 신뢰와 도움과 사랑 이야기를 하셨을 때 말이야."

"으응, 그것 말고도 다른 많은 것들이 필요하다고 하셨어."

"알리사, 넌 뭐라고 대답했니?"

갑자기 알리사의 얼굴은 엄숙하게 보일 만큼 굳어졌다.

"인생에서의 도움에 대해서 말씀하시길래, 나는 너한테 어머니가 계시다고 말씀드렸어."

"알리사, 그건 아니지. 어머니가 언제까지나 함께 계시지 못하리라는 건 너도 잘 아는 일이잖아! 그리고 그건 좀 다른 일이고……."

알리사는 고개를 숙였다.

"아버지도 내 말에 그렇게 말씀하셨어."

나는 떨리는 손으로 그녀의 손을 잡았다.

"알리사, 내가 장차 무엇이 되든 그건 오로지 너를 위해서일 뿐이야!"

"하지만 제롬, 나도 또한 너를 떠날 수 있어."

나는 혼신의 힘을 다해 말했다.

"난, 난 결코 너를 떠나지 않을 테야."

알리사는 두 어깨를 약간 추켜올리며 말했다.

"제롬, 넌 혼자 걸을 수 없을 만큼 굳세지 못하니? 우리는 모두 하나님께 홀로 다다를 수밖에 없어."

"그렇지만 내게 그 길을 가르쳐 주는 건 알리사 너야."

"너는 왜 그리스도 이외에 또 다른 안내자가 필요하다고 생각하니? 우리 두 사람이 서로를 잊고 하나님께 기도하기 때문에 보다 더 가까이 있다고 생각하지 않니?"

"그래. 우리 결합시켜 주십사 하는 기도 말이지?" 나는 알리사의 말로 가로챘다. "내가 아침저녁으로 하나님께 비는 것은 바로 그거야."

"제롬, 너는 하나님 안에서 결합한다는 것이 무엇인지도 모르니? 그걸 이해할 수 없어?"

"아니, 난 잘 이해하고 있어. 그건 두 사람이 찬양하는 하나의 대상 안에서 서로를 다시 찾는 일이지. 네가 찬양하는 것을 나 역시 찬양하는 것은 바로 너를 다시 만나보려는 생각 때문이야."

"그러한 네 찬양은 순수하지 못해!"

"알리사, 나에게 지나치게 요구하지 마! 너를 찾지 못한다면 천국이라 한들 내게 무슨 소용이 있겠어."

알리사는 손가락을 세워 자신의 입술에 갖다 대더니 약간 엄숙하게 말했다.

"너희는 먼저 하나님의 나라와 그 의를 구하라."

우리 두 사람이 주고받았던 이야기를 다시 떠올려 적으면서, 어린아이들이 얼마나 애써 심각한 이야기를 하고 싶어하는가를 모르는 사람들에게는, 이런 말들이 조금 어린애답게 보이지 않을 것이라고 생각했다. 그렇다고 해서 내가 어쩔 수 있겠는가! 변명이라도 해야 하는가? 우리가 하던 이야기가 좀더 자연스럽게 보이도록 하기 위해 어떠한 이야기일지라도 꾸미고 싶지 않은 것과 마찬가지로 나는 그런 변명은 전혀 하고 싶지 않다.

우리는 라틴어판 복음서를 구해다가 긴 구절들을 외곤 했다. 동생 로베르를 도와 주어야 한다는 구실로 알리사는 나와 함께 라틴어를 배웠다. 그러나 지금 생각하니 그건 나의 독서와 보조를 맞추기 위한 것이었다. 그리고 사실 그녀와 함께 보조를 맞추지 않는 공부에는 나 역시 전혀 재미를 붙이려 하지 않았다. 그러한 점이 때로는 나에게 방해가 되었다 할지라도 남들이 흔히 생각하듯, 내 정신의 비약을 가로막았던 것은 아니다. 그 반대로 그녀는 어디서나 자유로이 나를 앞서고 있는 듯이 보이기도 했다. 그러나 나의 정신은 그녀를 따라 그녀의 길로 접어들었던 것이고, 그 무렵 우리를 사로잡고 있던 것과 우리가 '사색'이라 부르던 것도 감정의 위장, 좀더 학문적인 생각의 일치에 대한 하나의 구실, 또는 사랑의 겉치레에 지나지 않는 경우가 많았다.

어머니는 처음에는 당신이 그 깊이를 짐작하지 못하시던 알리사에 대한 나의 감정을 짐짓 불안해 하시는 것 같았다. 그러나 점점 쇠약해져 감을 깨닫게 되신 다음에는 나와 알리사를 모성적인 사랑으로 감싸 주고 싶어하셨다. 어머니께선 오래 전부터 앓고 계시던 심장병으로 점점 더 심한 고통을 당하고 계셨던 것이다. 발작이 유난히 심했던 어느 날, 어머니는 나를 곁으로 부르셨다.

"애야, 나도 이젠 무척 늙었다." 어머니는 말씀하셨다. "너를 두고 언제 갑자기 떠나게 될지……."

숨이 차오르는 듯 어머니는 말을 끊으셨다. 나는 더 이상 참지
못하고 내가 먼저 말을 꺼내기를, 어머니가 기다리고 계신 듯한 말
을 부르짖듯 쏟아내고 말았다.

"어머니, 아시지요? 어머니 저는, 알리사와 결혼하고 싶어요."

내 말이 어머니의 가장 깊은 속마음과 바로 이어진 듯 어머니는
곧 내 말을 받으셨다.

"제롬, 내가 네게 말하려고 한 것도 바로 그거란다."

"어머니!" 나는 감정을 억제하지 못하고 흐느끼면서 말했다. "알
리사도 나를 좋아하지요. 그렇지요?"

"그럼, 그럼, 그렇고 말고." 어머니는 다정하게 몇 번이나 되풀이
하셨다. 어머니는 말씀하시기가 몹시 힘드신 것 같았다.

"모든 걸 주님께 맡겨야 한다."

어머니는 이렇게 덧붙여 말씀하시고는 내가 당신 가까이로 고개
를 숙이자, 내 머리에 손을 얹으셨다.

"주님께서 너희 둘을 보호해 주시기를! 내 아이들을 지켜 주시기
를!" 하고 말씀하시고는 깊은 잠 속으로 빠져들어 가셨다. 나는 어
머니를 깨우지 않았다.

그 이야기는 두 번 다시 되풀이되지 않았다. 그 이튿날엔 어머니
의 상태도 좀 나아지셨고, 나는 또 수업 때문에 학교로 돌아가야 했
으므로 이 반쯤만 털어 놓은 고백 위엔 다시 침묵이 덮였다. 그런데
다가 그 이상 내가 무엇을 할 수 있었을 것인가? 알리사가 나를 사랑
한다는 것을 나는 한 번도 의심한 적이 없었다. 설사 그때까지 약간

미심쩍은 점이 있었다 할지라도 뒤이어 일어난 슬픈 사건으로 인하여 그러한 의심은 내 마음속에서 영원히 사라지고 말았던 것이다.

어머니는 어느 날 저녁, 미스 애슈버튼과 나 사이에서 조용히 숨을 거두셨다. 어머니의 목숨을 앗아간 마지막 발작은 처음에는 그렇게 심해 보이지 않다가, 마지막에 가까웠을 때에야 위험한 증세를 보였기 때문에 어느 친척도 임종 전에 어머니 옆으로 달려올 틈이 없었다. 어머니의 오랜 친구 분 옆에서 나는 돌아가신 나의 소중한 어머니를 지키며 그 첫날밤을 새웠다. 나는 어머니를 깊이 사랑하고 있었다. 그러나 이렇게 눈물이 쏟아지는데도 불구하고 슬픔을 느끼지 못했던 것은 놀라운 일이었다. 내가 눈물을 흘렸던 것은 자기보다 여러 해 아래인 친구가 하나님 앞으로 먼저 불려가는 것을 지켜봐야만 하는 미스 애슈버튼이 가련했기 때문이다. 그러나 어머니의 죽음이 외사촌 누이를 내게로 서둘러 오게 하리라는 은밀한 생각이 나의 슬픔에 많은 위안을 주었던 것이다.

다음날 외삼촌이 오셨다. 외삼촌은 알리사의 편지를 내게 주셨다. 알리사는 그 다음날에야 플랑티에 이모님과 함께 왔다.

……제롬, 나의 벗, 나의 형제에게(라고 편지에 씌여 있었다.)

……기다리고 계시던, 커다란 만족을 드릴 수 있었을 몇 마디 말씀을 돌아가시기 전에 여쭙지 못해 얼마나 가슴 아픈지 몰라. 당신께서 나를 용서해 주시기를! 그리고 앞으로는 주님만이 우리 두 사람을 인도해 주시기를!

안녕. 내 가여운 벗.

어느 때보다도 다정한 너의 알리사.

알리사의 편지는 무슨 의미를 지니고 있는 걸까? 여쭙지 못해서 가슴 아프다는 몇 마디 말이란 바로 우리 두 사람의 앞날을 기약하는 것이 아니라면 그 무엇이겠는가? 그러나 그때 아직 어렸던 나로서는 선뜻 그녀에게 청혼할 수가 없었다. 게다가 나에게 그녀로부터 약속을 받아 내는 일이 필요했던가? 우리 두 사람은 이미 약혼자나 다름없지 않았던가? 알리사와 나의 사랑은 친척들 사이에서 더 이상 비밀이 아니었다. 외삼촌 역시 어머니와 마찬가지로 우리의 사랑에 반대하지는 않으셨다. 아니 오히려 외삼촌은 나를 벌써부터 당신의 아들처럼 대해 주셨다.

그 며칠 후 시작된 부활절 방학을 나는 르아브르에서 지냈다. 그동안 나는 플랑티에 이모님 댁에서 묵고 있었으나 식사는 거의 뷔콜랭 외삼촌 댁에서 하고 있었다.

펠러시 플랑티에 이모님은 더할 나위 없이 좋은 분이셨다. 그러나 나와 외사촌 누이들은 이모님과 가깝거나 허물없이 지내지는 못했다. 이모님은 언제나 무언가를 서두르며 숨 가쁘게 사셨다. 일상적인 태도에는 상냥함이 없었고, 말소리에도 부드러움이 없었다. 아무 때나 우리들에 대한 애정으로 마구 애무를 하시곤 했는데, 우리들로선 그러한 것이 오히려 귀찮았다. 뷔콜랭 외삼촌은 플랑티에 이모님을 무척 좋아하셨다. 그러나 이모님과 이야기하시는 외삼촌의 목소리만 들어도 그분이 어머니를 얼마나 더 좋아하셨는지 쉽게 느낄 수 있었다.

"애야!" 하고 어느 날 플랑티에 이모님이 이야기를 꺼내셨다. "올 여름에 무얼 할 생각인지, 내가 할 일을 결정하기 전에 우선 네 계획부터 들어봤으면 한다. 내가 네게 무슨 도움이 됐으면 해서 말이다."

"글쎄요. 아직 잘 생각해 보지 않았어요. 그냥 여행이나 좀 해볼까 싶기도 하고요."

이모님이 말을 이으셨다.

"너도 잘 알고 있겠지만, 퐁그즈마르에서와 마찬가지로 여기 우리 집에서도 네가 오는 것은 언제든지 환영이다. 물론 그리로 가면 네 외삼촌과 쥘리에트가 기뻐할 게다만."

"알리사를 말씀하시는 거죠?"

"참! 그렇지. 얘야, 미안하구나. 네가 좋아하는 아이가 쥘리에트인 줄만 알았단다. 네 외삼촌이 사실을 얘기해 주기까지는 말이다. 난 너희들을 정말 사랑한다만 너희들의 성격이나 그런 것에 대해선 잘 알지 못하지. 너희들을 자주 만나지도 못했고……그런데다가 나는 뭘 찬찬히 살펴보는 편이 아니라서……내가 볼 때마다 너는 쥘리에트와 잘 어울려 놀길래 나는 네가 꼭 쥘리에트를 좋아하는 줄로만 알았구나. 또 쥘리에트 그 애는 예쁘기도 하고 무척 쾌활하기도 해서 말이지."

"저는 아직도 쥘리에트하고 잘 놀아요. 그렇지만 제가 사랑하는 건 알리사예요."

"그래, 그래. 누구를 좋아하건 네 마음이지. 너도 웬만큼은 알겠지만 난 알리사에 대해서는 잘 모른단다. 그 애가 워낙 말수가 적은데다가 잘 드러내지를 않으니까. 그런데도 네가 그 아이를 선택했다면 그건 무슨 특별한 이유가 있어서겠지."

"아녜요, 이모님. 제가 알리사를 좋아하는 건 선택의 문제가 아니에요. 그리고 무슨 특별한 이유가 있었던 것도 아니고요."

"그렇게 짜증내지 마라, 제롬. 무슨 딴 뜻이 있어서 내가 그렇게 말한 것은 아니다. 너하고 말을 하다 보니까 내가 무슨 말을 하려고 했던가 하는 것마저 잊어버렸구나. 으응, 그렇지! 그러니까 결국 결혼을 해야겠지만, 네가 어머니 상을 입었으니 지금 당장 정혼해 둘 수도 없고, 예법대로 하자면 말이다. 그런데다가 너는 아직도 너무 어리니까! 그래서 하는 말이지만, 이젠 어머니하고 함께 가 있을 수도 없고 하니 너 혼자 퐁그즈마르에 가 있는 건 남 보기에도 안 좋을 것 같구나. 다른 사람들한테는 거슬릴지 모르고."

"바로 그런 점 때문에 여행을 할까 하는 생각을 해봤던 거예요."

"그랬구나! 내 생각에는 이랬으면 싶구나. 내가 함께 가 있으면 모든 일이 다 편하지 않을까? 그래서 내가 올 여름엔 얼마간 짬을 내두었단다."

"부탁만 드리면 미스 애슈버튼께서 기꺼이 와주실 거예요."

"그 여자는 와주겠지. 나도 그건 알고 있다. 그러나 그것만으로 다 되는 건 아니란다. 나도 함께 가겠다. 이러는 것이 내가 뭐 네 가여운 어머니를 대신하겠다는 건 결코 아니다."라며 이모님은 갑자기 흐느끼셨다. "난 그저 집안일이나 보살필까 하는 생각일 뿐이다. 그렇게 하면 너나 네 외삼촌이나 알리사도 거북해 하지 않을 것 아니냐?"

플랑티에 이모님은 당신이 우리와 함께 계신 효과를 잘못 생각하고 계셨다. 사실 우리가 거북함을 느꼈다면 그건 오직 그분 때문이었다. 말씀하신 대로 이모님은 칠월부터 퐁그즈마르에 가 계셨고, 미스 애슈버튼과 나도 곧 그리로 갔다. 집안일을 하는 알리사를 돕는다는 구실로 이모님은 그렇게도 조용한 집안을 계속 되는 소란으로 가득 채우고 말았다. 우리들의 마음을 편하게 해주시기 위하여, 또 이모님 말씀처럼 일을 수월하게 하려는 극성스러움이 어찌나 지나쳤던지 알리사와 나는 이모님 앞에서는 거북스러웠고, 반벙어리가 되어 지낸 적도 많았다. 이모님은 아마 알리사와 내가 아주 쌀쌀하다고 생각하셨을 것이다⋯⋯. 우리가 잠자코 있지 않았다고 하더라도 이모님은 우리의 사랑을 이해하셨을까? 쥘리에트의 성격은 이모님의 수다스러움과 꽤 잘 어울렸다. 이모님이 작은 조카딸을 눈에 띄게 귀여워하시는 것에 대한 어떤 반감이 이모님에 대한 나의 애정을 가로막았는지도 모른다.

어느 날 아침이었다. 우편물이 도착한 뒤에 이모님은 나를 부르셨다.

"제롬, 정말 딱하게 되었구나. 딸아이가 아프다고 날더러 빨리 와 달라는구나. 아무래도 널 혼자 두고 가봐야 할 것 같다."

이러저러한 부질없는 걱정들로 가득 차버린 나는 플랑티에 이모님이 떠나신 뒤에도 그냥 퐁그즈마르에 머물러 있을 것인지 어쩔지 결정할 수가 없어서 외삼촌께로 갔다. 내가 걱정하고 있는 것에 대해 의논을 드리자마자 외삼촌은, "그대로 두면 자연스러운 일을 누님은 왜 복잡하게 엉키게 하시는지 모르겠구나. 그렇다 하더라도 너까지 왜 떠나가겠다고 그러는 거냐, 제롬! 너는 이미 내 자식이나 다름없지 않니?" 하고 역정을 내셨다.

플랑티에 이모님은 퐁그즈마르에 단지 두 주일밖에 머물지 않으셨다. 이모님이 떠나자마자 집안은 곧 예전의 질서와 평온함을 되찾았다. 행복과도 같은 안온함이 다시 집안에 깃들기 시작했다. 어머니가 돌아가신 일이 우리의 사랑을 흐리게 하기는커녕 오히려 더욱 깊게 해주었다. 메아리가 잘 울리는 곳에서처럼, 우리 마음의 가장 작은 움직임도 서로에게 또렷이 들리는, 깊은 밀도를 지니며 잠잠히 흐르는 생활이 시작되었다.

플랑티에 이모님이 떠나신 지 며칠째 되던 날 저녁, 식탁에 둘러앉은 우리는 이모님 이야기를 했었다. 지금도 나는 그때의 이야기를 소상하게 기억하고 있다.

"정말 그게 무슨 소란이람!" 하고 우리는 말했다. "인생의 파도가 이젠 이모님의 영혼에 휴식을 안겨 줄 수 없는 것일까? 사랑의 아름다운 모습이여, 너의 그림자는 이제 무엇이 될 것인가?"

우리가 이 말을 했던 것은 괴테가 슈타인 부인을 두고 '그 영혼 속에 비치는 세상은 보기에도 아름다우리라' 라고 했던 말이 떠올랐기 때문이었다. 그리고 우리는 즉시 여러 능력들의 단계 같은 것을 정해 놓고는 명상의 능력이 가장 높은 곳에 자리한다고 판단했다. 그때까지 말없이 우리 말을 듣고만 계시던 외삼촌이 쓸쓸한 미소를 지으시며 말씀하셨다.

"얘들아, 심하게 훼손된 것이라 할지라도 하나님은 거기서 당신의 모습을 알아보실 게다. 인생의 어느 한 순간만으로 그 사람을 판단하지 않도록 조심해라. 너희들이 그렇게 마음에 들어 하지 않는 가련한 플랑티에 이모님의 그런 면들은 다 그럴 만한 어떤 사건들 때문에 만들어진 거란다. 그런 사건들을 잘 알고 있는 나로서는 너희들처럼 이모를 가혹하게 비난할 수가 없구나. 젊었을 때에는 다만 유쾌할 뿐이던 성격도 나이가 들어가면 변질되지 않을 수 없는 거란다. 지금 너희들이 소란스럽다고 타박하는 플랑티에 이모의 성

격도 처음엔 매력적인 적극성이라든가 직관적인 과감성, 시원시원
한 성질, 그리고 애교스러움 같은 그러한 것들이었단다. 정말 우리
도 지금의 너희들과 별로 다름이 없었단다. 나는 제롬, 너와 퍽 많이
닮았었고, 플랑티에 이모는 또 지금의 쥘리에트와 비슷했었지. 그
래, 몸맵시까지 말이야." 하고 고개를 돌려 쥘리에트를 바라보며 외
삼촌은 덧붙이셨다. "네 목소리의 어떤 울림을 들으면 꼭 네 이모가
거기 와 있는 듯싶을 때가 있단다. 네 이모도 너와 같은 미소를 짓곤
하셨지. 그리고 없어진 자세지만, 누님은 너처럼 팔꿈치를 앞으로
내밀고 깍지 낀 두 손을 이마에 대고는 꼼짝도 않고 앉아 있곤 하셨
다."

　미스 애슈버튼이 나를 돌아보고는, 거의 속삭이듯이 말씀하셨다.
　"알리사는 네 어머니의 모습 그대로야!"

　그 해 여름은 눈부시도록 아름다웠다. 모든 것에 쪽빛 하늘이 스
며 있는 듯싶었다. 우리의 열정은 죽음도 불행도 이겨내었다. 어두
운 그림자는 우리들 앞을 지나갈 뿐이었다. 아침마다 새로운 기쁨
이 나를 깨웠다. 나는 먼동이 틀 무렵이면 일어나 떠오르는 해를 맞
으러 뛰어나가곤 했다. 지금도 그때를 생각하면 이슬에 흠뻑 젖은
새벽이 떠오르곤 한다. 늦게까지 자지 않고 있는 알리사보다 일찍
일어나는 쥘리에트와 함께 나는 새벽의 정원으로 내려가곤 했었다.
쥘리에트는 자기 언니와 나 사이에서 전달자가 되었던 것이다. 나
는 그녀에게 우리의 사랑에 대해 끊임없이 이야기했으며, 그녀는
내 이야기를 싫증도 내지 않고 잘 들어 주었다. 알리사 앞에서는 감
정이 벅차올라 망설여지고 꺼려져 말하지 못하던 것도 쥘리에트에

게는 곧잘 털어 놓았던 것이다. 알리사는 나의 이런 철없는 짓을 알고 있는 듯싶었으나, 결국 우리의 이야기가 자기에 대한 것임을 모르거나 아니면 모르는 척하면서 내가 자기 동생과 그렇게 쾌활하게 어울리는 것을 재미있어 하는 것 같았다.

오, 사랑의 미묘한 표리(表裏)여, 벅찬 사랑의 미묘한 표리여! 어느 숨겨진 길을 통해 너는 우리를 웃음에서 눈물로, 가장 천진한 기쁨에서 엄격한 덕행의 요구로 인도해 갔는가!

그 여름은 너무도 매끄럽게 지나가 버렸기 때문에, 가버린 그 하루하루에 대해서 지금 나의 기억으로는 거의 아무것도 잡아 낼 수가 없다. 그 무렵에 있었던 일로 기억되는 것은 다만 이야기와 독서뿐이었다.

"제롬, 어젯밤 나는 슬픈 꿈을 꾸었어." 방학이 끝나갈 무렵의 어느 날 아침 알리사가 내게 말했다. "난 살아 있는데 네가 죽어 버렸어. 아냐, 네가 죽은 걸 본 것은 아니고 네가 죽어 버렸다는 거야. 몹시 무서웠어. 하지만 그런 일이 있을 수 있니? 그래, 난 마음속으로 넌 그저 여기 없을 뿐이라고 생각하기로 했어. 우리가 떨어져 있을지라도 나는 꼭 너를 만날 수 있을 거라고 생각했던 거지. 그래서 나는 어떻게 해야만 그 길을 알 수 있나 하고 애를 쓰다가 그만 잠을 깼는데, 아침이 되어도 그 꿈은 너무 또렷했어. 꼭 그 꿈을 계속 꾸고 있는 것 같았어. 아직도 너와 떨어져 있고 또 앞으로도 오래오래……." 하고 그녀는 아주 나지막이 덧붙여 말했다. "일생 동안 너와 떨어져 있어야 될 것 같았어. 그리고 일생 동안 몹시 애를 써야만 할 것 같고……."

"왜? 왜 그래야 하는 거야?"

"우린 저마다 서로를 만나기 위해 일생을 그렇게 애써야 할 것 같았어."

나는 그녀의 이야기를 심각하게 받아들이지 않았다. 아니 심각하게 받아들이기에는 너무 두려웠다. 그 이야기에 반박이라도 하듯 나는 가슴을 두근거리면서 갑작스럽게 용기를 내어 그녀에게 말했다.

"알리사, 나도 오늘 아침 꿈을 꾸었어. 그런데 내가 얼마나 열렬히 너와 결혼하려고 했는지 아무것도, 죽음 이외엔 그 어떠한 것도 우리를 떼어 놓을 수 없을 것 같았어."

"제롬, 넌 죽음이 떼어 놓을 수 있다고 생각하니?"

그녀가 내 말을 받아 말했다.

"아니, 내 말은……."

"오히려 죽음은 떨어져 있던 것이라 할지라도 서로 연결시켜 줄 수 있다고 생각해. 그래, 죽음은 생전에 떨어져 있던 것을 만나게 해 줄 수 있을 거야."

그 모든 말이 우리 마음속 깊이 스며들어 나는 지금도 말들의 억양까지 헤아려 들리는 듯싶다. 그러나 내가 이 이야기의 중요성을 깨닫게 된 것은 훨씬 후의 일이었다.

여름은 끝나 가고 있었다. 벌써 들녘은 텅 비었고, 시야는 한결 훤하게 트였다. 내가 떠나기 전날, 아니 그 전날 저녁이었을 것이다.

"어제 알리사에게 들려준 시가 뭐였어?"

쥘리에트가 나에게 물었다.

"언제?"

"그 폐광(廢鑛) 터에 있는 벤치에서, 두 사람만 남겨 놓고 우리가 먼저 와 버렸을 때 말이야."

"아, 그때? 아마 보들레르의 시 구절이었을 거야."

"머지않아 우리는 차디찬 어둠 속에 잠기리니!"

나는 별로 내키지 않는 기분으로 낭송을 시작했다. 그러자 쥘리에트가 이내 나를 막으면서 떨리는 목소리로 다음을 이어 낭송해 나갔다.

"잘 가라! 너무도 짧은 우리들 여름의 힘찬 빛이여!"

"아니, 쥘리에트? 너도 알고 있었니?" 나는 너무나 놀라 외쳤다. "넌 시 같은 건 좋아하지 않는 줄 알았는데……."

"왜 그렇게 생각했지? 오빠가 나한테는 시를 들려주지 않아서?"

그녀는 미소를 지으며, 그러나 약간 어색한 얼굴이 되어 말했다.

"오빠 때로 나를 아주 바보로 생각하나 봐."

"총명한 사람이라도 시를 좋아하지 않는 경우는 많거든. 난 한번도 네가 시 이야기하는 걸 들은 적도 없었고, 너는 또 나한테 시를 들려 달라고 청한 적도 없었으니까."

"그거야 언제나 알리사 담당인 걸 뭐."

쥘리에트는 잠시 말을 끊었다가 불쑥 물었다.

"오빠, 모레 떠나?"

"그래야 될 거야."

"올 겨울에 오빠 뭐 할 셈이야?"

"노르말 고등사범 일학년이 되겠지 뭐."

"알리사와는 언제 결혼할 생각인데?"

"군대에 갔다 와야지. 그리고 장차 내가 하고 싶은 것에 대해 좀

더 잘 알게 될 때까지는 안 할 거야!"

"오빠는 아직까지도 그걸 몰라?"

"아직은 알고 싶지가 않아. 내 관심을 끄는 게 너무 많으니까 말이야. 선택해서 어떤 것에만 매달려야 하는 건 가능한 한 미루고 싶어."

"알리사와의 약혼을 연기하는 것도 그런 마음 때문이야?"

나는 아무 대꾸 없이 어깨만 으쓱하고 말았다. 쥘리에트가 다그쳐 물었다.

"뭣 때문에 약혼을 미루는 거지? 왜 당장 약혼하지 않아?"

"왜 우리가 서둘러 약혼을 해야만 하니? 세상에 알려지지 않았다 하더라도 우리가 서로에게 속해 있고 또 앞으로 영원히 그럴 것을 서로 알고 있는 것만으로도 충분치 않니? 알리사에게 내 인생을 바치기로 한 것은 내 마음속에서 우러나온 것인데, 약속 같은 걸로 소중한 사랑을 묶어 놓을 필요가 어디 있겠어? 나는 그러고 싶지 않아. 내게 약속 같은 건 오히려 사랑에 대한 모욕처럼 생각돼. 내가 아마 알리사를 믿지 못하게 될 경우에나 약혼을 하게 될 거야."

"내게 흔들려 보이는 건 알리사가 아니야."

쥘리에트와 나는 천천히 걸어갔다. 언젠가 내가 뜻하지 않게 알리사와 외삼촌의 이야기를 엿듣게 되었던 정원의 그 지점에 우리는 이르렀다. 문득 좀 전에 정원 쪽으로 나간 알리사가 어쩌면 지금쯤 바로 그곳에 있을지도 모른다는 생각이 들었다. 그렇다면 알리사도 지난번 나의 경우처럼 지금 우리의 이야기를 듣고 있을지도 모른다는 생각이 강하게 나를 끌었다. 직접 알리사를 앞에 대하고는 감히 할 수 없었던 말을 그녀에게 들려줄 수도 있을지 모른다는 가능성이 당장에 내 마음을 사로잡아 버렸다. 내 계략에 신이 난 나는 목소리를 높여 말했다.

"아아!" 하고 난 내 나이 또래에서 흔히 볼 수 있는 좀 과장된 감정을 섞어 외쳤다. "사랑하는 이의 영혼 위에 몸을 숙여, 우리가 그 영혼 위에 몸을 숙여 우리가 그 영혼에 비치는 모습이 어떠한지, 거울에서처럼 그의 영혼 속을 들여다볼 수만 있다면! 자기 자신처럼, 아니 자기 자신 이상으로 사랑하는 이의 마음을 읽을 수 있다면, 애정 속에 얼마만한 아늑함이 깃들 것인가! 사랑 속에 얼마만한 순수함이 깃들 것인가!"

쥘리에트의 괴로운 표정을 나의 형편없는 감정 표현이 자아낸 효과라고 생각한 건 내 자만심 때문이었다. 그녀는 갑자기 내 어깨에 얼굴을 파묻었다.

"제롬, 제롬! 오빠가 언니를 행복하게 해주리라고 믿고 싶어. 만일 언니가 오빠 때문에 고통을 겪어야 한다면 나는 오빠를 미워할 것 같아."

"물론, 쥘리에트!" 그녀를 껴안아 이마를 쳐들면서 나는 외쳤다. "그렇다면 나 자신부터 나를 미워하고 말 거야. 내 말 알겠어? 내가 아직 내 생애의 일을 결정하고 싶지 않은 것은 알리사와 함께 내 인생을 좀더 훌륭하게 시작하고 싶기 때문이야. 나의 미래는 오로지 알리사에게 달려 있어. 알리사 없이 내가 할 수 있는 것이 있다면, 그게 어떤 것이든 나는 그걸 원치 않아."

"오빠가 그런 이야기를 할 때 언닌 뭐라고 그래?"

"알리사에게 이런 이야기는 전혀 하지도 않았어. 알리사와 내가 아직 약혼을 하지 않는 것은 그 때문이기도 해. 우리는 결혼이나 결혼 다음에 우리가 해야 할 일에 대해 깊이 얘기한 적이 없단다. 오, 쥘리에트! 알리사와 함께 할 나의 삶이 나에게는 얼마나 아름답게 보이는지 감히……. 쥘리에트, 이해하겠니? 나는 감히 알리사에게 그런 얘기는 꺼내지도 못한단다."

"오빠는 갑작스런 행복으로 알리사를 놀라게 해주려고?"

"아냐, 그건 아냐! 하지만 난 두려워, 알리사를 놀라게 할까봐. 쥘리에트, 이해하겠니? 희미하게 떠올라 보이는 그 엄청난 행복이 알리사를 놀라게 할까 봐 난 두려운 거야. 언젠가 나는 알리사에게 여행하고 싶지 않느냐고 물어본 적이 있어. 알리사는 아무것도 바라지 않는다고 했지. 어떤 고장들이 있고, 어떤 고장들이 아름다우며, 사람들이 그곳에 갈 수 있다는 것을 아는 것만으로도 자기에게는 충분하다고 말이야."

"오빠는 어때? 여행하고 싶어?"

"그럼, 어느 곳으로든지! 인생이 내겐 하나의 긴 여행이야. 알리사와 더불어 할, 책이며 사람들이며 나라들을 두루 거치며 경험하는 길고 긴 여행으로 보여. '닻을 올린다' (보들레르의 〈나그네〉에 나오는 시구)는 말이 무엇을 뜻하는지 생각해본 적이 있니?"

"그럼, 여러 번 생각해 보았어." 쥘리에트는 나지막하게 말했다. 그러나 나는 그녀의 이야기에는 전혀 귀를 기울이지 않았다. 그녀의 말이 마치 상처 입은 가엾은 새처럼 땅으로 떨어지게 내버려 둔 채 나는 말을 이어나갔다.

"밤에 출발한다. 먼동이 트는 신선한 빛 속에서 잠을 깬다. 불안하게 일렁이는 파도 위에서 오로지 둘만이 있음을 느낀다."

"그러고는 아주 어렸을 적에 지도에서 여러 번 보았던 어느 항구에 도착한다. 그곳에서는 모든 것이 다 낯설다……오빠의 팔에 기댄 언니와 함께 배에서 내리는 오빠 모습이 보이는 것 같아."

"우리는 배에서 내린 즉시 우체국으로 가서," 하고 나는 웃으며 덧붙였다. "쥘리에트가 우리에게 보낸 편지를 찾고……."

"퐁그즈마르에서 부친 편지를……쥘리에트가 남아 있는 퐁그즈마르는 오빠와 언니에게는 아주 조그맣고 아주 쓸쓸하고 아주 까마득하게 여겨지겠지."

이렇게 이야기했던 게 그녀였는지 나는 확실하게 말할 수가 없다. 거듭 말하지만, 내 마음이 그토록 사랑으로 가득 부풀어 있어서 사랑의 표현이 아닌 어떤 말도 나의 귀에는 들리지 않았기 때문이다.

우리는 정원의 둥그런 길 갈림터 가까이에 이르렀다. 막 지나치려는 바로 그때 나무 그늘에서 알리사가 나타났다. 그녀가 너무 창백해 보여 쥘리에트는 놀라 소리를 지르기까지 했다.

"정말 몸이 좋지 않아." 알리사는 당황한 듯 중얼거렸다. "바람이 너무 차가워. 아무래도 들어가는 게 좋을 것 같아." 하며 그녀는 서둘러 우리 곁을 떠나 빠른 걸음으로 집을 향해 걸어갔다.

"우리 얘기를 들었어."

멀어지는 알리사의 뒷모습을 바라보고 있던 쥘리에트가 소리쳤다.

"알리사가 들어서 기분 나쁜 말은 전혀 없었잖아? 오히려……."

"가겠어."

언니 뒤를 따라 뛰어가며 쥘리에트가 말했다.

그날 밤 나는 잠을 이룰 수가 없었다. 알리사는 저녁 식탁에 나왔었지만 머리가 아프다고 하며 곧 자기 방으로 올라가 버렸다. 쥘리에트와 나와의 대화에서 그녀는 무엇을 들었던 걸까. 나는 걱정스러워 우리가 나누었던 이야기를 되씹어 보았다. 그리고 쥘리에트의 허리에 팔을 두르고 너무 가까이 붙어 걸은 것이 잘못이었다고 생각하기도 했다. 그러나 그건 어렸을 때부터 해왔던 버릇이었고, 두 사람이 그렇게 걷는 모습을 알리사는 이미 여러 번 보았던 것이다. 내 잘못을 그렇게 열심히 찾으면서도, 내가 귀 기울이지도 않았고, 기억조차 잘 나지 않는 쥘리에트의 말을 알리사가 더 잘 들었으리라는 점엔 전혀 생각조차 미치지 않았으니, 아아! 나는 얼마나 우둔한 장님이었던가. 그렇다고 설마 무슨 일이야! 불안감으로 초조하고, 알리사가 나를 의심하고 있을지도 모른다는 생각에 두려워진 나는 다른 위험은 전혀 생각조차 못 하고 내가 쥘리에트에게 했던 이야기에도 불구하고, 아니 어쩌면 쥘리에트가 내게 말한 이야기에 마음이 흔들려, 나의 걱정과 불안을 누르고자 이튿날 약혼을 해버리기로 결심했다.

　　내가 떠나기 전날이었다. 나는 알리사의 슬픈 얼굴을 그 일 탓으로만 돌렸다. 그녀는 나를 피하는 것 같았다. 그녀와 단둘이서만 만나는 시간을 갖지 못한 채 하루가 지나가고 있었다. 그녀에게 아무런 이야기도 하지 못하고 떠나게 될지도 모른다는 두려움 때문에 나는 저녁 식사 조금 전에 그녀의 방으로 찾아갔다. 그녀는 산호 목걸이를 걸고 있는 중이었다. 그것을 목에 걸려고 문 쪽으로 등을 보이고서, 불이 켜진 두 개의 촛대 사이에 있는 거울을 쳐다보며 두 팔을 들고 상체를 세운 채 서 있었다. 그녀가 내 모습을 본 것은 거울 속에서였는데, 고개를 돌리지 않은 채 잠시 동안 계속해서 거울 속의 나를 쳐다보고 있었다.

"어머! 방문이 닫혀 있지 않았던 모양이지!"

그녀는 상체를 펴며 말했다.

"문을 두드렸는데 대답이 없더군. 알리사, 내가 내일 떠난다는 거 알지?"

그녀는 내 말에 아무런 대답 없이 끝내 목에 걸지 못한 목걸이를 벽난로 위에 놓았다. 약혼이란 말이 너무 직접적이고 거칠게 느껴졌기 때문에 나는 될 수 있는 대로 멀리 둘러 빗대어 말했다. 내 말 뜻을 알아듣는 순간 그녀는 약간 비틀거리며 벽난로에 몸을 기댔다. 그러나 나 자신조차도 어찌나 몸이 떨리던지, 그녀를 보지 않기 위해 조심스럽게 눈길을 피하고 있었다.

나는 그녀 곁에 있었다. 여전히 눈도 들지 못한 채 그녀의 손을 잡았다. 그녀는 손을 빼내지는 않았다. 얼굴을 반쯤 수그리고 내 손을 조금 들어올리더니 거기 입술을 갖다 대고는 나에게 살짝 기댄 채 나지막한 소리로 말했다.

"아냐, 제롬! 우리 약혼은 하지 말자. 제발……."

내 가슴이 어찌나 심하게 뛰던지, 아마 그녀도 그 소릴 들었으리라 생각된다. 그녀는 한결 다정하게 말을 이었다.

"아냐, 아직은……."

내가 왜 그래야 하냐고 묻자 그녀는 오히려 내게 반문했다.

"왜라니? 물어야 할 사람은 나야, 왜 바꾸려고 해?"

나는 어제의 내 이야기에 대해서 감히 말을 꺼내지 못했다. 그러나 그녀는 내가 그 생각을 하고 있다고 느낀 모양이었다. 그녀는 마치 그러한 내 생각에 대한 대답인 것처럼 나를 똑바로 쳐다보며 말했다.

"제롬, 넌 잘못 생각하고 있어. 내겐 그렇게 많은 행복이 필요하지 않아. 우린 이대로 행복하잖아?"

알리사는 억지로 미소를 지어 보였다.

"행복하지 않아. 내가 너를 두고 떠나야 하기 때문이야."

"제롬, 지금은 너하고 이야기를 못 하겠어. 제발 우리의 마지막 시간을 망치지 말자. 정말 그래선 안 돼! 난 언제나처럼 너를 사랑하고 있어. 마음을 초조하게 하지 말아. 내 곧 편지 쓸게. 편지에 다 이야기하겠어. 내일이라도 당장……아니, 떠나자마자 곧. 이젠 가봐. 이런 내가 울었구나. 제발 제롬, 그만 가 줘!"

알리사는 나를 밀치며 부드럽게 몸을 빼내었다. 그것이 바로 우리의 작별 인사였다. 그날 저녁 나는 그녀에게 한 마디도 더 하지 못했다. 그리고 다음날 내가 떠날 때에 그녀는 자기 방에 들어앉은 채 꼼짝도 하지 않았다. 나는 알리사가 내가 탄 마차가 멀어져 가는 것을 바라보며 창가에 서서 작별의 손짓을 보내고 있는 모습을 보았다.

　나는 그 해에는 아벨 보티에를 거의 만나지 못했다. 아벨은 징집
에 앞서 자원 입대를 했고, 나는 수사학(修辭學) 반에 머물러 학사 시
험을 준비하고 있었던 것이다. 아벨보다 두 살 아래인 나는 아벨과
내가 그 해에 들어갈 예정이었던 고등사범학교 졸업 때까지 군복무
를 연기해 두고 있었다.

　아벨과 나는 다시 반갑게 만났다. 제대한 뒤 그는 한 달 남짓을
여행하며 지내다가 돌아왔다. 나는 그의 달라진 모습을 보게 되지
나 않을까 하고 염려했었는데, 그는 단지 좀더 자신만만해졌을 뿐,
자신의 매력을 전혀 잃지 않고 있었다. 아벨과 내가 뤽상부르 공원
에서 함께 보낸 개학 전날의 오후였다. 나는 나의 비밀 이야기를 가
만히 간직하고 있을 수 없어서 그에게 자세히 털어 놓고 말았다. 그
는 이미 나의 사랑 이야기를 알고 있었던 것이다. 지난해 몇몇 여자
에 대한 경험을 가졌던 그는 제법 선배인 척 굴었지만 그것이 내 기

분을 상하게 하지는 않았다. 그는 여자가 생각이 바뀌도록 내버려 둬서는 안 되며, 그것은 여자를 다루는 기본 원칙이라고 주장했다. 그러면서 그는 소위 그가 말하는 마지막 말을 적절한 때 내던지지 못했다고 나를 놀려 댔다. 나는 그가 말하고 싶은 대로 말하게 내버려 두었다. 그의 탁월한 이론도 나에게나 알리사에게는 전혀 부질없는 것일 뿐이며, 그것은 그가 우리를 잘 이해하지 못하고 있다는 사실을 드러낼 뿐이라고 생각했다. 우리가 도착한 다음 날, 나는 알리사로부터 편지를 받았다.

사랑하는 제롬!

나는 네가 제의한 것에 대해 곰곰이 생각해 보았어(나의 제의! 우리의 약혼을 이렇게 부르다니!). 내가 네게 너무 나이가 많은 게 아닌지 두렵게 느껴져. 너는 아직 다른 여자들을 사귈 기회가 없었으니까 지금은 그렇게 생각되지 않을 지도 모르겠지만, 우리 사이가 결정되고 나서 네 마음에 들지 않는 나를 보게 된다면 그건 무척 괴로운 일이 될 거야. 이 편지를 읽으면서 너는 몹시 화를 내겠지. 너의 항변하는 소리가 들리는 것 같구나. 난 다만 네가 좀더 인생에 대해서 알게 될 때까지 기다려 달라는 것뿐이야. 내가 이런 말을 하는 것은 오로지 너를 위해서라는 것을 이해해 주렴. 나로서는 이후로도 결코 너를 사랑하지 않을 수 없다고 확신하니까.

알리사

사랑하지 않게 되다니, 어떻게 그렇게 생각할 수 있단 말인가? 그래 이런 것이 새삼스레 문제가 될 수 있단 말인가? 나는 슬프기보다 놀라울 뿐이었다. 너무도 충격이 커서 나는 그 편지를 아벨에게 보이려고 서둘러 그를 찾아갔다.

"제롬, 넌 어떻게 할 셈이냐?" 입술을 꼬옥 다문 채 편지를 다 읽고 난 그는 머리를 절레절레 저으며 말했다. 불안과 비탄에 젖은 나는 두 손을 들었을 뿐이다. 아벨이 말하기 시작했다.

"나는 네가 적어도 답장은 쓰지 않기를 바란다. 여자와 논쟁을 벌이기 시작하면 그건 끝장이니까……제롬, 토요일 르아브르에서 밤을 지내면 일요일 아침에는 퐁그즈마르에 갈 수 있고, 월요일 아침엔 강의에 맞춰서 올 수 있어. 나는 군대에 들어간 뒤에 네 친척들을 만나 뵙지 못했으니 둘러댈 핑계로선 훌륭하고, 또 나로서도 인사를 차리게 되는 셈이지. 네가 알리사와 이야기를 하는 동안 나는 쥘리에트를 맡을게. 제발, 어린애 같은 짓은 하지 않도록 해라. 사실은 말이야. 네 이야기 가운데는 이해가 잘 안 되는 부분이 있어. 아무래도 네가 나한테 털어 놓지 않은 점이 있는 것 같아. 아무튼 좋아! 곧 그걸 알게 될 테니까……무엇보다도 우리가 간다는 사실을 미리 알려선 안 돼. 네 외사촌 누이를 기습해야 해. 그녀에게 무장할 시간을 주지 말아야 하니까."

정원의 문을 밀면서 나는 사뭇 가슴이 두근거렸다. 쥘리에트는 곧장 뛰어나와 우리를 맞았다. 그러나 속옷을 분주히 손질하고 있던 알리사는 얼른 내려오지 않았다. 우리가 외삼촌과 미스 애슈버튼과 함께 이야기를 하고 있을 때에야 비로소 그녀는 응접실로 내려왔다. 갑작스러운 우리의 도착이 그녀의 마음을 몹시 당황하게 했는지 어떤지, 하여튼 그녀는 조금도 그런 내색을 하지 않았다. 아벨이 내게 했던 말을 떠올리면서 나는 알리사가 그렇게 지체한 것은 나에 대한 무장을 갖추기 위한 것이었다고 생각했다. 쥘리에트의 유난히 활기찬 태도는 알리사의 신중한 태도를 더욱 냉랭하게 느끼게 해 주었다. 내가 불쑥 찾아온 것에 대해 그녀는 분명 못마땅하게 여기고 있으리라. 적어도 그녀는 나를 못마땅해 하는 빛을 자기의 태도로써 내보이려는 듯싶었다. 그러나 나는 그런 감정 뒤에 더 생생한 다른 감정이 숨겨져 있을지도 모른다는 것을 감히 상상하지 못했다. 그녀는 우리로부터 조금 떨어진 창가 자리에 앉아 수를 놓는 데에만 정신이 쏠린 듯, 입술까지 움직이며 바늘땀을 세고 있었다. 아벨은 이야기를 하고 있었다. 다행스럽게도! 나로선 이야기를 할 기력도 없었고, 만일 아벨이 군대 생활과 여행 이야기를 하지 않았던들 이 재회의 처음 시작은 침울하게 되어 버렸을 것이기 때문이다. 외삼촌마저도 눈에 띄게 근심스러운 표정이었다.

점심 식사가 끝나자마자 쥘리에트가 나를 끌어 우리는 정원으로 나갔다.

"나한테 청혼하는 사람이 다 있어. 오빠!" 밖으로 나오자마자 쥘리에트는 소리쳤다. "플랑티에 이모님이 어제 아빠한테 편지를 보내셨어. 님므에서 포도를 재배하는 사람이라는데, 이모님은 대단히 훌륭한 사람이라고 단언하고 계셔. 올 봄의 사교 모임에서 나를 몇 번 보고는 나에게 반했다는 거야."

"그래, 그 사람이 너에게 어떤 인상이라도 남겼니?"

나도 모르게 약간 반감이 섞인 어조로 물었다.

"그래, 기억이 나. 사람 좋은 돈키호테라고나 할까? 교양 없고, 못생기고, 천박한데다가 우스꽝스럽기까지 해. 그 사람 앞에선 이모님께서도 근엄한 얼굴을 못 하셔."

"그 사람 가망 있어?"

하고 나는 빈정거리듯 물었다.

"어머! 농담도……! 그 사람 장사꾼이야. 오빠가 그 사람을 한번이라도 보았더라면 나한테 그런 질문을 안 했을 거야."

"그렇다면 외삼촌은 어떻게 대답하셨는데?"

"내가 대답한 대로, 결혼하기엔 아직 어리다고." 하고 쥘리에트는 웃으며 덧붙였다. "현명하게도 이모님은 그런 답변을 할 줄 아셨다는 듯 편지 끝에 뭐라고 쓰신 줄 알아? 에두아르 테시에르 씨는 이것이─그 사람 이름이야─기꺼이 기다리겠다고 하며, 이렇게 서둘러 청혼하는 것은 다만 차례에 끼기 위해서라는 거야. 정말 어처구니없는 얘기지. 하지만 그걸 어떡하겠어? 너무 못생겨서 안 되겠다고 전해 달라고 할 수는 없잖아?"

"물론 그럴 수야 없지. 그렇지만 포도 재배자와는 결혼하고 싶지 않았다고 할 수는 있겠지."

쥘리에트는 어깨를 으쓱해 보였다.

"그건 이모님한테는 통하지 않을 이유야. 그 얘긴 그만하고, 오빠, 언니가 오빠한테 편지했어?"

그녀는 마치 장난인 듯 물었지만 몹시 흥분해 있는 걸 느낄 수 있었다. 알리사의 편지를 넘겨주자 그녀는 얼굴을 붉히면서 그걸 읽었다.

"오빠는 어떡할 거야?"

그녀가 물었을 때 나는 그녀의 목소리에서 노여움의 기색을 들을 수 있었다.

"글쎄, 나도 모르겠다. 이곳에 와서야 나는 편지를 썼던 편이 더 수월했을 거라는 생각이 들었지. 여기 온 것을 후회해. 알리사가 무얼 말하려 했는지 쥘리에트, 너는 알 수 있겠니?"

"언니는 오빠를 자유롭게 해주고 싶었던 게 아닐까?"

"자유! 내가 무슨 자유를 원한다고? 그럼 너, 알리사가 왜 내게 그런 편지를 썼는지도 알겠구나?"

"몰라!" 하고 대답하는 그녀의 말투가 너무 퉁명스러워서 나는 그녀가 비록 진실을 전부 알고 있지 못한다 하더라도 적어도 그 일에 대해 전혀 모르고 있지는 않다고 확신했다. 우리가 거닐고 있던 오솔길 굽이에서 그녀는 갑자기 발길을 돌리며 말했다. "이젠 갈래. 오빠 나하고 얘기하러 온 게 아니잖아? 너무 오래 같이 있었어."

쥘리에트는 집 쪽으로 달리듯 뛰어갔고, 조금 후에 그녀가 치는 피아노 소리가 들려 왔다.

내가 응접실로 돌아왔을 때 그녀는 거기에 와 있던 아벨과 이야기를 하고 있었다. 그녀는 얘기하면서, 되는 대로, 그리고 막연히 즉흥적으로 연주하듯 계속 피아노를 쳤다. 나는 두 사람을 응접실에 남겨 두고 알리사를 찾으며 한참 동안 정원 안을 헤매고 다녔다.

알리사는 과수원 안쪽 담 밑에서 너도밤나무 숲의 낙엽 냄새에 그 향기를 섞고 있는 만개한 국화를 따고 있었다. 대기는 온통 가을로 충만해 있었다. 햇살은 이제 과수원의 담을 엷게 내리쬐고 있었으나, 그 위로 트인 하늘은 동양적인 신비감을 지니고 있었다. 그녀의 얼굴은 커다란 젤란드(네덜란드의 북쪽 바다에 면해 있는 지방) 식의 모자에 거의 가려져 마치 틀에 끼인 듯했다. 그것은 아벨이 여행 기념으로 그녀에게 선물한 것을 당장 쓴 것이다. 내가 다가가도 그녀는 모르는 척 고개를 돌리지 않았으나, 나는 억누를 수 없이 가늘게 떨고 있는 그녀를 보고 내 발자국 소리를 듣고 있었다는 것을 알 수 있었다. 그래서 나는 그녀의 책망과 나를 짓누를 것이 분명한 그녀의 준엄한 눈길에 대비하여 곧 마음을 가다듬었다. 그러나 내가 가까이 다가가 두려운 듯 발걸음을 늦추자 그녀는 내 쪽으로 고개를 돌리지도 않고, 마치 토라진 어린아이처럼 얼굴을 수그린 채, 꽃을 가득 쥔 손을 뒤쪽의 나를 향해 내밀면서 더 가까이 오라는 듯 손짓했다. 그러고는 내가 그 몸짓과는 반대로 짐짓 멈춰 서자 그녀는 마침내 몸을 돌려 나에게로 몇 걸음 다가오면서 고개를 쳐들어 나를 보았다. 그녀의 얼굴 가득 미소가 실려 있었다. 그녀의 눈길에 모든 것이 갑자기 단순하고 수월하게 보였기 때문에 나는 언제나처럼 변함없는 목소리로 힘들지 않게 말문을 열 수 있었다.

"알리사, 나를 오게 한 것은 네 편지였어."

"나도 그렇게 생각했어." 하고 말하더니 그녀는 꾸짖는 말끝을 부드럽게 하여 말을 이었다. "나를 언짢게 하는 것도 바로 그런 점이야. 내 얘기를 왜 좋지 않게 받아들이지? 전혀 아무렇지도 않은 일이었는데……(순간 지금까지 나를 괴롭혀온 슬픔과 고통은 내 마음속에만 있는, 내가 꾸며 짐짓 그렇게 생각하기 시작한 일인 듯싶었다.) 너한테도 얘기했지만, 정말 우린 이대로도 행복해. 그러니 바꾸어 보자는 네 제의를 거절했다고 해서 네가 그렇게 놀랄 건 없잖아?"

그녀 곁에 있으면 나는 행복을 느끼게 된다. 너무도 완전하게 행복한 느낌이어서 이제부터는 나의 생각이 그녀의 생각과 조금도 다르지 않을 것처럼 여겨졌다. 나는 이미 그녀의 미소밖에는, 그리고 이렇듯 그녀와 함께 꽃으로 둘러싸인 아늑한 길을 그녀의 손을 잡고 거니는 것밖에는 아무 것도 바라지 않게 되었다.

"네가 그러는 편을 더 좋아한다면." 하고 나는 단번에 다른 희망을 포기하고 순간의 완전한 행복에 몸을 맡기며 심각하게 말했다. "약혼하지 말자. 네 편지를 받았을 때 나는 지금까지 행복했으나 앞으로는 행복하지 못하리라는 것을 동시에 깨달았어. 아아! 내가 가졌던 행복을 돌려 줘! 나는 그 행복 없이는 견딜 수가 없어. 일생 동안 기다리라고 해도 난 그렇게 할 거야. 그만큼 너를 사랑해. 그러나 네가 나를 사랑하지 않게 된다거나, 나의 사랑을 의심한다거나 하는 건, 알리사, 그건 생각만 해도 참을 수가 없어."

"아냐, 제롬! 내가 어떻게 의심할 수 있겠니?'

이렇게 말하는 그녀의 목소리는 잔잔하고도 슬프게 들렸다. 그러나 그녀를 환히 빛나게 하는 미소가 너무 맑고 아름다웠기 때문에 나는 두려움을 품고 항변했던 일이 부끄러워졌다. 게다가 그녀의 목소리에서 느낀 슬픔조차도 어쩌면 내가 느낀 두려움과 항의에서 빚어져 나온 것인지도 모른다는 생각이 들었다. 갑자기 나는 밑도 끝도 없이 나의 계획과 얻을 바가 많을 것으로 기대되는 나의 새로운 생활에 대해서 이야기하기 시작했다. 당시의 고등사범학교는 최근의 풍속에 따라 변질된 그러한 학교는 아니었다. 엄격한 규율을 견디기 힘든 것은 게으르거나 완고한 사람들뿐, 그것은 오히려 학구적인 의지를 북돋아 주는 것이었다. 세상으로부터 나를 보호해 주는 거의 청교도적인 고등사범학교의 관습은 오히려 나의 마음에 들었다. 세상이란 별로 나의 관심을 끌지 못했으며, 만일 알리사가 두려워하거나 꺼려한다면 곧 내게도 혐오스러운 것에 지나지 않을 그러한 것일 뿐이었다. 미스 애슈버튼은 어머니께서 살아 생전에 함께 사셨던 그 아파트에 그냥 머물러 계셨다. 미스 애슈버튼 말고는 달리 아는 사람도 없는 파리에서 아벨과 나는 일요일이면 몇 시간이고 미스 애슈버튼 곁에서 보내게 될 것이다. 그리고 일요일이면 알리사에게 편지를 써서 그녀가 나의 생활을 상세히 알게 하여 주리라.

알리사와 나는 그때 열려 있는 온실 창턱에 걸터앉아 있었다. 거기엔 마지막 열매마저 따버린 굵은 오이 덩굴이 아무렇게나 뻗어 나와 있었다. 그녀는 내 얘기에 귀를 기울이며, 가끔 이것저것을 묻곤 했다. 지금까지 나는 이보다 더 배려가 깃든 다정함, 이보다 더 정성어린 사랑을 느낀 적은 없었다. 두려움, 괴로움 그리고 아주 사소한 걱정마저 마치 티끌 하나 없는 푸른 하늘 속으로 안개가 사라지듯 그녀의 맑은 미소 속에 증발되어 버리고, 그 매혹적인 친밀감 속으로 빨려들 듯 사라져 버렸다.

이윽고 쥘리에트와 아벨이 우리 뒤를 따라와 합류하여 우리 모두는 너도밤나무 숲 벤치에 앉아서 스윈번의 〈시대의 개가〉를 각자 한 구절씩 번갈아 가며 소리 내어 읽었는데, 그러는 동안 그날의 나머지 시간이 지나가고 저녁이 되었다.

"자!" 우리가 떠날 때 알리사는 나에게 가볍게 입 맞추면서 말했다. "이젠 그렇게 공상적으로 되지 않겠다고 약속해."

반쯤은 농담 같았지만, 마치 누나 같은 태도였다. 아마 지각없는 내 행동이 그녀로 하여금 그런 태도를 취하게 만든 것 같았다.

"제롬, 약혼했니?"

다시 두 사람만 남게 되었을 때 아벨이 나에게 물었다.

"야, 이제 그런 건 문제도 아냐!" 하고 나서 나는 다른 모든 새로운 질문을 잘라 버리듯 단호하게 덧붙였다. "난 이대로 있는 편이 훨씬 더 나아! 일찍이 오늘 저녁처럼 행복했던 적은 없었어."

"나도 그래!" 하고 아벨이 외쳤다. 그러고는 와락 내 목을 끌어안으면서 말했다. "기가 막힌, 희한한 얘기를 해줄게. 제롬, 난 말이야, 쥘리에트에게 홀딱 반해 버렸어. 작년에도 혹 그런 건 아닐까 생각했던 적이 있어. 그러나 나는 그 후 세상 경험도 했고 해서 너의 외사촌 누이들을 다시 만날 때까지는 네게 아무 말도 하지 않으려 했던 거야. 이제는 결정이 났어. 내 인생은 결정됐단 말이야. '사랑하노라, 사랑하기보다는 찬미하노라, 쥘리에트를!' 난 오래 전부터 제롬, 네게서 무슨 동서와 같은 정감을 느끼고 있었던 거 같아."

그리고 나서 아벨은 깔깔대며 장난을 치면서 한껏 팔을 벌려 나를 끌어안더니 파리 행 기차의 좌석 위를 어린애처럼 뒹굴었다. 나는 그의 뜻밖의 고백으로 숨이 막힐 듯했으며, 그 고백에 섞여 있는 다소 문학적으로 꾸며낸 듯한 표현의 과장된 느낌 때문에 약간 거북스럽기도 했다. 그러나 그렇듯 벅찬 기쁨과 감격에 무엇으로 맞설 수 있겠는가?

"그래 어떻게 했어? 고백은 했니?"

쉴 새 없이 쏟아지는 말 사이에 간신히 틈을 내어 물었다.

"아냐, 아냐!" 하고 아벨은 소리쳤다. "역사의 가장 매혹적인 대목을 그렇게 쉽게 태워 버릴 순 없지. '사랑의 가장 아름다운 순간은 그대를 사랑하노라고 말할 때가 아니니…….' 이봐, 제롬! 그렇다고 나를 꾸짖을 순 없겠지? 너 같은 느림보로선 말이야."

"아무튼 아벨." 하고 나는 약간 초조해지며 말을 이었다. "네 생각엔 쥘리에트 쪽에서도, 그 애 쪽에서도……."

"나를 다시 만나게 되었을 때 그녀의 동요하는 모습을 너는 전혀 알아채지 못했니? 우리가 거기 가 있는 동안 내내 쥘리에트가 그렇게 들떠 있었고, 그렇게 자주 얼굴을 붉혔고, 그렇게 많은 얘기를 쏟아내듯 주고받았는데도? 그렇지, 물론 넌 아무것도 눈여겨보지 않았겠지. 너야 알리사에게만 온통 정신을 쏟고 있었으니까……. 정말 쥘리에트가 어떻게나 이것저것 물어 대던지! 어떻게나 내 말을 열심히 귀 기울여 듣던지! 쥘리에트는 작년에 본 이후로 놀랄 만큼 총명해졌어. 네가 어떤 점에서 쥘리에트가 책읽기를 즐겨하지 않는다고 생각하게 되었는지 난 정말 알 수가 없어. 너는 언제나 책을 읽는다든가 하는 건 알리사만을 위한 거라고 생각하고 있었던 거야. 하지만 이 친구야, 사실 쥘리에트가 알고 있는 것은 놀라울 정도야. 제롬, 저녁 먹기 전에 쥘리에트와 내가 무엇을 했는지 알아? 우리는 단테의 〈칸초네〉를 외며 즐기고 있었어. 그녀와 난 번갈아 가며 시구 하나씩을 외웠는데, 내가 틀리면 그녀가 고쳐 주고 내가 막히면 그녀가 뒤를 이었지. 이렇게 시작되는 행 너도 알지? 'Amor Che nella mente mi ragiona(내 마음 가득 채워 주는 사랑의 마음이여!)' 제롬, 너는 그녀가 이탈리아 어를 배웠다는 말을 해주지도 않았잖아?"

"아니 그건 나도 몰랐는데?" 하면서 나는 꽤 놀랐다.

"정말이야? 쥘리에트는 칸초네를 암송하기 시작할 때, 자기에게 그것을 알게 해준 것은 너였다고 했었는데……."

"아마 내가 알리사에게 암송해 주는 것을 들었던 모양이지. 쥘리에트는 곧잘 우리 곁에서 바느질이나 수를 놓으면서 우리가 나누는 이야기를 듣고 있곤 했거든. 그렇긴 하지만 자기가 이탈리아 어를 알고 있다는 눈치는 전혀 비치지 않았는데……."

"알 것 같아. 너흰 그랬을 거야. 아무튼 알리사하고 너는 지독한 이기주의자들이야. 자기네들의 사랑에만 열중해 눈이 먼 채로 쥘리에트와 같은 지성과 영혼이 눈부시게 꽃을 피우는 것에는 주의를 기울이지 않았으니 말야. 내가 나를 추켜세우려는 건 아니지만, 어쨌든 내가 나타날 시기였던 거야. 아니 천만에, 그 일로 해서 난 너를 절대 원망하지는 않아." 하면서 그는 다시금 나를 껴안았다. "다만 한 가지만은 약속해 줘. 이 모든 일에 대해 알리사에게 한 마디도 않겠다고. 내 일은 나 혼자 이끌어가겠어. 쥘리에트는 다음 방학 때까지 그냥 놔둬도 좋을 만큼 내게 사로잡혀 있어. 그건 확실해. 그래서 그때까지는 편지도 쓰지 않을 생각이야. 그러나 크리스마스 휴가 때면 너하고 함께 르아브르에서 방학을 보내고, 그리고 나서는……."

"그리고 나서는?"

"그러고는 알리사가 갑자기 우리의 약혼을 알게 되는 거야! 나는 이런 모든 일을 멋지게 해낼 거야. 그리고 나선 어떻게 될 것 같니? 너로서는 얻어내지 못한 그 승낙 말이야. 쥘리에트와 내가 모범을 보임으로써 그 승낙을 얻어 주겠단 말이야. 우리 둘이서 알리사를 설득시키겠어. 너희들 결혼하기 전에는 우리도 결혼할 수 없다고 말이야."

아벨은 쉬지 않고 이야기를 계속하여 나로 하여금 끊임없는 말의 흐름 속으로 잠겨들게 하였다. 그것은 기차가 파리에 도착했을 때도, 우리가 고등사범학교에 돌아왔을 때에도 그치지 않았다. 역에서 학교까지 걸어왔음에도 불구하고, 그리고 밤이 깊었는데도 아벨은 내 방에까지 따라와서 이야기를 계속하였다.

아벨의 열정은 현재와 미래까지도 자기 마음대로 다루었다. 그는 우리 두 쌍의 결혼식을 미리 그려 보고는 그에 대해 이야기하였다. 그는 우리들 저마다의 놀람과 기쁨을 상상하며 묘사하기도 했고, 우리의 사랑, 우리의 우정, 그리고 나와 알리사의 사랑에서 자기가 맡게 될 역할에 도취되기도 했다. 나는 이렇듯 깊이 빠져 버린 아벨의 열정을 막아 내기는커녕, 마침내는 스스로 그의 들뜬 기분에 빠져들어 그의 공상적인 제안에 슬그머니 넘어가고 말았다. 우리의 사랑으로 인하여 우리의 용기와 야망도 한껏 부풀어 올랐다. 학교를 졸업하자마자 동시에 우리 두 쌍의 결혼식이 거행되고(예식은 보티에 목사님의 주례로 이루어질 것이다) 우리 네 사람은 함께 신혼여행을 떠나는 것이다. 그리고 우리는 곧장 보람 있는 어떤 일을 할 것이며, 그러면 아내들은 기꺼이 우리의 협력자가 되는 것이다. 교수직에는 별로 마음이 끌리지 않고, 글 쓰는 소질만은 타고났다고 믿는 아벨은 몇 편의 성공적인 희곡을 써내어 그에게 갑자기 재산을 모아 준다. 그런 이익보다는 학문 쪽에 마음이 끌리는 나는 종교 철학을 깊이 파고들어 그 역사를 써본다……. 지금 그 많은 희망들을 돌이켜 보는 것이 무슨 소용이 있겠는가?

이튿날부터 아벨과 나는 다시 공부에 몰두했다.

❊ 4 ❊

　크리스마스 휴가까지는 무척 짧았기 때문에, 지난번 만남으로 풍성할 만큼 넉넉해진 알리사에 대한 나의 믿음은 흔들리지도 약해지지도 않았다. 그때 속으로 정했던 대로 나는 일요일마다 알리사에게 나에 대한 아주 긴 편지를 쓰곤 했다. 어느 날에는 아벨을 만나거나 할 뿐 학교 친구들과도 잘 만나지 않은 채 알리사에 대한 생각을 하며 지냈으며, 내가 좋아하는 책에는 내 자신이 추구하는 점보다도 알리사가 추구함직한 것을 으뜸으로 여기면서 그녀를 위한 표적으로 가득 채우곤 했다.

　그녀에게서 오는 편지는 여전히 나를 불안하게 했다. 내 편지에 대해 비교적 규칙적으로 답장을 해주기는 했지만, 그러한 그녀의 열성은 나에 대한 믿음에서 비롯된 것이라기보다는 내 학업의 진도를 격려하기 위한 배려 때문인 듯했다. 그리고 어떤 작품에 대한 평가나 토론이나 비평이 나에게는 나의 생각을 표현하기 위한 수단인데 비해 그녀에게는 스스로의 생각을 감추기 위한 방편인 듯이 보였다. 가끔 나는 그녀가 장난으로 그러는 것은 아닐까 하는 생각을 하기도 했다. 그러나 그런 것은 아무래도 좋았다. 아무런 불평도 늘어놓지 않기로 한, 그렇게 굳게 결심한 나는 그러한 의구심이 내 편지에 드러나지 않도록 조심했다.

12월 하순 무렵에 아벨과 함께 나는 르아브르를 향해 출발했다. 나는 플랑티에 이모님 댁에서 머물기로 했다. 내가 도착했을 때 이모님은 집에 계시지 않았다. 그러나 내가 방에 들어가 짐을 풀자 집안일을 돌보는 사람이 와서 이모님이 응접실에서 기다리고 계신다고 전해 주었다.

나의 건강과 숙소 형편, 학업의 정도에 대해 이것저것 묻다 말고 갑자기 이모님은 다정스런 호기심에 이끌려 전혀 조심성도 없이 내게 물으셨다.

"여태 넌 그 얘기를 않고 있었지? 퐁그즈마르에 갔었던 결과가 어땠는지. 네 일은 좀 진전시킬 수 있었니?"

이모님의 서툰 애정 표현은 묵묵히 견디어 낼 수밖에 없었다. 아무리 더없이 섬세하고 부드러운 말일지라도 나를 거칠게 만드는 그러한 감정을 이렇게 무심히 취급해 버리는 것 같은 태도는 나에게는 고통스러운 일이었다. 그렇기는 해도 너무나 다정하고 소박한 말투였기 때문에 화를 내거나 하는 일은 부질없었다. 그런데도 나는 대뜸 쏘아 붙이기부터 했다.

"이모님도 참! 지난 봄엔 우리들에겐 약혼이 너무 이르다고 하셨잖아요?"

"그땐 그랬지. 나도 기억하고 있단다. 누구든 처음에는 그렇게

들 얘기하는 거란다." 하고 이모님은 나의 한 손을 잡아 당신의 손 안에 따뜻하게 감싸 쥐면서 전혀 개의치 않고 말씀하셨다. "하지만 사실, 네 공부며 군복무로 너희들이 결혼하기 위해서는 여러 해를 기다려야 한다는 것은 바꿀 수 없는 일 아니냐? 그리고 이건 내 개인적인 생각이지만, 약혼 기간이 너무 긴 것은 그리 바람직한 것이 아니란다. 처녀애들을 지치게 할 뿐이지. 물론 때로는 그런 게 아주 감동적일 수도 있겠지만……. 그건 그렇고, 제롬! 약혼은 반드시 공표해 둘 필요가 있어. 그렇게 해두면 다른 사람들이―물론 은근히 마음속으로만―더 이상 그 처녀를 뒤쫓아다녀서는 안 된다는 것을 알게 된단다. 그뿐 아니라, 그렇게 해두면 너희들의 편지 교환이나 교제는 정당한 것으로 인정받게 되지. 그리고 너희 둘 중 누구에게 다른 혼처가 나타난다고 해도 그래. 그건 충분히 있을 수 있는 일이니까." 이모님은 그럴 듯한 미소와 더불어 말을 이으셨다. "약혼을 해두었다면 안 된다고, 그럴 필요가 없다고 넌지시 거절할 수가 있지 않겠니? 너, 쥘리에트에게 청혼이 들어왔다는 사실을 알고 있니? 금년 겨울 들어 그 애는 무척 남의 눈에 띄었거든. 쥘리에트는 아직 어리지. 그 애가 그 청혼에 대해 대답한 것도 그 말이었고, 그런데 그 청년은 기다리겠다는 거야. 엄밀하게 말하자면 이제 청년이라고는 할 수 없는 사람이지만, 아무튼 쥘리에트의 신랑감으로는 훌륭해. 아주 틀림없는 사람이지. 아마 내일이면 너도 그 사람을 만나볼 수 있을 게다. 우리 집 크리스마스 트리를 보러 오기로 했으니까 보고 나서 그의 인상이 어떤지 말해 주렴."

"잘은 모르지만, 이모. 그 사람이 괜히 헛수고만 하지나 않을까 걱정이군요. 쥘리에트 마음엔 딴 사람을 두고 있는지도 모르잖아

요?"

나는 아벨의 이름을 대지 않으려고 주의를 기울이며 말했다.

"너 뭐라고 했니?" 그럴 리가 있느냐는 듯이 이모님은 입술을 뾰족 앞으로 내밀고는 머리를 갸우뚱하면서 미심쩍어 하셨다. "사람을 깜짝 놀라게 하는구나, 제롬. 만일 그렇다면 쥘리에트 그 애가 여태까지 왜 그런 말을 하지 않았을까?"

나는 그 이상 말하지 않으려고 입술을 꾹 다물었다.

"그럴 리가 있나? 하여튼 두고 보면 알겠지? 쥘리에트 그 애는 요즘 좀 앓고 있단다." 하며 이모님은 말을 이어나갔다. "그건 그렇고……. 지금 문제되는 아이는 그 애가 아니지. 그래 알리사도 역시 참 귀여운 아이지. 제롬! 알리사한테 선언을 했니 안 했니?"

너무도 어울리지 않게 난폭하게 들리는 이모님의 '선언' 이라는 말에 진심으로 반발을 느꼈지만, 정면으로 물어 오신데다가 또 거짓말을 할 수도 없어서 나는 그만 얼버무리며 대답했다.

"예." 하고 나는 그만 얼굴이 화끈 달아올랐다.

"그러니까 알리사가 뭐라더냐?"

나는 고개를 숙이고 말았다. 전혀 대답하고 싶지가 않았다. 그래서 내키지 않아 하며 더욱 애매하게 말했다.

"약혼을 하지 말자고 하더군요."

"알리사가 그렇게 말했단 말이지? 그 깜찍한 애가!" 하고 이모님은 외치셨다. "너희들에게야 시간은 얼마든지 있으니까. 그럼, 그렇구 말고!"

"아아! 이모, 이런 얘기는 제발 그만 해요."

나는 이모님의 말을 중지시키려고 했으나 허사였다.

"그래, 그래. 그 애가 그렇게 말한 것은 전혀 놀라운 일이 아냐. 네 외사촌 누이야 언제든지 너보다 생각이 깊어 보였거든."

그때 나는, 심문 같은 이모님의 괴로운 질문 때문에 짜증이 나서였는지, 왜 그랬는지는 이유가 확실치 않지만, 갑자기 가슴이 메어지는 듯했다. 그래서 다시 어린애가 된 것처럼 마음씨 좋은 이모님의 무릎 위에 얼굴을 묻고는 흐느끼면서 답답한 마음으로 부르짖었다.

"이모, 그렇지 않아요. 이모는 아무것도 알지 못하세요. 알리사가 나에게 기다려 달라고, 그렇게 얘기한 건 아니었어요."

"아니, 제롬! 그럼 그 애가 너를 싫어하기라도 한단 말이냐?"

손으로 내 얼굴을 들어올리며, 이모님은 다정하게 연민 어린 어조로 물으셨다.

"아녜요, 이모. 제가 두려워하는 건 그런 게 아니에요."

"가여운 녀석 같으니라구. 제롬, 내가 너를 이해할 수 있게 하려면 좀더 분명하게 이야기를 해주어야지."

나는 내 약한 마음에 이끌려 그것을 이모님 앞에 드러내 버린 것이 부끄러웠다. 이모님은 나의 불안해 하는 태도를 전혀 짐작하실 수 없을 것이다. 그러나 만일 알리사가 거절하는 데 무슨 숨겨진 이유가 있다면, 이모님이 그녀에게 부드럽게 물어 보아 어쩌면 그 숨은 이유를 알아낼 수 있을지도 모른다. 이모님은 먼저 그 이야기를 꺼내셨다.

"애야, 알리사는 내일 아침에 나와 함께 크리스마스 트리를 꾸미기로 했다. 내일 아침 그 애가 오면, 내 무슨 영문인지 알아보마. 아마 네가 걱정할 것은 아무것도 없다는 것을 알게 될 게다. 틀림없이 그렇게 될 거야, 제롬."

나는 뷔콜랭 댁으로 저녁 식사를 하러 갔다. 실제로 며칠 전부터 몸이 아프다는 쥘리에트는 사람까지 좀 변한 듯이 보였다. 그녀의 시선은 적잖이 표독스러워 보였고 표정도 굳어 있어, 그 때문에 언니 알리사와는 다르게 보였다. 그날 밤에는 알리사와 쥘리에트 두 사람 가운데 어느 누구하고도 단둘이 얘기할 수가 없었다. 그런데 다가 나 역시 별로 그렇게 하고 싶지도 않았고, 또 외삼촌도 무척 피곤해 보여 식사가 끝난 후 조금 있다가 곧 물러 나왔다.

플랑티에 이모님이 마련하시는 크리스마스 트리는 해마다 많은 아이들과 친척들을 모여들게 했다. 트리는 이층의 층계참이기도 한 현관 어귀에 세워졌는데, 현관은 문간방, 응접실 그리고 식탁을 들여 놓은 일종의 온실 같은 방의 유리문 등으로 나 있었다. 트리의 장식이 아직 끝나지 않았기 때문에 내가 도착한 다음날인 축제 날 아침, 알리사는 이모님이 이야기하신 대로 아침 일찍부터 와서 트리에 여러 가지 장식과 조명, 과일, 과자, 장난감 등을 매달며 이모님을 돕고 있었다. 나 역시 알리사 곁에서 함께 이모님을 도우며 그런 일을 거들 수 있다면 무척 즐거울 것 같았으나, 이모님이 그녀와 함께 이야기하실 기회를 드려야 했기 때문에 단념해야만 했다. 나는 그녀를 만나지도 않고 집을 나왔다. 그리곤 아침나절 내내 불안한 마음을 억누르기 위해 애써야 했다.

쥘리에트나 만나 보아야겠다 싶어 나는 뷔콜랭 댁으로 갔다. 그러나 아벨이 나보다 먼저 와서 그녀 곁에 있다는 것을 알고 두 사람의 결정적인 이야기를 방해하지 않기 위해 곧 도로 나와 버렸다. 나는 점심시간까지 선창가를 배회했다.

"못난 녀석 같으니라구!" 내가 돌아오자마자 이모님은 소리쳤다. "인생을 그 따위로 망치는 법도 다 있니? 오늘 아침에 네가 나한테 들려 준 이야기 가운데 이치에 닿는 말이라고는 하나도 없어. 나는 뜸을 들이지 않고 단도직입적으로 말을 꺼냈어. 우리 일을 거드느라 피곤해진 미스 애슈버튼에게 바람 좀 쐬고 오라고 내보내고서는 알리사와 단둘이 있게 되자마자, 왜 올 여름에 약혼을 하지 않았느냐고, 여러 말 않고 대뜸 물어 봤다. 너는 그 애가 당황하기라도 했을 것같이 생각하는 거냐? 그 애는 전혀 당황하지 않았어. 태연하고 차분하게 저는 제 동생보다 먼저 결혼하고 싶지 않다고 그러더구나. 네가 그 애에게 솔직하게 물어보았더라면 그 앤 너한테도 나한테처럼 솔직하게 이야기해 주었을걸. 네가 혼자 괴로워야 했던건 바로 이런 점에 있었던 거지. 안 그러냐? 얘야, 솔직하다는 것만큼 좋은 것은 없지 않니? 가여운 알리사! 그 애는 또 자기 아버지를 떠날 수 없다고 하더라. 알리사와 나는 참 많은 이야기를 나누었다. 그 애는 참 지각이 있어. 일찍부터 철이 들었던 거야. 그 아이는 자기가 네게 어울리는 사람인지 아직 알 수 없다고 하더라. 너한테는 자기가 너무 나이가 많지 않은가 두렵다고……그래서 쥘리에트 또래의 여자가 더 바람직하지 않겠느냐는 거야……."

이모님은 말씀을 계속하셨다. 그러나 나는 이미 이모님 말씀엔 귀를 기울이고 있지 않았다. 나에게는 단 한 가지 사실만이 중요했다. 알리사는 자기 동생보다 먼저 결혼하기를 거부한다는 것, 그 사실뿐이었다. 그렇지만 쥘리에트에게는 아벨이 있지 않은가! 아벨, 그 잘난 체하는 녀석의 생각이 옳았던 거야. 녀석은 한꺼번에 우리 두 쌍의 결혼을 달성시키려는 거야!

그렇게 단순한 사실이 밝혀짐으로써 내가 빠져드는 동요를 이모님께는 온 힘을 다해 감추고, 나는 매우 당연해 보이는 기쁨, 이모님께서 나에게 주신 것이니만큼 더욱 그분의 마음을 즐겁게 하는 기쁨만을 드러내 보였다. 그러나 점심 식사가 끝나자 나는 적당한 핑계를 둘러대고 이모님 곁을 물러나와 곧장 아벨에게로 달려갔다.

"어때, 제롬! 내가 뭐라 그랬니?" 아벨은 내가 그에게 그 기쁨을 알리자마자 나를 껴안으며 소리쳤다. "제롬, 오늘 아침에 내가 쥘리에트와 나눈 이야기는 결정적이었다고 네게 확언할 수 있어. 하긴 거의 너에 대한 이야기뿐이었지만 말이야. 그런데 그녀가 하도 고단해 보이고 들떠 있는 것처럼 느껴져서 얘길 지나치게 깊이 진행시키면 그녀에게 자극을 줄까 두려웠어. 그리고 너무 오래 머물러 있다가 그녀를 흥분시킬까 염려도 되었고. 그러나 네가 나한테 진상을 알려준 바에야 무얼 걱정하겠니? 이제 됐다! 제롬, 급히 가서 단장과 모자를 가져올게. 가는 도중에 내가 날아갈지도 모르니 날 붙잡아 주는 셈치고 뷔콜랭 댁 문 앞까지만 바래다 주렴. 나는 지금 에우포리온(괴테의 〈파우스트〉에서 파우스트와 헬레나 사이에 태어난 아이로서 하늘로 날아오른다.)보다 몸이 더 가볍게 느껴지니까…… 언니가 네 말을 받아들이지 않는 것이 오직 자기 때문임을 쥘리에트가 알게 된다면, 그리고 그때 내가 그녀에게 청혼을 한다면……아아, 제롬! 아버지께서 오늘 저녁 크리스마스 트리 앞에서 행복에 겨워 눈물을 흘리시면서 주님을 찬양하고, 무릎을 꿇은 네 사람의 약혼자들의 머리 위로 축복에 넘치는 손을 뻗으시는 모습이 벌써부터 눈에 환하구나! 미스 애슈버튼은 탄식 속으로 증발해 버릴 것이고,

플랑티에 아주머니는 속옷 속으로 잦아들어 녹아 버릴 거야. 온통 환하게 불 밝혀진 크리스마스 트리는 하나님의 영광을 노래할 것이며, 성서에 나오는 천사들처럼 손뼉을 칠 거야!'

크리스마스 트리에 불이 밝혀지고 아이들과 친척들, 친구들이 그 주위에 모여든 건 해질 무렵이나 되어서였다. 아벨과 헤어진 후 불안감과 초조감으로 어떤 것에도 마음을 쓸 수 없었고, 기다림을 잊기 위해 멀리 떨어져 있는 생 아드래스의 절벽까지 산책을 나갔던 나는 길을 잃고 헤맨 탓으로 플랑티에 이모님 댁으로 돌아왔을 때는 벌써 축제가 시작되고 있었다.

현관에 들어서자마자 나는 알리사의 모습을 보았다. 그녀는 나를 기다리고 있었다는 듯이 얼른 내게로 다가왔다. 그녀는 엷은 색 블라우스에 오래 된 자수정 십자가가 달린 목걸이를 걸고 있었다. 어머니에 대한 기념으로 그녀에게 주었던 것인데 그녀가 그것을 목에 걸고 있는 것은 처음 보았다. 그녀의 얼굴과 그 얼굴에 드러난 고통스러운 표정은 나를 가슴 아프게 했다.

"왜 이렇게 늦었어? 너에게 얘기하고 싶은 것이 있었는데……"

그녀는 억눌린 듯하고 다급한 목소리로 말했다.

"낭떠러지의 길에서 방향을 잃어버렸어. 그런데 알리사, 얼굴빛이 안 좋구나. 어디 몸이 불편해? 무슨 일이야?"

그녀는 입술을 떨며 자제심을 잃은 듯 얼마 동안 내 곁에 서 있었다. 그러한 그녀의 괴로워하는 모습이 내 가슴을 옥죄였기 때문에 나는 그녀에게 더 캐묻지 못했다. 그녀는 내 얼굴을 끌어당기려는 듯 내 목에 그녀의 손을 둘렀다. 그리고는 무엇인가를 말할 듯한 얼굴로 빤히 바라다보았다. 그 순간 손님들 한 무리가 몰려왔다. 그녀의 손이 힘없이 아래로 떨어져 내렸다.

"이젠 시간이 없구나." 하고 그녀는 힘없이 말했다. 그러고는 내 눈에 눈물이 가득 괴는 것을 보고는 마치 그런 어설픈 변명이 나를 진정시키기에는 충분하다는 듯이 내 묻는 눈길에 대답했다.

"아무것도 아냐, 제롬. 안심해. 머리가 조금 아플 뿐이야. 아이들이 어찌나 시끄럽게 하던지. 그래서 이리로 좀 피해 있었어. 이제 아이들 곁으로 돌아가 봐야 해."

그녀는 갑작스럽게 내 곁을 떠나갔다. 그러는 동안 사람들이 떼를 지어 몰려 들어와 그녀와 나를 갈라놓았다. 나는 응접실에서 다시 그녀를 붙잡으려 하였다. 방 한쪽 구석에서 여러 아이들에게 둘러싸여 뭐라고 지시하며 아이들의 놀이를 진행시키고 있는 그녀의 모습이 보였다. 그녀와 나 사이엔 많은 사람들이 있었고, 나는 그 사람들에게 붙잡히지 않고는 그녀에게로 갈 수 없을 것 같았다. 인사며 대화며, 지금의 나에겐 그러한 인사치레가 불가능했다. 혹시 이 벽을 따라 가만히 빠져나갈 수 있지 않을까? 나는 그렇게 할 요량으로 걸음을 떼어 놓았다.

정원으로 난 커다란 유리문 앞을 막 지나가려는 때였다. 나는 누군가에 의해 팔을 붙들렸다. 문간에 반쯤 몸을 숨기고 커튼으로 몸을 가린 쥘리에트가 서 있었다.

"온실로 가." 그녀가 낮고도 재빠른 목소리로 말했다. "꼭 말할 게 있어. 그쪽으로 혼자 먼저 가. 나도 곧 뒤따라 갈 테니까." 그녀는 순식간에 문을 열고 정원으로 나가 버렸다.

무슨 일이 있었던가? 나는 아벨을 만나고 싶었다. 그는 무슨 말을 한 것인가! 무슨 짓을 했단 말인가? 현관 쪽으로 되돌아온 나는

쥘리에트가 기다리고 있는 온실로 갔다.

쥘리에트는 얼굴이 빨갛게 달아올라 있었다. 눈썹을 찌푸리고 있는 그녀의 시선이 억세고도 고통스러워 보였다. 그녀의 두 눈은 열기를 지닌 채 반짝이고 있었다. 목소리마저 까칠하고 떨렸다. 어떤 분노 같은 것이 그녀를 흥분시키고 있는 듯이 보였다. 불안함에도 불구하고 나는 그녀의 아름다움에 놀랐고 몹시 거북스러워졌다. 우리는 단둘이었다.

"알리사가 무슨 얘기를 했어?"

그녀가 물었다.

"겨우 두어 마디 했을 뿐이야! 난 아주 늦게 왔거든."

"언니는 언니보다 내가 먼저 결혼하기를 바라고 있다는 걸 오빠는 알고 있어?"

"그래."

그녀는 뚫어지게 나를 처다보았다.

"그리고 내가 누구하고 결혼하기를 바라는지 오빠 알고 있어?"

나는 대답하지 않고 잠자코 있었다.

"바로, 오빠야!"

그녀는 울부짖듯이 말을 이었다.

"그런 미친 소리를!"

"그렇지?" 그녀의 목소리에는 절망감과 승리감이 동시에 드러났다. 그녀는 벌떡 몸을 일으켰다. 아니 일으켰다기보다 온통 몸을 뒤로 젖혔다. "이제 내게 남아 있는 길이 무엇인지 알겠어." 하고 모호한 어투로 덧붙여 말하더니 그녀는 등 뒤로 나 있는 정원 문을 나가서는 난폭하게 닫아 버렸다.

모든 것이 내 가슴과 머릿속에서 비틀거렸다. 관자놀이에서 피가 뛰는 것이 느껴졌다. 단 한 가지의 생각만이 내 마음의 혼란에 맞서서 버티고 있었다……아벨을 찾자. 아벨은 어쩌면 두 자매의 이상한 이야기를 내게 설명해 줄 수 있을지도 모른다.

그러나 나의 혼란된 모습을 누구든지 알아볼 것으로 생각되는 응접실에는 다시 들어갈 용기가 나지 않았다. 나는 밖으로 나왔다. 정원의 차가운 공기가 내 혼란된 마음을 조금 진정시켜 주었다. 나는 얼마 동안 그대로 서 있었다. 어둠이 내리고 바다 안개가 거리를 가득 채우고 있었다. 모든 나무들은 잎이 떨어진 채였고, 땅과 하늘은 덧없이 황량해 보였다. 노래 소리가 들려왔다. 아마 크리스마스 트리 주위에 둘러선 아이들의 합창일 것이다. 나는 현관을 통해서 다시 안으로 들어갔다. 응접실과 문간방의 문은 열려 있었다. 이제 별로 인기척이 없는 응접실에는 피아노 뒤로 몸이 반쯤 가려진 채 이모님이 쥘리에트와 이야기하고 있는 모습이 얼핏 보였다. 아이들이 찬송가를 마친 문간방에는 장식된 트리 주위에 많은 사람들이 몰려들었다. 보티에 목사님이 트리 앞에서 무슨 설교 비슷한 이야기를 시작하셨다. 목사님은 스스로 "좋은 씨를 뿌린다."고 하는 일을 할 기회를 놓치는 법이 없으셨다. 나는 불빛과 훈기가 역겨워 다시 밖으로 나가고 싶었다. 그때 나는 문에 기대어 서 있는 아벨을 보았다. 아마 조금 전부터 거기 서 있었으리라. 그는 날카로운 눈초리로 나를 쳐다보고 있었다. 그리고는 서로 눈길이 마주치자 어깨를 으쓱했다. 나는 그에게로 천천히 다가갔다.

"바보 같은 녀석!" 그는 나지막하게 내뱉었다. 그리곤 갑자기 덧붙였다. "이봐, 나가자. 좋은 말씀엔 이제 진저리가 나." 그리고 밖으로 나오자마자 "바보 녀석!" 하고 또다시 내뱉었다. 내가 걱정스럽게 처다보자 그는 빠른 어조로 덧붙였다. "그녀가 좋아하는 건 너란 말이야, 이 바보 녀석아! 그래, 너는 나한테 그런 이야기를 해 줄 수 없었니?"

나는 아찔하였다. 더 이상 알고 싶지도 않았다.

"없었을 테지. 그랬을 거야. 너 혼자서는 그런 사실을 알아차릴 수조차 없었을 테니까!"

아벨은 내 팔을 잡더니 미친 듯이 나를 흔들어 댔다. 악문 이빨 사이로 밀려나오는 그의 말소리는 떨렸다. 그는 헉헉 숨을 몰아쉬기까지 하였다.

"아벨, 제발 부탁이야." 잠자코 있던 나는 떨리는 목소리로 말했다. 그러나 그는 나를 마구 끌며 성큼성큼 걸었다. "그렇게 화만 내지 말고 무슨 일이 있었는지 얘기 좀 해봐! 난 아무 것도 모르고 있어."

그는 가로등 불빛이 환한 곳에서 갑자기 나를 세우더니 내 얼굴을 뚫어지게 바라보았다. 그러고는 나를 와락 끌어당기더니 내 어깨 위에 머리를 얹고 흐느끼며 말했다.

"미안해! 나 역시 바보였어. 너보다도 더 사태를 분명히 볼 줄 몰랐던 거야."

눈물이 그를 약간 진정시킨 듯이 보였다. 그는 얼굴을 들더니 다시 걸으면서 말을 이었다.

"무슨 일이 있었느냐고?……이제 와서 그 얘기를 무슨 소용이 있겠니? 네게 말했지만, 오늘 아침 나는 쥘리에트와 얘기를 나누었어. 그녀는 유난히 아름다웠고 생기발랄했어. 난 그런 것을 나 때문인 줄로만 알았지. 그런데 그건 단지 우리가 너에 대한 이야기를 한 까닭이었어. 순전히 그게 이유였어."

"그때는 전혀 아무런 눈치도 채지 못했니?"

"응, 전혀 아무 것도! 하지만 지금은 아무리 가벼운 그녀의 몸짓이라도 분명히 알겠어, 그 까닭을……."

"잘못 생각하고 있는 게 아니라는 건 확실하니?"

"잘못 생각한 게 아니냐고? 그녀가 너를 사랑하고 있다는 것을 보지 못한다면 그런 사람은 장님이나 다름없지."

"그래서 알리사가……."

"그래서 알리사가 자기를 희생하려는 거겠지. 알리사는 동생의 비밀을 알아차리자 자기가 누려온 자리를 동생에게 양보하고 싶어진 거야. 어때, 너라면 그러한 알리사의 마음을 이해하기 어려운 건 아니겠지……. 그래도 나는 쥘리에트에게 다시 얘기하고 싶었어. 내가 이야기를 꺼내자마자, 아니 그게 아니지, 쥘리에트가 내 말의 뜻을 이해하기 시작하자마자 그녀는 우리가 앉아 있던 긴 의자에서 벌떡 일어나더니 "그럴 줄 알았어요." 하고 몇 번이고 되풀이하는 거야. 그러는 그녀의 목소리는 너무나 뜻밖이어서 믿을 수가 없다는 투였어."

"아벨, 농담은 제발 그만!"

"왜? 하긴 나도 꽤 우스꽝스럽다고 생각해, 이 이야기는. 쥘리에트는 갑자기 제 언니 방으로 뛰어들어갔어. 그러고는 성난 소리가 터져나와 나는 깜짝 놀랐지. 다시 쥘리에트를 만나봐야겠다고 생각하고 있는데 잠시 후에 그 방에서 나온 건 알리사였어. 알리사는 모자를 쓰고 있었는데, 나를 보자 어색한 듯한 몸짓으로 지나치면서

재빨리 '안녕하세요.' 하더군. 그게 다야."

"아벨, 그 뒤에 쥘리에트를 다시 보지 못했니?"

아벨은 잠시 머뭇거리더니 말했다.

"봤어. 알리사가 나가고 난 후 나는 그 방문을 밀었어. 쥘리에트는 벽난로 앞 대리석 위에 팔꿈치를 세우고 두 손으로 턱을 받친 채 꼼짝도 않고 서 있더군. 뚫어지게 거울 속의 제 모습을 노려보면서 나의 기척을 알아채고도 돌아보지 않고, '제발 나를 혼자 있게 내버려 두세요.' 하고 소리를 지르면서 발을 구르는 거야. 그 말투가 하도 매몰차서 나는 더 있지 못하고 그냥 나와 버렸지. 이게 다야."

"그래 지금은?"

"네게 전부 털어 놓고 나니까 그래도 기분이 좀 낫다. 그래 지금은? 글쎄, 넌 무엇보다도 쥘리에트의 상사병부터 고쳐야 할 거야. 내가 알리사의 마음을 잘못 알고 있는 것이 아니라면 말이야. 그러기 전에는 알리사는 네게 돌아오지 않을 테니까."

아벨과 나는 한참 동안 말없이 걸었다.

"이제 그만 돌아가자." 마침내 아벨이 말했다. "손님들도 아마 다들 돌아갔을 거야. 아버지가 나를 기다리고 계시지나 않을까 걱정이구나."

아벨과 나는 되돌아왔다. 실제로 응접실은 거의 텅 비어 있었다. 문간방에는 불도 꺼지고, 장식들을 떼어 버린 헐벗은 트리 곁엔 플랑티에 이모님과 그 분의 두 아이들, 뷔콜랭 외삼촌, 미스 애슈버튼, 목사님, 외사촌 누이들, 그리고 조금 우스꽝스럽게 보이는 사나이—이때 비로소 나는 그 사나이가 쥘리에트가 나에게 이야기해 준

적이 있는 청혼자라는 것을 알았다. ―밖에는 아무도 남아 있지 않았다. 우리들 가운데 누구보다도 몸집이 크고 튼튼하고 혈색이 좋은데다가 거의 대머리인, 그리고 우리와는 다른 계급, 다른 사회, 다른 가문 출신인 그 사나이는 우리 사이에 끼어든 스스로를 어색하게 느끼고 있는 듯했다. 그래서인지 그는 거추장스러운 콧수염 아래로 희끗희끗한 황제수염을 초조하게 잡아당기기도 하고 비틀기도 했다. 아직 문이 열려 있는 현관에는 불이 꺼진 채였다. 아벨과 나는 기척 없이 안으로 들어왔기 때문에 그들은 아무도 우리가 돌아온 것을 눈치 채지 못했다. 어떤 두려운 예감이 내 가슴을 죄었다.

"멈춰!"

아벨이 내 팔을 붙잡으며 낮게 말했다.

그 순간 우리는 낯선 사나이가 쥘리에트에게 다가가 그녀가 눈길도 돌리지 않은 채, 그저 방심한 채로 내맡긴 손을 잡는 것을 보았다. 시꺼먼 구름이 내 마음을 뒤덮었다.

"……아벨, 지금 무슨 일이 일어나고 있는 거지?"

나는 마치 아직도 사태를 깨닫지 못한 듯이, 아니 내가 잘못 보고 있기를 바라는 듯이 힘없이 중얼거렸다.

"저런! 저 애는 자신의 값을 에누리해서 부르고 있는 거야." 아벨은 이빨 사이로 새어나오는 듯한 목소리로 말했다. "제 언니한테 지고 싶지 않은 거겠지. 하늘에서 천사들이 박수 갈채를 보내고 있는 게 틀림없어."

외삼촌이 섰던 자리에서 몸을 움직여 걸어가시더니 미스 애슈버튼과 플랑티에 이모님에게 둘러싸여 있는 쥘리에트의 뺨에 입을 맞추셨다. 보티에 목사님도 그 곁으로 다가서고 있었다. 나는 앞으로 한 걸음 나아갔다. 그때 알리사가 나를 보고 내게로 뛰어와 온몸을 떨면서 말했다.

"제롬, 정말 이럴 수는 없어. 저 애는 저 사람을 사랑하지 않는단 말이야. 쥘리에트는 오늘 아침에도 내게 그렇게 말했어. 제롬, 저 애를 말려 줘. 오오! 저 애가 어찌 되려고……?"

거의 절망적으로 애원하며, 그녀는 내 어깨에 몸을 기대었다. 그녀의 괴로움을 덜어 줄 수만 있다면 나는 기꺼이 목숨이라도 바치고 싶었다.

그때 트리 쪽에서 갑자기 외침 소리가 들리고 웅성거림과 동요가 일었다. 우리는 그쪽으로 달려갔다. 쥘리에트가 정신을 잃은 채 이모님 팔에 안겨 있었다. 모두들 다급하게 그녀 쪽으로 몸을 굽혔다. 그 바람에 나도 그녀를 볼 수 있었다. 헝클어진 머리카락이 무섭도록 창백해진 그녀의 얼굴을 뒤로 잡아당기고 있는 것처럼 보였다. 그녀의 몸이 축 늘어져 있는 것으로 보아 예사로운 기절이 아닌 것 같았다.

"아니야, 아냐!"

혼이 나가도록 놀란 외삼촌을 안심시키려는 듯 이모님은 큰 소리로 외치셨다.

보티에 목사님은 집게손가락으로 하늘을 가리키며 외삼촌을 위로하고 계셨다.

"아니야, 아무렇지도 않을 거야. 너무 감동한 탓이네. 신경이 날카로워져 발작을 일으켰을 뿐이야. 테시에르 씨! 날 좀 도와줘요. 당신은 힘이 세니까. 내 방으로 올라갑시다. 내 침대에다……."

이모님은 당신의 받아들에게 몸을 수그려 귀에 대고는 몇 마디 속삭이셨다. 그러나 그는 의사를 부르러 가는 듯 얼른 자리를 떠났다.

이모님과 청혼자는 그들 팔에 안겨 상반신이 반쯤 젖혀져 있는 쥘리에트를 어깨 밑으로 받치고 있었으며, 알리사는 자기 동생의 발목을 들어올려 부드럽게 껴안고 있었다. 뒤로 떨어질 것 같은 머리를 떠받치며, 마구 흩어져 있는 그녀의 머리카락을 그러모아 거기 입 맞추고 있는 아벨의 모습이 나의 눈에 들어왔다.

방문 앞에서 나는 멈추었다. 쥘리에트는 침대 위에 눕혀졌다. 알리사는 테시에르 씨와 아벨에게 내가 알아들을 수 없는 몇 마디 말을 했다. 그녀는 방문까지 두 사람을 따라오더니, 플랑티에 이모님과 자기만 남아 있고 싶으니, 동생이 쉴 수 있도록 다른 사람들은 나가 달라고 부탁했다.

아벨이 나의 팔을 잡고 밖으로, 어둠 속으로 이끌었다. 우리는 오래오래 함께 걸었다. 목적도 없이, 기력도 없이 그리고 생각도 없이.

❋ *5* ❋

알리사에 대한 사랑만이 내 삶의 유일한 이유였고, 나는 그것에 매달렸다. 그녀에게서 나오지 않는 것이라면 어떤 것도 기대하지 않았고, 기대하고 싶지도 않았다.

그 다음날 내가 알리사를 만나러 가려고 준비를 하고 있는데, 이모님이 나를 불러 세우시더니 방금 받았다는 편지를 내미셨다.

……쥘리에트의 심한 흥분 상태는 의사 선생님이 처방하여 주신 물약으로 아침 나절이 되어서야 겨우 가라앉았어요. 앞으로 얼마 동안 제롬은 이곳에 와선 안 됩니다. 쥘리에트는 제롬의 발소리나 목소리를 알아들을 수 있을 텐데, 그 애에게는 절대 안정이 필요하거든요. 쥘리에트의 병세 때문에 저는 당분간 집을 떠날 수 없을 것 같아요. 제롬이 떠나기 전까지 우리가 만날 수 없게 되면, 제가 제롬에게 편지를 쓰겠다고 좀 전해주세요, 이모님…….

이 금지령은 오로지 나만을 대상으로 한 것이었다. 이모님에게나 다른 어떤 사람에게도 뷔콜랭 댁 초인종을 누르는 것은 자유였다. 더구나 바로 그날 아침에도 이모님은 거기에 가실 참이었다. 내가 낼 수 있는 소리 때문이라고? 얼마나 얼토당토 않은 핑계인가……전혀 상관 않겠다!

"좋습니다. 저는 가지 않겠어요."

알리사를 당장에 만나볼 수 없다는 것은 나로서는 견디기 힘든 일이었다. 그러나 한편으로는 그녀를 다시 만나는 일이 두렵기도 했다. 나는 알리사가 자기 동생에 대한 모든 것을 내 탓으로 돌리지 않을까 하고 두려웠다. 그래서 나는 그녀가 화내는 것을 보는 것보다는 차라리 그녀를 만나지 못하는 편이 더 쉽게 여겨졌다.

그렇다 하더라도 아벨만은 다시 만나고 싶었다. 그의 집 문간에서 하녀가 나에게 쪽지 하나를 전해 주었다.

네가 걱정하지 않도록 이 메모를 남긴다. 쥘리에트와 이렇게 가까운 곳, 르아브르에 머물러 있는 일을 더 이상 참을 수 없었다. 간밤에 너와 헤어진 뒤, 나는 곧 사우잠프튼 행 배표를 끊었다. 남은 방학을 런던 S의 집에서 보낼 생각이다. 학교에서 다시 만나자.

……인간의 모든 도움이 한꺼번에 내게서 사라져 버렸다. 나는 괴로움 이외에는 아무것도 남지 않은 이 체류를 더 오래 끌지 않고 개학을 앞두고 파리로 돌아왔다. 내가 눈길을 돌린 것은 하나님, "모든 진실을 위한 모든 은총, 모든 완전한 은혜가 비롯되는" 하나님께로였다. 그리고 나는 그분께 나의 고행도 바쳤다. 나는 알리사

역시 하나님께 피난처를 구하고 있을 것이라고 생각했다. 그리고 그녀도 기도하고 있으리라는 생각이 기도하는 나의 기분을 북돋았고 더욱 열성을 내게 했다.

알리사에게 편지를 받고 또 그녀에게 편지를 쓰는 일 이외엔 별다른 사건도 없이, 그리고 단지 명상과 학업에만 몰두한 채 긴 시간이 지나갔다. 나는 그녀의 편지를 소중하게 지니고 있다. 이제부터는 나의 어렴풋한 추억을 그 편지들에 힘입어 더듬어 나가려 한다.

이모님을 통해―처음에는 오로지 이모님을 통해서만―나는 르아브르의 소식을 들었다. 쥘리에트의 위험한 상태가 처음 며칠 동안 가족들에게나 얼마나 걱정을 하게 했는지도 이모님을 통해서 알았다. 내가 르아브르를 떠나온 후 12일 만에야 나는 비로소 알리사로부터 짤막한 편지를 받았다.

그리운 제롬, 좀더 일찍 편지 쓰지 못한 것을 용서해 줘. 가여운 쥘리에트의 병세가 내게 그렇게 할 틈을 주지 않았어. 네가 떠난 뒤로 난 그 애의 곁을 거의 떠난 적이 없어. 그래서 플랑티에 이모님께 소식을 전해 달라고 부탁드렸는데, 잘 전해 주셨으리라 믿어. 너도 알겠지만 사흘 전부터 쥘리에트의 병세가 좀 나아지고 있어. 나는 벌써부터 하나님께 감사드리고 있지만, 그래도 아직은 마음을 놓을 수도, 기뻐할 수도 없어.

지금까지는 그에 대해 별로 이야기하지 못했지만, 나보다 며칠 늦게 파리에 도착한 로베르 역시 나에게 자기 누이들에 대한 소식을 전해 주었다. 그 누이들 때문에 나는 나의 마음이 자연스럽게 나를 이끄는 것 이상으로 그를 보살펴 주고 있었다. 로베르가 들어간 농업학교가 쉴 때마다 나는 그를 돌보아 주었고, 그의 무료함을 풀어 주기 위해 애썼다.

내가 알리사에게도 이모님께도 감히 물어볼 수 없었던 일에 관해서 알게 된 것도 로베르를 통해서였다. 그의 말에 의하면, 에두아르 테시에르는 쥘리에트의 경과를 알려고 부지런히 찾아왔었다고 한다. 그러나 로베르가 르아브르를 떠나올 때까지도 쥘리에트는 그를 만나 보려 하지 않았다는 것이다. 나는 또한 내가 떠나온 이후로 쥘리에트가 자기 언니 앞에서 완강하게 침묵을 지키고 있고, 그 침묵은 무슨 수로도 깰 수 없었다는 것을 알게 되었다.

그러고 나서 얼마 후에 나는 이모님을 통해 쥘리에트의 약혼을, 내 짐작이기는 하지만 알리사로서는 곧 깨지기를 바랐을 쥘리에트의 그 약혼을 가능한 한 빨리 공표하여 주기를 쥘리에트 자신이 요청했다는 것을 알았다. 그것에 반대하는 충고도 명령도 탄원도 모두 물리쳐 버린 그 결심은 마치 어떤 장애물이 그녀의 얼굴을 가로막고 있는 것처럼, 그리고 안대를 한 것처럼 확고해 보였으며, 그것이 그녀를 침묵 속에 가두는 것 같았다.

시간이 지나갔다. 나는 알리사로부터 말할 수 없이 실망스러운 짤막한 편지밖에는 받지 못했으며, 더구나 나 자신도 그녀에게 무슨 말을 써보내야 할지 정말 난감하기만 했다. 겨울의 싸늘한 안개가 온통 나를 휘감고 있었다. 학업의 빛도, 사랑과 신앙에 대한 열정도 나로부터 이 싸늘한 안개를 거둬가지는 못했다.

세월이 지나갔다. 그리고 난 뒤 뜻하지 않은 어느 봄날 아침이었다. 그 무렵 이모님은 르아브르에 계시지 않는데, 알리사가 이모님께 부쳐온 편지를 나에게 보내 주셨다. 그 편지에서 이 이야기를 밝혀 줄 수 있는 부분을 여기 옮겨 적으려 한다.

……이모님 말씀을 잘 들은 저를 칭찬해 주세요. 이모님께서 하라시는 대로 저는 테시에르 씨를 집에 오게 했습니다. 그분과 한참 동안 이야기를 했어요. 이야기를 통해 저는 그 사람이 나무 랄 데가 없다는 것을 알았고, 또 솔직히 말씀드리자면, 이 결혼이 처음 제가 걱정했듯이 그렇게 불행하지는 않으리라는 것도 믿게 되었어요. 쥘리에트가 그 사람을 사랑하고 있지 않은 건 분명한 사실이지만, 저에게는 그 사람이 날이 감에 따라 점점 더 사랑을 받을 만한 가치가 충분하다는 생각이 듭니다. 그 사람은 이번 일 을 정확히 보고 있고, 쥘리에트의 성격에 대해서도 잘못 보고 있 지는 않아요. 그러면서도 그 사람은 쥘리에트에 대한 자신의 사랑 의 보람에 대해 대단한 자신을 갖고 자기의 꾸준한 마음을 이겨낼 수 있는 것은 아무 것도 없다고 굳게 믿고 있어요. 말하자면 그 사 람은 쥘리에트에게 정신없이 빠져 있는 거예요.

정말 제롬이 로베르를 그처럼 잘 보살펴 준다는 것을 알고 얼 마나 고마웠는지 몰라요. 아마 제롬은 의무감 때문에 그렇게 하고 있을 거예요. 로베르의 성격과 제롬의 성격에는 별로 닮은 점이 없거든요. 그리고 어쩌면 저를 기쁘기 해주기 위해 그러는 것 같 기도 하고요. 하지만 제롬도 아마 받아들이는 의무가 벅차면 벅찰 수록, 그 의무는 영혼을 향상시켜 주고 가꾸어 준다는 것을 깨닫 게 될 거예요. 이건 대단히 숭고한 생각이지요. 이모, 이모의 맏조 카딸의 생각을 너무 비웃지는 마세요. 쥘리에트의 결혼을 좋은 일이라고 바라보기 위해 힘쓰는 저를 뒷받침해 주고 도와주는 것은 바로 이러한 생각들이니까요.

이모님의 그 따뜻한 배려가 제게는 얼마나 흐뭇한지 몰라요. 그렇지만 저를 불행하다고는 보지 마세요. 오히려 그 반대라고 말씀드리고 싶어요. 쥘리에트를 휩쓸고 간 시련이 제게서 그 반향을 일으킨 때문이지요. "사람을 믿는 자는 불행하니라……." 하는, 제가 잘 이해하지 못하면서도 되풀이해 읽었던 성경 구절의 뜻이 갑자기 환해지더군요. 제가 성경에서 그 말씀을 찾아내기 훨씬 전에, 그러니까 제롬이 채 12살도 되기 전, 그리고 제가 갓 14살이 되던 해에 제롬이 제게 보낸 자그마한 크리스마스 카드에서 읽은 적이 있어요. 그 카드에는, 그때 저희들에게는 무척 아름답게 느껴졌던 꽃다발 곁에 코르네이유의 주석(註釋)이 달린 이런 시구가 적혀 있었지요.

> "이 세상 그 어떤 불가항력의 힘이
> 오늘 나를 주께로 이끄는가?
> 인간의 무리 위에 지주(支柱)를
> 세우는 자는 불행하리라!"

사실 저는 이 시구보다는 간결한 예레미야의 구절을 훨씬 더 좋아한답니다. 그때 제롬은 아마 이 시구에는 별로 주의하지 않은 채 그 카드를 골랐을 거예요. 그러나 그의 편지들을 보고 판단한다면, 요즈음 제롬의 마음 상태는 저와 무척 비슷했어요. 그래서 저는 날마다 하나님께 우리 두 사람을 그렇게 가까이 해주신 것에 대해 감사드리고 있습니다. 이모와의 긴 이야기를 나눈 뒤로 는 제롬에게 전처럼 그렇게 긴 편지는 쓰지 않기로 했어요. 공부 하는 제롬을 방해하고 싶지 않아서지요. 이렇게 제롬에 대한 이야 기를 함으로써 제가 그 아이에게 편지 못 하는 것에 대해 보상받 으려 한다고, 이모님께서는 아무래도 그렇게 생각하실 것 같군요. 자꾸 계속해서 쓰게 되면 안 될 테니까 제 편지를 그만 줄여야겠 어요. 이모님, 이번만은 저를 꾸중하지 마세요.

이 편지가 나에게 얼마나 많은 생각들을 떠올리게 했던가! 이모 님의 경솔하신 참견(알리사가 넌지시 내비친 그 이야기란, 그녀를 침묵하 게 한 그 이야기란 도대체 어떤 것이었을까?), 그리고 나에게 이 편지를 전해 주신 이모님의 그 어설픈 배려를 나는 저주했다. 진작부터 알 리사가 나에게 말하지 않은 이야기들을 다른 어떤 사람에게 써보냈 다는 사실을 모르고 있도록 내버려 두는 편이 훨씬 낫지 않았을까? 둘 사이의 그 사소한 비밀까지도 그렇게 쉽게 이모님에게 털어 놓 는 것이며, 그 천연스럽고 차분한 태도, 그 진지함, 그리고 그 명랑 한 어투 그런 모든 것이 나를 짜증나게 했다.

"이 불쌍한 친구야! 전혀 그렇지 않대도 그래. 이 편지는 알리사 가 너한테 부친 것이 아니라는 점만 제외하면 너를 짜증나게 하는 점은 아무것도 없잖아?" 하고 아벨은 말했다. 그는 나의 일상생활 에 있어서 둘도 없는 단짝이었고, 우리의 성격이 다름에도 불구하 고, 아니 어쩌면 그 차이 때문에 나는 그에게만은 모든 것을 이야기 할 수 있었으며, 나의 고독한 생활 속에서 약해진 마음, 동정을 바라 는 간절한 마음, 스스로에 대한 불신, 그리고 난처한 처지에 빠졌을

때 그의 충고에 대해서 내가 느끼고 있는 신뢰감 등이 언제나 나를 그에게로 기울어지게 했다.

"이 편지나 좀 연구해 보자."

아벨은 그 편지를 제 책상 위에 펴며 말했다.

이미 사흘 밤을 나는 노여운 마음으로 보냈고, 나는 그 노여움을 나흘 동안이나 혼자서 가슴 깊이 지니고 있었다. 그래서 나는 아벨이 하는 이야기에 자연스럽게 끌려들어 갔다.

"쥘리에트와 테시에르, 이 한 쌍쯤은 사랑의 불길 속에 내던져 버리자. 응? 사랑의 불길이란 어떤 건지 너나 나나 너무도 잘 알고 있지 않니? 테시에르야 그 불길 속에 뛰어들어 타 죽을 나방인 셈이지."

"그 따위 얘긴 접어 치우자." 나는 아벨의 농담이 귀에 거슬려 얼른 말했다. "그리고 남은 문제를 살펴보자."

"남은 문제?" 하고 아벨이 말했다. "남은 얘기야 모두 너에 관한 것뿐이잖니? 어디 넘두리할 일이 있으면 한번 해 보렴. 온통 네 생각으로 가득 차 있지 않은 것이라곤 단 한 줄도, 단 한 마디도 없지 않니? 편지 사연을 보면 온통 너한테 부친 거라고 해도 좋을 정도가 아니냔 말이야. 네 이모님은 이 편지를 너한테 보내 주심으로써 편지가 마침내는 제 주인을 찾아오게 하신 거야. 알리사가 마치 최악의 경우에서처럼 그 편지를 네 이모님께 보낼 수밖에 없었다면 그건 네 잘못이야. 도대체 네 이모한테 코르네이유의 시구가 (사실 그건 라신의 시구이지만) 무슨 소용이겠니? 너한테 분명히 이야기하지만, 그녀는 너와 얘기하고 있는 거야. 그녀는 그 모든 것을 너한테 써보낸 거라니까. 네 외사촌 누이가 앞으로 두 주일 이내에 이만큼 길고, 거리낌 없고, 기분 좋은 편지를 써보내 오지 않는다면, 너는 정말 바보라고 할 수밖에 없어……."

"알리사에게 그런 일을 바랄 수는 없어."

"알리사가 그렇게 하고 하지 않고는 오로지 너에게 달려 있을 뿐이야. 내 생각인데, 한번 들어 볼래? 이제부터……얼마 동안, 너희 두 사람의 결혼이니 사랑이니 대해서는 한 마디도 비치지 마. 동생의 사건이 있은 후로 그녀가 원망하는 건 바로 그 일이라는 걸 그렇게도 모르겠니? 그러니 이제 넌 알리사가 동생을 생각하는 그 따뜻한 정을 고려하여 공작을 하는 거야. 그녀에게 끊임없이 로베르에 대한 이야기를 해. 네가 이미 그 천치 녀석을 보살피는 데 참을성을 발휘하고 있는 바이니까 말이야. 계속 알리사의 마음을 즐겁게만 해줘 보렴. 그러면 나머지 일들은 저절로 따라올 거야. 아아! 그녀에게 편지를 써야 될 사람이 나라면……!'

"너는 그 애를 사랑할 자격이 없어."

그러면서도 나는 아벨이 말한 대로 했다. 그러자 곧 알리사의 편지는 다시 생기를 띠기 시작했다. 그러나 쥘리에트의 행복, 아니 행복이라고는 할 수 없어도 그녀의 입장이 확실해지기까지는 알리사에게서 참다운 기쁨이나 거리낌 없이 내맡기는 마음을 기대할 수는 없었다.

다행스럽게도 쥘리에트의 소식은 점차 낙관적으로 되어 갔다. 쥘리에트가 7월에 결혼식을 올린다는 것이었다. 그녀는 그때쯤이면 아벨과 내가 수업에 잔뜩 얽매어 있을 것임을 자기는 잘 알고 있다고 써보내 왔다. 나는 그녀가 아벨과 내가 쥘리에트의 결혼식에 참석하지 않는 편이 낫다고 판단하고 있음을 눈치 챘다. 그래서 우리는 시험을 핑계 삼아 축하의 편지를 보내는 것으로 인사를 대신 했다.

쥘리에트의 결혼식이 있은 지 약 2주일쯤 되어 알리사는 나에게 편지를 보내왔다.

그리운 제롬!

네가 준 그 아름다운 라신의 시집을 어제 우연히 펼쳐 보다가, 이제는 거의 십 년이 다 되도록 내 성경 속에 간직되어 있는 너의 그 자그마하고 오래된 크리스마스 카드에 적혀 있는 4줄의 시를 거기서 다시 읽게 되었구나. 내가 얼마나 어리둥절해 했을지 생각 해 보렴.

"이 세상 그 어떤 불가항력의 힘이
오늘 나를 주께로 이끄는가?
인간의 무리 위에 지주를
세우는 자는 불행하리라!"

나는 이 시구를 코르네이유의 주석에서 발췌된 것으로 알고 있 었고, 또 그것이 그리 뛰어난 구절이라고는 생각하지 않았던 것도 사실이야. 그랬는데 제4의 영찬가(靈讚歌)를 읽어나가다가 네게 적어 보내지 않을 수 없는 아름다운 몇 구절을 발견했단다. 그 책 의 여백에다 네가 마구 적어 놓은 첫 글자들로 미루어 보아 너도 알고 있는 것 같지만(실제로 나는 내 책이나 알리사의 책을 가리지 않 고, 내가 좋아하고 그래서 그녀에게도 알려 주고 싶은 구절이 나오면 여백에 그녀의 이름 첫 자를 적어 넣는 버릇이 있었다). 그런 건 아무려면 어때! 내가 너를 위해 그걸 옮겨 적는 건 나의 즐거움 때문인걸. 내가 발견했다고 믿었던 것이 사실은 네가 가르쳐 준 것에 지나지 않아 처음엔 좀 속이 상했지만, 그런 몹쓸 느낌은 너도 나처럼 이 시구를 좋아했구나! 하는 기쁨 앞에서 사라져 버렸어. 여기에 옮겨 적으면서 나는 너와 함께 이 시를 다시 읽는 것 같은 마음이다.

> "불멸하는 지혜의 목소리가
> 울리어 우리를 가르치노니,
> 인간의 자식들이여, 너희의 노고가
> 맺는 열매는 그 무엇이뇨?
> 헛된 영혼들이여, 무슨 잘못으로
> 너희 혈관들의 가장 맑은 피로써
> 그리도 자주 사들이는가?
> 너희를 기르는 빵이 아니라
> 더욱 허기지게 하는
> 다만 그림자일 뿐인 것을……."

> 내가 너희에게 권하는 이 빵은
> 천사들의 양식이려니,
> 밀알의 정화(精華)로써
> 주께서 손수 만드신 것.
> 이 향기로운 빵은
> 너희가 따르는 세상의 무리는

결코 식탁 위에 올리지 않는 것.
나를 따르는 자에게 주리라.
가까이 오라, 너희 살기를 원하느뇨?
들라, 먹으라, 그리고 살지어다.
....

복되어라, 행복한 가치에 사로잡힌 영혼은
주의 굴레 안에서 평화를 찾으며,
영원토록 마르지 않는
생명수로 목을 축일 것이니.
누구나 찾아와 마실 수 있는 물
이 물은 모든 이를 부르노라.
그러나 우리 미친 듯이 날뛰며
진흙구렁, 더러운 샘물이거나
언제나 생명의 물 흘러가 버리는
허황된 물웅덩이만 찾나니.

얼마나 아름다우니! 제롬, 얼마나 아름다워! 너도 나만큼 이 시가 아름답다고 생각하니? 내가 가지고 있는 판(版)의 작은 주(註)를 보면, 도말르 양이 부르는 이 송가를 들으며 감탄한 맹트농 부인은 '눈물을 흘리면서' 그 곡의 일부분을 되풀이해 부르게 했다는 거야. 이제는 나도 이 송가를 욀 수 있는데, 아무리 되풀이해서 암송해도 싫증이 나지 않는단다. 다만 그것을 네가 읽는 것을 듣지 못한다는 게 섭섭할 뿐이야.

신혼여행 떠난 사람들에게선 계속 반가운 소식뿐이야. 지독한 더위에도 베이욘느와 비아리츠에서 쥘리에트가 얼마나 즐거워했는지 너는 이미 잘 알고 있지? 그 뒤로도 두 사람은 퐁타라비에를 구경하고 뷔르고스에 머물렀다가 피레네 산맥을 두 번이나 넘었다는군. 지금 막 몽세라에서 부쳐온 쥘리에트의 감동적인 편지가 도착했어. 포도 수확을 위한 준비 때문에 테시에르는 9월 이전에 돌아오고 싶어하는데, 님므로 돌아오기 전에 바르셀로나에서 한 열흘쯤 더 지체할 생각이래.

며칠 전부터 나는 아버지와 함께 퐁그즈마르에 와 있어. 미스 애슈버튼이 내일이면 오실 거고, 로베르도 나흘 후면 오게 될 거야. 가여운 로베르가 시험에 실패했다는 것은 너도 알고 있지? 어려워서라기보다는 시험관이 워낙 이상한 질문을 해서 그 애가 당황했던 모양이야. 열심히 공부한다고 네가 나한테 편지했던 걸로 미루어 본다면 시험 준비가 안 되어 그랬을 것이라고는 생각할 수 없거든. 아마 그 시험관은 그렇게 학생들 골탕먹이는 걸 즐거워하는 사람이었던 모양이야.

너의 합격이 나에게는 너무나도 당연하게 생각되어 축하한다고 말하는 게 오히려 새삼스러울 정도야. 제롬, 나는 너를 그렇게 믿고 있단다. 너를 생각하면 내 마음은 금방 희망으로 부풀어 올라. 전에 내게 얘기했던 연구는 지금 바로 시작할 수 있는 거니?

……여기 정원은 무엇 하나 변하지 않았어. 그렇지만 집안은 아주 텅 빈 것만 같아. 제롬, 왜 내가 올해는 여기 오지 말라고 했는지 이해할 수 있겠니? 그렇게 하는 게 아무래도 나을 것 같아서 그랬을 뿐이야. 난 마음속으로 날마다 이 말을 되풀이하고 있단

다. 이렇게 오랫동안 너를 만나지 못하는 게 너무나도 가슴 아프기 때문이지. 이따금 나도 모르게 너를 찾을 때가 있어. 책을 읽다 말고 문득 고개를 돌리곤 해……. 꼭 네가 거기 서 있는 듯해서!

다시 편지를 계속한다. 지금은 밤이야. 다들 잠이 들었고, 나는 네게 편지를 쓰느라고 열어젖힌 창 앞에 아직도 이렇게 앉아 있단다. 정원은 아주 산뜻한 냄새를 풍기고 있고 바람은 따뜻해. 제롬, 기억하니? 우리가 어렸을 때, 몹시 아름다운 어떤 것을 보거나 들을 때면, "하나님 감사합니다. 이렇게 아름다운 것을 만들어 주셔서……."라고 말하곤 하던 것 말이야. 오늘 밤 나는 나의 온 마음으로 "하나님, 감사합니다. 이렇게 아름다운 것을 만들어 주셔서!"라고 말했단다. 그러고는 갑자기 나는 네가 여기에 있기를 바라면서 또한 네가 내 곁에 있음을 느꼈어.

그래, 넌 편지에서 곧잘 "관대한 마음에서는" 감탄이 감사에 몰입된다고 했지? 네 말이 맞아. 아직도 쓰고 싶은 말이 얼마나 많은지 몰라. 나는 지금 쥘리에트가 써보낸 그 빛나는 나라를 생각해 본단다. 더 넓고, 더 찬란하고, 더 황량한 다른 나라들도. 어느 날엔가 우리는 함께 위대하고 신비한, 어떤 나라를 보게 되리라는 이상한 확신이 내게 자리 잡고 있어. 아! 하지만 어느 나라인지는 나도 모르겠어.

얼마나 큰 기쁨으로, 그리고 얼마나 큰 사랑의 흐느낌으로 내가 이 편지를 읽었는지는 아마 쉽게 짐작될 것이다. 그 뒤로도 알리사의 편지들은 잇따라 왔다. 사실 알리사는 내가 퐁그즈마르에 가지 않는 것을 고마워했고, 또 올해에는 자기와 만나지 말자고 부탁은 했으나, 그러면서도 그녀는 내가 자기 곁에 없음을 아쉬워했으며, 내가 그녀의 곁에 있기를 바라고 있었다. 편지 한 장 한 장마다 나를 부르는 그녀의 한결같은 외침이 울리고 있었다. 어디에서 나는 그 부름에 이겨낼 힘을 얻었던 것일까? 어쩌면 아벨의 충고에서인지도 모른다. 아니면 나의 기쁨을 갑자기 허물어뜨리지나 않을까 하는 두려움에서, 또는 내 마음의 유혹을 이기기 위한 자연스러운 긴장에서일 것이다.

뒤를 이어 온 그녀의 편지 중에서 이 이야기에 관계되는 부분을 모두 옮겨 적는다.

그리운 제롬!
네 편지를 읽으면서 내 마음은 기쁨으로 잦아드는 듯했어. 오르비에토에서 보낸 네 편지에 막 답장을 쓰려 하는데, 페루지아와 앗시시에서 보낸 편지가 같이 도착했어. 내 마음은 이미 여행자가 되어 있어. 몸만 이렇게 있는 거지. 정말 나는 너와 함께 움브리아의 하얀 길을 걷고 있어. 아침이면 너와 함께 길을 떠나고, 전혀 새로운 눈으로 동터 오는 하늘을 바라본다. 정말 코르토나 언덕에서 나를 불렀었니? 나는 네가 부르는 소리를 들었어. 앗시시 너머의 산에서는 지독하게 목이 말랐었지. 그러나 프란시스코 수도사가 내밀던 한 잔의 물은 얼마나 맛이 좋았던지!

아아! 제롬, 나는 모든 것을 너를 통해서 본다. 성 프란시스코에 대해 써보낸 준 것은 무척 좋았어. 그래, 정말 그렇잖니? 찾아야 할 것은 마음의 해탈이 아니고 감격이야. 마음의 해탈에는 언제나 두려워해야 할 오만이 따르게 마련이니까. 야망이란 반항하기 위해서가 아니라 봉사하기 위해 써야 하겠지.

님므에서 보내오는 소식들은 언제나 너무 좋은 것이어서 이제는 내 생각에도 내가 기쁨에 몸을 맡기는 것을 하나님이 허락해 주시는 것 같아. 이번 여름의 단 하나의 걱정은 가엾은 아버지의 상태야. 내가 마음 써서 보살펴 드리는데도 아버지는 언제나 쓸쓸해 하셔. 아니 그렇다기보다 내가 잠깐이라도 아버지를 혼자 계시게 두면 아버지는 이내 그 쓸쓸한 기분으로 돌아가서 마음을 돌려 드리기가 점점 더 어려워지기만 해. 우리 주위에서 속삭이는 자연의 모든 기쁨이 당신께는 언제부터인가 낯선 언어가 되어 가고 있어. 아버지는 이제 그 소리를 들으려고 하지도 않으셔. 미스 애슈버튼은 잘 지내셔. 나는 두 분 모두에게 네 편지를 읽어 드린단다. 네 편지 한 통이 우리에겐 사흘간의 이야깃거리를 만들어 주고 있어. 이야깃거리가 다 되어 가면 또 새로운 편지가 도착하고…….

……로베르는 그저께 여기를 떠났어. 그 애는 남은 방학을 R이라는 친구의 집에서 보내기로 했다는데, 그 친구의 아버지가 모범 농장을 경영하신다나 봐. 우리와 함께 여기서 보내는 생활이 즐겁지 않은 것 같아. 그 애가 떠나겠다고 했을 때, 나는 그 계획을 격려해 줄 수밖에 없었어.

……할 말이 아직 무척 많아. 끝없이 이야기하고 싶어. 가끔은 말이나 분명한 생각이 떠오르지 않을 때도 있어—오늘밤엔 마치 꿈이라고 꾸듯이 쓰고 있어—그럴 때면 어떤 무한한 부(富)를 주고받는다는 거의 숨 막히는 듯한 느낌을 지니게 되지.

우리가 어떻게 그토록 오랫동안 서로 침묵한 채 지낼 수 있었을까? 아마도 우린 겨울잠에 깊이 빠졌었나 봐. 오오! 침묵의 그 무서운 겨울은 영원히 끝나 버리기를! 너를 다시 찾고부터는 생활도 생각도 우리의 영혼이, 모두가 내게는 한없이 아름답고 사랑스럽고, 풍요롭게만 보여.

9월 12일

피사에서 부친 네 편지 받았어. 여기 날씨도 눈부실 만큼 좋아. 여태껏 나에게 노르망디가 이처럼 아름다워 본 적은 없었어. 그 저께는 혼자서 벌판을 가로질러 발길 닿는 대로 한참을 거닐었단다. 햇빛과 기쁨으로 흠뻑 취하여 집에 돌아왔을 때 나는 피곤했다기보다는 흥분으로 약간 들떠 있었어. 타는 듯 눈부신 햇살 아래 노적가리들이 얼마나 아름답게 보이던지. 모든 것이 아름답게 보이도록 하기 위해 굳이 내가 이탈리아에 있다고 상상할 필요도 없어.

그래, 제롬! 자연의 "은은한 찬가"에서 내가 듣고 이해하는 것은 네가 말한 것같이 기쁨에의 권유였어. 나는 그 권유를 새들의 노랫소리에서 들으며, 온갖 꽃 하나하나의 향기 속에서 맡고 있어. 그리고 나는 표현할 수 없는 사랑으로 가득찬 마음으로, 성 프란시스코와 함께 "주여!" 하며 "에 농 알트로(e non altro: 그것만을)" 하고 되풀이했는데, 그것은 기도의 유일한 형식은 찬미뿐이란 걸 깨달았기 때문이야.

그렇다고 내가 무식쟁이가 되어갈 거라고 걱정하진 마. 요즈음 책도 많이 읽었어. 며칠 동안 비가 와서 나는 나의 예찬을 책 속에다 접어 넣은 셈이었지. 〈알브랑쉬〉를 다 읽고 이어 라이프니츠의 〈클라크에게의 편지〉를 읽기 시작했어. 그리고 나서는 좀 쉬기도 할 겸해서 셸리의 〈첸치〉를 읽었는데, 별로 재미가 없었어. 〈미모사〉도 읽었어. 어쩌면 네가 화를 낼지도 모르겠지만, 우리가 지난 여름에 함께 읽었던 키츠의 송가 4편과 바꾼다면, 나는 셸리와 바이런의 작품 모두를 내 주겠어. 보들레르의 소네트 몇 편을 위해서라면 위고의 작품 모두를 내줄 수 있는 것처럼 말이야. "위대한 시인"이란 정말 아무 의미도 없어. 보다 중요한 것은 순수한 시인이 되는 일인 것 같아. 오오, 제롬! 나에게 이런 모든 것을 알고 이해하고 사랑하게 해준 것을 고맙게 생각한다.

……아냐, 제롬. 단지 며칠간의 만남을 위해 네 여행을 단축시키지 않기 바래. 솔직하게 하는 말인데, 우린 아직 만나지 않는 게 더 나아. 나를 믿어 줘. 네가 내 곁에 있게 된다 하더라도 나는 너를 지금보다 더 생각할 순 없을 거야. 너를 괴롭히고 싶지는 않지만, 제롬, 지금은 네가 곁에 있는 것을 더 바라지 않게 되었어. 네게 이 말을 해야 할까? 만일 네가 오늘 저녁에 온다는 것을 내가 안다면 나는 달아나 버릴 거야.

오오! 제발 이 감정에 대한 설명을 요구하진 말아 줘. 내가 확실하게 네게 말할 수 있는 것은, 나는 끊임없이 너를 생각하고 있고(이것으로 너는 충분히 행복할 수 있어). 그리고 나는 이대로 행복하다는 거야.

이 마지막 편지를 받고 얼마 안 되어, 그리고 이탈리아에서 돌아오자마자 나는 군에 징집되어 낭시로 이송되었다. 낭시에는 아는

사람이라고는 하나도 없었으나, 나는 오히려 혼자 있게 된 것을 기뻐했다. 이렇게 혼자 있게 됨으로써 알리사의 편지만이 나의 유일한 안식처이며 그녀에 대한 추억만이, 롱사르가 얘기했던 것처럼, '나의 유일한 현실'이라는 사실이 나의 애인으로서의 자부심으로서나 알리사 자신에게나 더욱 분명하게 드러나 보일 것이기 때문이다.

솔직히 말하면 나는 우리에게 부과된 상당히 엄격한 규율을 거의 기꺼이 견뎌냈다. 나는 모든 것을 인내하며, 다만 알리사에게 보내는 편지에서 헤어져 있어야 하는 아쉬움에 대해 말했을 뿐이었다. 그리고 우리는 이렇게 오래 헤어져 있는 동안에 우리의 용기에 어울리는 시련을 찾아내기까지 했다. '결코 하소연하지 않는 너'라든가 '약한 모습을 상상할 수도 없는 너'라고 알리사는 나에게 써 보내곤 했다. 그녀의 말에 대한 증거를 보이기 위해서라면 나는 무엇인들 견뎌내지 못했을까?

우리가 마지막으로 만난 후로 거의 1년이 지나갔다. 그러나 알리사는 전혀 그런 것을 생각하지 않는 것 같았고, 이제야 겨우 그녀의 기다림은 시작되고 있는 듯했다. 나는 그 점에 대해서 그녀에게 항의했다. 그러자 그녀는 이런 답장을 보내왔다.

이탈리아에서도 나는 너와 함께 있지 않았니? 은혜도 모르는 사람 같으니라고! 나는 단 하루도 너를 떠나 있던 적이 없어. 그러니 지금 잠시 동안만 너를 따라가 있을 수도 없음을 이해해줘. 내가 헤어짐이라고 말하는 건 단지 이 상태, 단지 이러한 상태일 뿐이야. 군복을 입은 네 모습을 떠올리려고 애써 본단다. 그러나 잘 안 떠올라. 저녁 무렵, 강베타 가(街)의 작은 방에서 글을 쓰거나 책을 읽고 있는 네 모습이 떠오를 뿐이야. 그런데 그것마저도 그렇게 뚜렷하지는 않아. 실제로 나는 1년 후에야 퐁그즈마르나 르 아브르에서 너를 만나볼 수 있을 것 같다.

1년이야. 나는 이미 흘러간 날은 헤아리지 않아. 나의 희망은 아주 느리기는 하지만 다가오고 있는 미래를 향하고 있어. 생각나지? 정원의 깊숙한 안쪽, 그 낮은 울타리 말이야. 그 밑에 바람을 피해 국화를 심어 놓았고, 우리가 위험스레 걸어 다녔던 그 울타리, 쥘리에트와 너는 곧장 천국으로 가려는 회교도처럼 겁도 없이 그 위를 성큼성큼 잘도 걸어다녔지. 그런데 나는 몇 걸음만 걸어도 현기증이 나서 네가 아래에서 고함을 지르곤 했었어. "발밑을 보지 마!……앞을 봐! 그대로 쉬지 말고 앞으로 가! 목표를 정하고!" 그러다가 마침내 너는—말보다는 그러는 편이 더 나았지— 담장 끝으로 뛰어올라 서서는 나를 기다려 주었어. 그러면 나는 더 이상 떨리지 않았고 현기증도 나지 않았어. 나는 너만을 쳐다보았어. 그러고는 너의 활짝 벌린 팔 안으로 달려들곤 했었지.

제롬, 너에 대한 신뢰감이 없었더라면 나는 어떻게 되었을까? 내겐 네가 굳세다고 느끼는 것이 필요해. 나에게는 너에게 기대는 것이 필요해. 제발, 약해지지 말아!

일종의 도전으로, 또 불완전한 재회에 대한 두려움에서, 마치 일부러인 듯 우리의 기다림을 연장시키며, 우리는 내가 설날 무렵의 며칠간의 휴가를 파리에 있는 미스 애슈버튼 곁에서 지내는 데 합의했다.

앞에서도 이야기했지만, 내가 옮겨 적고 있는 것이 알리사로부터 받은 편지의 전부는 아니다. 2월 중순경에 받은 편지는 이랬다.

그저께 파리 가(街)를 지나가다가, 네가 나에게 알려 주기는 했지만 실제로는 믿을 수 없었던 아벨의 책이 M서점의 진열장 안에 버젓이 꽂혀 있는 것을 보았어. 나는 서점 안으로 들어가지 않을 수가 없었지. 하지만 책 제목이 너무 이상해서 점원에게 얘기할 수가 없었어. 한 순간엔 아무거나 다른 책을 집어들고 나오려고 했어. 그런데 다행히 계산대 옆에 〈교태(嬌態)〉가 작은 무더기로 쌓여 있어서 나는 한 권을 뽑아들고 입을 열 필요도 없이 돈을 집어던지듯 내고 나왔단다.

아벨이 자기 책을 나한테 보내지 않은 것을 정말 다행으로 생각해. 나는 수치심 없인 책장을 넘길 수 없었어. 그 수치감은 책 자체 때문이기보다는—그 책에서 나는 외설스러움보다는 우둔함을 더 많이 보았지만—아벨이, 너의 친구인 아벨 보티에가 그 책을 썼기 때문이었어. 〈르탕〉 지의 평론가가 그 책에서 발견했다는 그 '훌륭한 재능'을 그 책 구석구석에서 찾아보았으나 헛일이었어. 우리 르아브르의 작은 사교계에서는 아벨이 곧잘 화제에 오르고 있는데, 그 책이 굉장한 호평을 받고 있는 모양이야. 이 재능의 고칠 길 없는 경박성이 '경묘함'이라든지 '우아함'으로 평가되고 있단다. 물론 나는 조심성 있게 신중함을 지키고 있고, 내가 그 책을 읽었다는 것도 너에게만 이야기하는 거야. 처음에는 슬퍼하시던, 가엾은 보티에 목사님도 이젠 오히려 그게 무슨 자랑거리가 아닌가 하고 생각하시기에 이르렀단다. 그분 주위에 있는 사람들 모두가 그렇게 믿으시도록 애를 쓰고 있거든. 어제는 플랑티에 이모님 댁에서 한 부인이 갑작스레 목사님에게 말을 걸었어. "목사님, 기쁘시겠습니다. 아드님께서 그렇게 성공을 거두셨으니까요!" 그러자 목사님은 조금 당황하신 투로, "뭘요, 전 아직 그렇게까지 생각하지 않는데요." 하고 대답하셨어. 그러자, "곧 그렇게 생각되실 거예요."라고 옆에 있던 이모님이 말씀하셨는데, 분명 악의는 없었지만, 그 어조가 너무 용기를 북돋는 느낌이어서 모두들, 마침내는 목사님까지 웃기 시작했어.

불르바르의 무슨 극장에선가 무대에 올리려고 준비 중이라는 말도 들리고, 그리고 신문에서는 벌써부터 떠들고 있는 모양인데, 〈신(新) 아벨라르〉가 상연되면 그게 무슨 꼴이겠니? 가여운 아벨! 그가 바라고 있고, 또 그가 만족하게 될 성공이라는 것이 정말 이런 것일까?

어제 나는 〈마음의 위안〉에서 이런 말을 읽었어. "진실하고도 영원한 영광을 바라는 자는 한때의 영광에는 마음을 두지 않는다. 한때의 영광을 마음속으로 가벼이 여기지 않는 자는 천상의 영광을 귀히 여기지 않음을 스스로 드러내는 자이니라." 그리고 나는 이렇게 생각했어, "하나님, 지상의 어떤 영광과도 비할 수 없는 성스러운 영광을 위해 제롬을 택해 주셨음을 감사드립니다."라고.

몇 주일이, 몇 달이 단조로운 근무 속에 흘러갔다. 그러나 나는 희망이나 추억에만 마음을 쏟으며 살아서인지 세월이 그렇게 느리다는 것을, 지루하다는 것을 느끼지 못했다.

외삼촌과 알리사는 6월쯤 해산일이 다가온 쥘리에트를 만나보러 님므 근처로 갈 예정이었다. 그런데 좀 좋지 않은 소식이 와서 그들의 출발을 서두르게 했다. 알리사는 이런 편지를 보내왔다.

르아브르로 부친 네 마지막 편지는 우리가 그곳을 떠난 직후 도착한 모양이야. 그런데 그 편지가 한 주일 뒤에야 내 손에 들어왔지 뭐니. 어째서 그렇게 되었을까? 1주일 내내 나는 불안하고, 무언지 빈 것 같고, 얼어붙은 듯하고, 위축된 마음이었어. 오오, 제롬! 나는 이제 너와 함께 있을 때만 진정한 나, 아니 그 이상이 될 수 있을 거야!

쥘리에트는 다시 건강이 좋아졌어. 우리는 오늘 내일 하며 그녀의 해산을 기다리고 있는데, 별다른 어려움은 없을 것 같아. 오늘 아침 내가 너에게 편지를 쓴다는 것을 쥘리에트도 알고 있어. 우리가 에그비에브에 도착한 다음날 쥘리에트가, "그래, 제롬은 어때? 여전히 편지해?" 하고 물어왔지. 나는 감출 수가 없어 다 이야기했어. 그러자 "이번에 편지할 때에는 언니가 제롬에게 말해줘……." 하고 잠시 망설이더니, 아주 부드럽게 미소를 지으면서, "……내가 다 나았다고," 하는 거야. 언제나 즐겁기만 한 그 애의 편지를 받아 보면서 나는 그 애가 억지로 행복한 듯이 꾸미지는 않나 하는 생각을 떨쳐 버릴 수가 없었어. 그런데 지금 그 애의 행복을 이루고 있는 건 전부터 꿈꾸어 왔던 것, 그 애의 행복을 결정하는 듯싶던 것들과는 너무도 달라. 아아! 사람들이 행복이라고 부르는 것은 영혼과 얼마나 밀접한 것이며, 또 행복을 이루는 것처럼 보이던 외부의 요소들은 얼마나 보잘것없는 것인가! 벌판의 외로운 산책길에서 내가 생각했던 일을 네게 모두 쓰는 건 아냐. 다만 그 벌판에서 떠오른 생각 중에 나를 가장 놀라게 한 것은 이제는 나 자신이 전혀 즐거움을 느낄 수 없다는 것이었어. 쥘리에트의 행복이 나를 걷잡을 수 없는 우울 속으로 빠져들게 만드는 것일까? 내가 느끼는, 아니 내가 바라보는 이 고장의 아름다움조차도 나의 설명할 길 없는 슬픔만을 더해줄 따름이야……. 네가 이탈리아에서 편지를 보내 주던 무렵, 나는 널 통해서 사물을 바라볼 줄도 알았어. 그런데 지금 너 없이 바라보는 이 모든 것은 내가 너에게 빼앗고 있는 것처럼만 생각되는구나. 결국 퐁그즈마르나 르아브르에서 울적한 날에 대비해 길렀던 일종의 궂은 날을 견디는 저항의 힘도 여기 와서 보니 이미 아무 소용도 닿지 않는다는 것을 알게 되었지. 그 힘이 쓸모없다고 생각하니 나는 매우 불안스럽기만 해. 사람들과 이 지방의 즐거운 분위기가 내겐 더욱 역겨워. 어쩌면 내가 슬픔이라고 느끼고 있는 상태는 단순히 그들처럼 떠들썩하지 않다는 것인지도 몰라. 그러고 보면 이전의 나의 기쁨에는 무슨 오만이 스며들어 있었나봐. 지금 이 지방의 즐거운 분위기에 싸여 있으면서 내가 느끼는 것은 굴욕과도 비슷한 감정이니 말이야.

이곳에 온 뒤로는 기도도 별로 하지 못했단다. 하나님도 이제는 그 전의 위치에 계시지 않는다는 어린애 같은 느낌까지 들어. 안녕, 서둘러 끝내야겠어. 이 모욕적인 말, 나의 약한 마음, 나의 서글픔이, 그리고 그것을 고백한다는 것이 부끄럽구나. 우체부가 오늘 저녁 가져가지 않는다면 내일은 찢어 버릴 텐데…….

　다음 편지에는 조카딸의 출생과 그녀가 대모(代母)가 된 것, 그리고 쥘리에트와 외삼촌의 기쁨 같은 것만 적혀 있었고, 정작 그녀의 감정은 전혀 내비치지도 않았다.
　그 후에는 다시 퐁그즈마르에서 부친 편지들이었는데, 7월에는 쥘리에트도 그곳에 와 있었던 것이다.

　쥘리에트 테시에르는 오늘 아침 이곳을 떠났어. 무엇보다 섭섭했던 것은 그 갓난아이가 떠났다는 거야. 6개월 후 그 아이를 다시 보게 될 때에는 그 몸짓들이 알아보지 못하게 달라져 있겠지? 나는 그 아이가 하는 몸짓을 하나도 빠뜨리지 않고 지켜봤어. '성장'이란 언제나 놀랍고도 신비한 것이야. 우리가 좀더 자주 놀라지 않는 것은 주의력이 부족한 때문이겠지. 희망으로 가득 찬 작은 요람 위에 몸을 구부린 채 나는 얼마나 많은 시간을 지켜보았는지 몰라. 그 무슨 이기심 때문인지 아니면 그 무슨 자기 만족, 최선에 대한 욕망의 결핍 때문인지 성장은 그처럼 빨리 멈추어 버리고, 모든 피조물들은 하나님과 그렇게도 멀리 떨어진 상태에서 그냥 머물러 버리는 것일까? 아! 그러나 우리가 하나님께 좀더 가까이 갈 수만 있다면, 가까이 가기를 원하기만 한다면……. 그건 얼마나 아름다운 경쟁이 될까!
　쥘리에트는 몹시 행복해 보여. 사실 나는 그 애가 피아노도 독서도 그만두는 것을 보고 처음에는 슬펐어. 그런데 테시에르는 음악을 좋아하지 않으며, 책도 별로 즐기지 않는다는 거야. 남편이 자기를 따르지 못하는 데서 자기의 즐거움을 찾으려 하지 않는 그 애는 분명 현명하게 처신하고 있는 거지. 반대로 쥘리에트는 남편의 일에 흥미를 가지려 하고, 남편도 그 애를 도와 자기의 사업에 대해 보다 잘 알 수 있게 해주고 있어. 테시에르의 사업은 올해 들어 굉장히 번창하고 있는 모양이야. 르아브르에 귀한 단골손님이 생긴 것은 바로 이 결혼 때문이라고 테시에르는 곧잘 농담을 하지.

로베르는 지난번 사업 관계 여행에 테시에르와 함께 갔어. 테시에르는 로베르를 잘 보살펴 주는데, 그 애의 성격을 잘 이해하고 있다고 하면서, 이런 종류의 사업에 진정으로 재미를 붙이게 될 거라고 즐거워하고 있어.

아버지의 상태는 훨씬 나아졌어. 딸이 행복해 하는 것을 보시고 다시 젊어지신 것 같아. 농장 일과 정원 일에 다시 취미를 붙이게 되셨어. 지금 방금도 아버지는, 미스 애슈버튼과 셋이서 시작했다가 테시에르 가족이 와서 중단되었던 책읽기를 계속하자는 말씀을 하셨어. 내가 큰 소리로 두 분께 읽어 드리고 있는 건 휴브너 남작의 여행기인데, 나도 꽤 재미있게 읽고 있어. 이제부턴 나 혼자 책 읽는 시간도 좀 많아질 듯해. 그래서 나는 네가 좀 좋은 책을 골라 주었으면 해. 오늘 아침 몇 권의 책을 뒤적여 보았는데, 어느 것에도 흥미를 느낄 수가 없었어.

알리사의 편지는 이 무렵부터 더욱 혼란스러워지고, 더욱 절박해졌다. 여름이 끝날 무렵 그녀는 내게 이런 편지를 보내왔다.

네가 걱정할까봐 두렵긴 하지만, 네가 얼마나 기다려지는가를 얘기하지 않을 수 없구나. 너를 만나기까지 나 혼자 보내야 할 하루하루가 나를 짓누르고 압박한단다. 아직도 두 달! 두 달이란 기간이 지금까지 너와 헤어져 있던 모든 세월보다 긴 것만 같아. 이 기다리는 마음을 조금이라도 늦춰 보려고 시도해 보는 모든 노력이 우스꽝스럽고 일시적인 것으로만 보여 이제 나는 어떤 것에도 노력을 기울일 수가 없게 됐단다. 책에서도 아무런 힘도 매력도 느낄 수 없고, 산책도 마찬가지로 나에게 아무 즐거움도 주지 못한단다. 자연까지도 위력을 잃어, 내 앞에서 정원은 빛바랜 채 향기를 잃어가고 있지. 오히려 너의 그 힘든 노역, 의무적이고 강제적인 그 훈련, 끊임없이 너 자신으로부터 너를 빼앗아 너를 피곤하게 하고, 그래서 하루하루가 빠르게 지나가게 하고, 저녁이 되면 피곤에 지친 너를 깊이 잠들게 하는 그 노역이 부럽구나. 기동 훈련에 대해 써보낸 너의 그 감동적인 묘사가 나를 사로잡고 있어. 잠이 쉽게 들지 못하는 요 며칠 밤을 나는 몇 번이나 기상나팔 소리에 놀라 벌떡 일어나야 했었는지 모른단다. 네가 얘기한 그 가벼운 도취 같은 것, 새벽의 기쁨, 반쯤 눈 부시는 듯한 황홀의 상태를 너무나도 잘 상상해 낼 수 있어…… 새벽의 얼어붙은 눈부심 속에서 말제빌르 고원은 얼마나 아름다웠을까……!

얼마 전부터 몸이 안 좋아. 아, 그러나 심한 건 아냐! 다만 너를 무척 기다리기 때문인 것 같아.

그리고 6주일 후에 편지가 왔다.

이것이 마지막 편지가 될 거야. 제롬, 네가 돌아올 날이 아직 확실한 건 아닐지라도 너무 늦어지지는 않겠지. 나는 퐁그즈마르에서 너를 만나고 싶었는데, 날씨가 나빠지고 추워져서 아버지는 자꾸 시내로 가자고 그러서. 지금은 쥘리에트도 로베르도 없으니 네가 와도 얼마든지 머물 수 있지만, 너 역시 플랑티에 이모님 댁에 머무는 게 나을 것 같아. 이모도 그렇게 하는 걸 바라실 테고.

너와 다시 만날 날이 가까워 올수록, 나의 기다림은 점점 두려워지기만 해. 정말 그건 두려움이라고나 해야 할 느낌이야. 네가 돌아오기를 그렇게 기다렸는데, 막상 네가 돌아온다니까 왜 이렇게 두려워지는지 정말 모르겠어.

더 이상 그 생각은 하지 않으려 하고 있어. 네가 누르는 초인종 소리, 계단을 올라오는 너의 발소리, 상상만 해도 숨이 끊어질 듯하고, 가슴이 막히는 것만 같아. 무엇보다도 내게서 무슨 특별한 말을 기대하진 말아.

나의 과거는 여기서 끝나는 것 같은 느낌이야. 그 너머에는 아무 것도 보이지 않아. 나의 생(生)이 정지된 듯……

그 나흘 후, 그러니까 내가 제대하기 1주일 전에 나는 알리사로부터 짤막한 편지를 받았다.

제롬, 르아브르에서의 너의 체류와 우리 만남의 시간을 너무 길게 연장하지 않으려는 네 생각에 나도 전적으로 동의한다. 지금까지 주고받은 편지 외에 더 이상 무슨 말이 필요하겠니? 그러니까 등록 때문에 28일까지 파리에 가야 한다면 주저하지 말고

가. 이틀밖에 함께 있지 못한다고 섭섭하게 생각하지도 말고, 우리 앞에는 한평생이 있잖니?

❋ 6 ❋

우리들의 재회는 퐁그티에 이모님 댁에서 이루어졌다. 군복무 탓인지 나는 내 행동이 갑자기 몹시 둔하고 어색하게 느껴졌다. 그리고 나의 이러한 변화를 그녀도 알아차리고 있다는 생각이 들었다. 하지만 겉으로 드러난 그런 헛된 인상이 우리에게 무슨 소용이 있으랴? 나로서는 알리사의 옛 모습을 전혀 찾아볼 수 없지 않을까 하는 두려움 때문에 처음에는 그녀를 바로 쳐다보지도 못했다. 그러나 정작 우리를 난처하게 한 것은 사람들이 우리들에게 떠맡긴 약혼자의 우스꽝스런 역할이었으며, 우리 두 사람만을 남겨 두기 위하여 서둘러 우리 앞을 떠나려는 사람들의 태도였다.

"이모님, 이모님이 우리에겐 전혀 방해가 되지 않아요. 우리끼리 비밀스럽게 할 이야기라곤 없어요."

알리사는 자리를 피하려고 지나치게 애쓰시는 이모님을 보다 못해 소리쳤다.

"원 천만에! 그래도 그런 게 아니란다. 난 너희들을 잘 알고 있어. 오래 떨어져 있다 보면 서로 얘기할 자잘한 일들이 태산같이 쌓이는 법이란다."

"이모님, 제발 부탁이에요. 지금 나가시면 저희들의 기분은 상하게 될 거예요."

이 말을 할 때의 목소리는 거의 화가 난 듯하여 나는 알리사의 목소리라고 생각되지가 않았다.

"이모님, 이모님이 나가 버리시면, 우린 정말 한 마디도 주고받지 못할 거예요."

나는 웃으면서, 그러나 둘만이 남게 될지도 모른다는 두려움 비슷한 감정을 느끼며 덧붙여 말했다.

그래서 우리 세 사람 사이에서는 짐짓 즐거운 척하면서 진부한, 그리고 내면은 숨긴 채 겉으론 억지 신명을 내는 그런 이야기만이 계속되었다. 외삼촌이 점심에 나를 초대하셨기 때문에 우리는 내일 다시 만나기로 되어 있었다. 그래서 우리는 이 희극을 빨리 끝내는 것을 오히려 다행스러워하며, 첫날 저녁의 만남을 별 아쉬움 없이 헤어졌다.

나는 점심 식사 훨씬 전에 도착했으나 알리사는 어떤 친구와 이야기를 나누고 있었다. 알리사는 억지로 그 친구를 돌려보내려 하지 않았고, 그 친구도 눈치 빠르게 돌아가려고 하지 않았다. 마침내 그 친구가 떠나고 우리 두 사람만 남게 되었을 때, 나는 짐짓 그 친구를 점심에 초대하지 않은 것에 놀란 척했다. 우리 둘은 모두 밤새 자지 못해 좀 피곤했고, 약간 들떠 있었다. 외삼촌이 들어오셨다. 알리사는 내가 외삼촌도 늙으셨다고 생각하고 있는 것을 눈치 챈 듯했다. 외삼촌은 내 말을 잘 알아들으시지 못했다. 알아들으실 수 있도록 큰 소리로 말해야 했기 때문에 내 이야기는 뒤죽박죽이 되고 힘만 들었다.

점심 식사 후 플랑티에 이모님은 약속하신 대로 마차를 가지고 우리를 데리러 와주셨다. 이모님은 돌아오는 길 가운데 가장 쾌적한 곳을 단둘이서 걷게 하시려고, 오르쉐에 이르러 알리사와 나를 내려 주셨다.

계절에 비해 날씨가 더웠다. 이모님의 배려로 우리가 걸어오게 된 언덕길은 햇살에 드러나 흥취라곤 전혀 없었다. 잎이 떨어져 버린 나무들은 우리에게 몸을 피할 그늘 하나 마련해 주지 못했으며, 이모님이 기다리고 계실 마차로 빨리 돌아가야 한다는 초조함으로 우리는 무리하게 빨리 걸어야 했다. 갑자기 머리가 얼마나 아프던지 나는 아무런 생각도 짜낼 수가 없었다. 아무렇지도 않은 척하기 위해서, 그리고 그런 동작이 말을 대신할 수 있으리라 생각했기 때문에, 나는 계속 걸으면서 알리사의 손을 잡았다. 그녀는 가만히 있었다. 감정의 동요, 빠른 걸음으로 인한 숨가쁨, 그리고 두 사람 사이에 무겁게 깔려 있는 침묵의 거북스러움이 우리의 얼굴을 달아오르게 했다. 내 관자놀이가 뛰노는 소리를 들었다. 알리사의 얼굴은 보기 흉할 만큼 상기되어 있었다. 순간 우리는 서로 땀에 젖은 손을 붙들고 있는 것이 몹시 불편하게 느껴져 쥐었던 손을 놓고 쓸쓸히 아래로 내려뜨렸다.

우리들이 너무 서둘렀고, 이모님은 우리에게 이야기할 충분한 시간을 주시려고 딴 길로 해서 아주 천천히 마차를 몰고 오셨기 때문에 우리는 마차보다 훨씬 빨리 네거리에 도착했다. 우리는 언덕

비탈에 앉았다. 땀에 젖어 있었기 때문에 갑자기 불기 시작한 바람이 우리를 오싹하게 했다. 우리는 마차를 마중하기 위해 일어났다.

그러나 다른 어떤 것보다도 난처했던 일은 이모님의 그 정성스러운 염려였다. 우리가 충분히 이야기를 했으리라고만 믿고 계시는 이모님은 우리를 보자마자 우리의 약혼에 대해서 물어오셨고, 그것을 견디지 못하고 눈에 눈물이 그렁그렁해진 알리사는 몹시 머리가 아프다는 핑계로 이모님의 질문을 피해 버렸던 것이다. 그래서 우리들의 귀가는 무거운 침묵 속에 끝났다.

다음날 나는 온 몸이 쑤시는 통증과 감기 기운을 느끼며 잠을 깼다. 너무도 몸이 괴로워서 정오가 지난 후에야 뷔콜랭 댁에 가게 되었다. 그런데 운 나쁘게도 알리사는 혼자 있지 않았다. 플랑티에 이모님의 손녀딸 가운데 하나인 마들레느 플랑티에가 와 있었던 것이다. 나는 알리사가 그 애와 이야기하기를 좋아한다는 것을 전에 들어 알고 있었다. 그 아이는 며칠 전부터 할머니 댁에 와 있었는데, 그 애는 내가 들어서자 큰 소리로 말했다.

"돌아가실 때 언덕으로 가지 않으실 거예요? 그럼 우린 함께 올라갈 수 있는데……."

나는 거의 기계적으로 그러자고 해버렸다. 그래서 알리사와 단둘이 만나는 일은 어렵게 되었다. 그러나 이 귀여운 소녀는 확실히 우리에게 도움이 되었다. 나는 어제와 같은 견디기 힘든 어색함을 겪지 않아도 되었던 것이다. 우리 세 사람 사이에는 곧 자연스럽게 이야기가 시작되었다. 그리고 내가 처음에 두렵게 생각했던 것보다도 훨씬 더, 우리 두 사람 사이의 어색한 태도는 누그러져 있었다.

내가 알리사에게 작별 인사를 하자 그녀는 기묘한 표정을 지으며 웃었다. 내가 다음날 떠나야 한다는 것을 알리사는 그때까지도 깨닫지 못하고 있는 듯했다. 그런데다가 아주 가까운 장래에 이루어질 수 있는 재회에 대한 기대로 하여 나의 작별 인사는 그것이 갖게 마련인 약간의 서글픔조차 담고 있지 않았다.

하지만 저녁을 먹은 후, 나는 알 수 없는 불안감에 몰려 다시 시내로 내려갔다. 그러고는 시내를 한 시간 가까이나 헤매고 돌아다닌 다음에야 다시 뷔콜랭 댁의 초인종을 누르기로 마음먹었다. 나를 맞아준 사람은 외삼촌이었다. 알리사는 몸이 편치 않다고 일찍 침실로 올라갔으며, 올라간 후 곧 잠자리에 든 모양이라고 했다. 나는 잠시 외삼촌과 이야기를 나누다가 다시 뷔콜랭 댁을 나왔다.

이렇게 자꾸만 뒤틀려간 일들이 유감스럽기 짝이 없지만, 이제 새삼 후회하며 비난해 보았자 헛수고일 뿐, 어쩌면 모든 일이 순조롭게 우리를 도왔다고 할지라도, 아마 우리는 그 거북스러움을 만들어 냈을 것이다. 그러나 무엇보다 나를 비탄에 빠지게 한 것은 알리사 역시 그 거북스러움을 느꼈을 것이라는 사실이었다. 파리에 들어오자마자 나는 알리사의 편지를 받았다.

제롬, 얼마나 쓸쓸한 재회였니! 그렇게 된 잘못을 너는 남에게 돌리는 듯이 보였지만, 물론 네 자신도 꼭 그렇다고는 확신하지 못했을 거야. 제롬 나는, 우린 언제나 이럴 거라는 걸 이제야 겨우 깨닫게 되었어. 그리고 앞으로도…… 아아! 제롬! 우리 더 이상 만나지 말자.

서로 할 이야기가 그토록 많은데 왜 그런 거북한 감정, 어색한 느낌, 마비 상태, 그 무거운 침묵이 우리를 감싸 버렸을까? 네가 돌아온 첫날은 그 침묵마저도 좋았어. 곧 그 침묵은 사라지고 네가 굉장한 이야기들을 들려주리라고 믿었기 때문이야. 그렇지 않고는 네가 떠날 수 없다고까지 생각했지.

그러나 오르쉐에서의 우리의 침울한 산책이 끝내 침묵 속에 끝나고 말았을 때, 더구나 우리의 손이 서로의 손을 놓아 버리고 아무런 희망도 없이 아래로 축 늘어뜨려졌을 때, 내 가슴은 고통과 비탄으로 무너져 내리는 것 같았어. 그리고 무엇보다 슬펐던 것은 네 손이 내 손을 놓아 버렸다는 사실이 아니라, 만일 너의 손이 그렇게 하지 않았더라면 아마도 내 손이 그렇게 했으리라는, 그렇게 하고 말았으리라는 생각 때문이었어. 내 손은 이미 너의 손 안에서 즐거움을 잊었던 거야.

그 이튿날, 바로 어제였지…… 아침 내내 미칠 듯이 너를 기다렸어. 집에 가만히 있으면서 너를 기다리는 것은 못 견딜 만큼 지루했기 때문에, 네가 방파제 어디로 오면 나를 만나게 되리라는 말을 집에 남기고 밖으로 뛰쳐나왔어. 한참이나, 정말 너무나 지루할 정도로 한참이나 파도가 거친 바다를 바라보고 있었지. 그동안 너도 없이 나 혼자서 바다를 바라본다는 것은 너무나도 가슴 아픈 일이었어. 그러다 네가 내 방에서 나를 기다리고 있을지도 모른다는 갑작스러운 생각에 불현듯 집으로 돌아왔지. 난 오후에는 나 혼자 있지 못하리라는 걸 알고 있었어. 전날 마들레느가 찾아오겠다고 전해 왔는데 오전 중에 너를 만날 수밖에 없으리라고 생각했었기 때문에 나는 그 아이가 오도록 내버려 두었어. 하지만 생각해보면, 이번 우리의 재회에서 우리가 유일하게 기분 좋은 시간을 보낼 수 있었던 것은 그 아이가 있어 준 덕택이 아닌가 싶어. 나는 그때의 우리 사이의 편안하던 대화가 앞으로도 오랫동안 계속되리라는 환상에 빠져 들기도 했지. 그런데 내가 그 아이와 같이 앉아 있던 긴 의자로 네가 다가와 나를 향해 작별 인사를 했을때, 나는 대답조차 할 수 없었어. 그리고 모든 것이 끝났다는 느낌이 들었어. 갑자기 나는 네가 떠난다는 사실을 깨달았던 거야.

네가 마들레느와 함께 나가 버리자 그런 일이란 결코 나에게 있을 수 없는, 도저히 견뎌낼 수 없는 일처럼 생각되었어. 그래서 내가 미친 듯이 두 사람이 나간 뒤를 쫓아나갔다는 것을 너는 짐작이라도 할 수 있겠니? 너와 좀더 이야기하고 싶었고, 내가 그 동안 한 마디도 하지 못했던 내 안의 이야기를 모두 네게 들려주고 싶었어. 걷잡을 수 없이 플랑티에 이모님 댁으로 달려가고 싶었지만 그땐 너무 늦었단다. 시간도 없었고, 나는 감히 그러지도 못했어. 난 절망에 휩싸인 채 집으로 돌아왔지, 네게 편지를 쓰려고……, 더 이상 네게 편지를 쓰고 싶지 않다는 이별의 편지를……. 이제껏 우리가 편지를 주고받았던 일 자체가 하나의 신기루에 지나지 않는다는 것을, 우리는 서로 자신들에게 편지를 쓰고 있었다는 사실을. 제롬, 제롬, 아아! 우리는 언제나 서로 멀리 떨어져 있었다는 사실을, 마침내 나는 너무나도 분명하게 깨달았기 때문이야.

나는 그 편지를 찢어 버렸어. 하지만 지금 다시 쓰고 있단다. 처음의 편지 거의 그대로를. 오오! 제롬! 내가 전보다 너를 덜 사랑하는 것은 아냐. 오히려 그 반대로 네가 내게로 가까이 오자마자 마음이 어지러워지고 당황스러워져서 내가 너를 얼마나 깊이 사랑하고 있는지를 그때처럼 사무치게, 그리고 필사적으로 느낀 적은 없었어. 하지만 절망적이기도 했지. 왜냐하면, 아무래도 이 사실을 네게 고백할 수밖에 없겠지만, 나는 너와 멀리 떨어져 있을 때 너를 더욱 사랑했기 때문이야. 진작부터 혹시 그렇지나 않을까 하고 걱정했는데, 그렇게도 바랐던 너와의 만남이 결국 내게 그 사실을 확인시켜 주었어. 그리고 제롬, 너 역시 그 사실을 인정하지 않을 수 없을 거야. 잘 있어. 이토록 사랑하는 제롬, 하나님이 너를 지켜 주시고 이끌어 주시기를! 오직 그분 곁으로만 우리는 마음 놓고 가까이 다가갈 수 있을 뿐이야.

그리고 마치 이 글만으로는 나를 충분히 괴롭히지 못했다는 듯이 다음날, 알리사는 거기에 추신을 덧붙여 왔다.

우리 두 사람에게 관계되는 일에 네가 좀더 신중해지도록 부탁하지 않고는 네게 이 편지를 부칠 수가 없었어. 너와 나 사이만의 일을 쥘리에트나 아벨에게 들려줌으로써 네가 내 마음을 아프게 했던 적이 얼마나 많았는지 몰라. 바로 이런 점에서, 네가 사실을 깨닫기에 훨씬 앞서, 나는 너의 사랑이 이성적인 사랑이며, 애정과 신의에 대한 훌륭한 지적 집착이었다고 생각하게 되었어.

내가 이 편지를 아벨에게 보여 주지나 않을까 하는 염려 때문에 이 몇 줄을 덧붙였음에 틀림이 없었다. 어떤 날카로운 예감이 그녀를 그토록 조심하게 만들었을까? 요즘 그녀는 내 이야기 가운데서 아벨의 조언을 갑자기 느끼게 되었던 것일까?

나는 그 무렵 아벨과는 상당한 거리감을 느끼고 있었다. 아벨과 나는 점점 더 멀어져 가는 두 길을 따라가고 있었던 것이다. 따라서 알리사의 이런 권고는, 슬픔의 무거운 짐을 혼자 지라는 가르침을 위한 것이었다면 전혀 소용도 없는 것이었다.

그 후의 사흘 동안을 나는 오로지 탄식 속에서 보냈다. 나는 그녀에게 답장을 보내고 싶었지만, 지나치게 침착한 논쟁이나 격렬한 항변, 아니면 서툰 말 한 마디 때문에 우리의 상처를 다시 고칠 수 없이 더 깊게 할까 두려웠다. 나는 내 사랑이 몸부림하는 편지를 열 번도 더 고쳐 쓰곤 하였다. 마침내 부치기로 결심한 편지의 사본, 눈물에 얼룩진 그 편지는 지금도 눈물을 흘리지 않고는 읽을 수가 없다.

알리사! 나를, 아니 우리 둘을 가엾게 여겨 줘! 네 편지는 내 가슴을 아프게 해. 네 걱정을 그저 웃어넘길 수만 있다면, 정말 얼마나 좋을까! 그래, 나도 네가 써보낸 모든 것을 느끼고 있었어. 하지만 나는 그렇게 생각하는 게 두려웠어. 한갓 쓸 데 없는 상상에다 너는 얼마나 무서운 현실성을 부여하고 있는지, 그리고 또 너는 그것으로 우리 사이에 얼마나 두터운 벽을 만들고 있는지!

만일 네가 나를 그전처럼 사랑하지 않는다고 느끼고 있다면, 아아! 네 편지 전체가 부인하고 있는 그런 잔인한 가정(假定)을 잊게 해줘! 만일 정말로 그러하다면 너의 지금 한때의 두려움이야 아무래도 좋지 않겠니? 알리사! 이치를 밝혀 보려 하면 나의 글은 금방 얼어붙어 버린다. 나는 내 가슴속에서 터져 나오는 신음 소리 외에는 어떤 것도 들을 수 없어. 기교를 부리기에는 나는 너를 너무도 사랑하고 있어. 그리고 너를 사랑하면 사랑할수록 나는 점점 더 너에게 어떻게 말해야 할지 망연할 뿐이야. '이성적 사랑' …… 이 말에 대하여 나는 뭐라고 대답해야 하니? 온 넋으로 너를 사랑하고 있는데, 어떻게 내가 나의 이성과 감성을 구분할 수 있겠니? 그러나 우리의 편지 왕래가 너의 가혹한 비난의 원인이 되었고, 편지 왕래에 의해 고양되어 있다가 뒤이어 현실 속에서 추락한 것이 우리에게 그토록 쓰라린 상처를 입혔으며, 네가 나에게 편지를 쓴다 해도 이제는 너 자신에게 쓰고 있을 뿐이라고 내가 생각하게 될 것이기 때문에, 이번 편지와 비슷한 다른 편지를 견뎌낼 힘이 내게는 없어. 제발 부탁하지만, 앞으로 얼마 동안 편지 왕래는 일체 중지하기로 하자.

이어서 나는 그녀의 판단에 항의하면서 생각을 돌이켜 주도록 호소하고 다시 한 번 만날 약속을 해달라고 청하는 말을 덧붙여 썼다. 지난번 만남에서는 모든 게 엉클어져 있었다. 무대 장치며 단역배우며 계절이며, 그리고 우리로 하여금 그 만남을 위해 신중하게 준비하도록 해주지 못했던 열띤 편지 왕래에 이르기까지 모든 것이 뒤틀어져 있었다. 이번에는 우리가 서로 만나기 전에 오직 침묵만을 지킬 것이다. 나는 오는 봄 부활절 방학 동안에 과거의 추억이 나를 지켜 주고 외삼촌도 무척 반갑게 맞아 주실 퐁그즈마르에서, 알리사가 좋다고 생각하는 며칠 동안만 만나기를 원했다.

나의 이러한 결심은 아주 확고한 것이었기 때문에 편지를 부치고 나서 나는 곧 학업에 몰두할 수 있었다.

그 해가 다 가기 전에 나는 알리사를 만날 수 있었다. 몇 개월 전부터 건강이 악화되어 몹시 쇠약해진 미스 애슈버튼이 크리스마스 나흘 전에 돌아가셨기 때문이다. 나는 거의 그분 곁을 떠나지 않았으며, 그래서 그분의 임종도 지켜볼 수 있었다. 알리사에게서 온 엽서는 내게 그녀가 나의 슬픔보다 우리의 침묵의 맹세를 더욱 마음에 간직하고 있다는 느낌을 주었다. 외삼촌이 참석하실 수 없기 때문에 자기라도 참석해서 장례식을 지켜보겠다는 내용이었다.

장례식에서도, 또 관의 뒤를 따라갈 때에도 슬퍼하는 사람은 그녀와 나 둘뿐이었다. 우리는 나란히 함께 걸으면서 겨우 몇 마디 말을 주고받았을 뿐이었다. 그러나 교회에서는 그녀가 내 곁에 있었으며, 나는 그녀의 시선이 나에게 다정하게 머무는 것을 여러 번 느끼곤 했다.

"그럼 잘 알겠지?" 헤어지는 순간 그녀가 말했다. "부활절 전에는 아무 것도."

"그래. 하지만 부활절에는……."

"기다리고 있겠어."

우리는 묘지 어귀에 있었다. 나는 그녀에게 역까지 바래다주겠다고 말했다. 그러나 그녀는 지나가는 마차를 세우더니, 작별의 말 한 마디 없이 나를 남겨 두고 떠나가 버렸다.

❀ 7 ❀

"알리사가 정원에서 너를 기다리고 있다."

4월 그믐께 내가 퐁그즈마르에 도착했을 때, 외삼촌은 마치 아버지처럼 나를 껴안아 주시며 말씀하셨다. 처음 나는 알리사가 서둘러 나를 맞아 주지 않아 실망했으나, 곧 재회의 첫 순간의 범속한 인사치레를 서로 생략할 수 있게 해준 그녀가 고마웠다.

알리사는 정원 깊숙한 곳에 있었다. 해마다 이 무렵이면 활짝 피어나곤 하는 라일락, 마가목, 양골담초, 웨즐리아 등의 꽃넝쿨로 둘러싸여 있는 둥근 갈림길 쪽으로 걸어갔다. 너무 멀리서부터 그녀의 모습이 눈에 띄지 않도록, 아니 내가 다가가는 것을 그녀가 보지 못하도록 하기 위해 나는 정원의 다른 쪽 길, 나뭇가지 아래로 공기가 서늘한 그늘진 길을 따라갔다. 나는 천천히 걸어갔다. 나뭇가지 사이로 드러난 하늘은 나의 기쁨처럼 따뜻하고 눈부시게 빛났으며,

아련하게 밝았다. 아마도 그녀는 내가 다른 길로 오리라 생각하고 기다렸던 모양이었다. 내가 가까이 다가갈 때까지 그녀는 나를 알아차리지 못했다. 나는 걸음을 멈추었다. 그 순간 시간이 나와 함께 멈추어 버린 것 같았다. 이 순간이야말로 행복 그 자체에 앞서 오는, 그리고 행복 그 자체로서도 도저히 미치지 못하는, 가장 아름다운 순간인지도 모른다고 나는 생각했다.

나는 그녀 앞에 무릎을 꿇고 싶은 마음을 억누르기가 힘들었다. 내가 한 발짝 떼어 놓자 그녀가 내 발소리를 듣고 말았다. 그녀는 벌떡 일어났다. 그녀는 놓고 있던 수틀이 떨어지는 대로 두고는 팔을 나에게로 뻗쳐 자기의 손을 내 어깨 위에 놓았다. 얼마 동안 그녀와 나는 그러한 자세로 서 있었다. 그녀는 두 팔을 내게 뻗은 채 고개를 갸웃하고는 다정한 미소로 나를 바라보고만 있었다. 그녀는 온통 흰 옷을 입고 있었다. 언제나 거의 지나칠 정도로 경건한 그녀의 얼굴에서 나는 언제나 변함없는 앳된 그녀의 미소를 되찾을 수 있었다.

"이봐, 알리사!" 나는 갑자기 소리쳤다. "나는 앞으로 열이틀 동안 자유로워. 하지만 네 마음에 들지 않는다면 하루도 더 머물지 않을 거야. 그래서 하는 말인데, '내일은 퐁그즈마르를 떠나야 한다'는 것을 알려줄 신호를 하나 정해 두기로 하자. 그러면 그 다음날 나는 아무런 항변도 불평도 없이 떠날 테니까. 그렇게 할까?"

미리 준비하고 벼르지 않아서일까, 나는 한결 수월하게 말할 수 있었다. 그녀는 잠시 생각하고 나서 말했다.

"저녁 식사 하러 내려갈 때 네가 좋아하는 자수정 십자가 목걸이를 내가 목에 걸지 않고 있을게……알겠니?"

"그것이 나의 마지막 저녁이란 말이지?"

"하지만 넌 눈물이나 한숨 없이 떠날 수 있어야 해."

그녀는 말했다.

"작별 인사도 없이. 어느 날 저녁처럼 마지막 날 저녁에도 나는 너와 자연스럽게 작별할 거야. 아직 알아차리지 못했나 하고 네가 의아하게 생각할 만큼 담담하게 작별 인사를 할 거야. 그렇지만 그 이튿날 네가 나를 찾게 되면 나는 이미 그곳에 없을 거야."

"다음날에는 나도 더 이상 너를 찾지 않을 거야."

그녀는 내게 손을 내밀었다. 나는 그 손을 내 입술에 가져다 댔다.

"하지만 지금부터 운명의 저녁까지는 나에게 무엇인가를 예감케 하는 일은 없어야 해."

나는 다짐하듯 말했다.

"너도 뒤이어질 작별에 대해서는 아무런 눈치도 보이지 않아야 해."

이제는 이 재회의 엄숙함이 우리 사이에 일으킬지도 모를 그 위험한 거북스러움을 깨뜨리는 일만이 급했다.

"나는 지금 몹시 바라고 있는데."라고 나는 말을 이었다. "네 곁에서 지내게 될 며칠 동안이 우리의 지난날과 같았으면 참 좋겠어. 그러니까 우리들은 이 며칠 동안을 무슨 특별한 예외라고 느끼지 않았으면 좋겠단 말이야. 그리고 우리 서로 너무 이야깃거리를 찾으려고 애쓰지 말자." 그녀는 웃기 시작했다. 내가 덧붙여 말했다. "우리 함께 해볼 만한 무슨 일이 없을까?'

지난날 우리는 곧잘 정원 일을 함께 하곤 했었다. 옛날 정원사가 그만두고 경험 없는 정원사가 들어온 지 얼마 되지 않아서, 두 달 동안 별로 손질을 못 했다는 정원에는 일거리들이 많이 있었다. 장미나무들은 전지(剪枝)가 잘 되어 있지 않았고, 생장력이 좋은 어떤 나무들은 죽은 가지들로 뒤엉켜 있었다. 덩굴을 자꾸만 내뻗는 어떤 나무들은 잘 받쳐 주지 않아서 땅으로 온통 쏟아져 내려앉아 있었다. 너무 자란 어떤 나무의 군가지들은 다른 가지를 자라지 못하게 하고 있었다. 우리들이 손질해 준 장미를 우리는 쉽게 가려낼 수 있었다. 정원의 이 나무 저 나무들을 돌보며 제법 분주하게 움직이느라 처음 사흘 동안 우리는 심각한 이야기를 전혀 하지 않고서도 서로 많은 말을 나눌 수 있었다. 입을 다물고 있을 때조차 전처럼 침묵이 거북스럽게 느껴지지는 않았다.

이렇게 하여 우리는 차츰 옛날처럼 서로 익숙해졌다. 나는 어떤 설명보다도 이러한 습관에 더 기대를 걸고 있었다. 우리 사이에서는 이미 헤어져 있었다는 기억마저 지워져 가고 있었고, 내가 그녀에게서 가끔 느꼈던 그 두려움도, 그리고 그녀가 나에게서 염려하던 나의 그 마음의 긴장도 이제는 이미 사라져 가고 있었다. 지난 가을의 그 쓸쓸하기만 했던 방문 때보다 한층 앳된 알리사는 지금까지의 그 어느 때보다도 아름다웠다. 나는 아직 그녀와 입맞춤도 해 보지 못했다. 저녁마다 나는 그녀의 블라우스 위에서 조그마한 자수정 십자가가 작은 금줄에 달려 반짝이는 것을 보았다. 내 믿는 마음에서는 다시금 희망이 싹트고 있었다. 희망이라니, 그건 이미 내겐 확신이었다. 그리고 나는 이 확신을 알리사도 그녀의 마음속에서 느끼고 있으리라고 믿고 있었다. 왜냐하면 이제 나는 나 자신을 그토록 의심하지 않았기 때문에 그녀도 더 이상 의심할 수가 없었던 것이다. 차츰 우리의 대화는 대담해져 갔다.

"알리사!" 향긋한 대기가 미소 짓는 듯하고, 우리의 마음도 꽃처

럼 피어나던 어느 날 아침, 나는 그녀에게 말했다. "쥘리에트도 행
복해진 지금, 우리가 언제까지나 이렇게 있어야 할 이유가 없잖아?
우리도……."

눈길을 그녀 얼굴 위에 고정시킨 채 나는 말했다. 갑자기 그녀의
얼굴빛이 너무나 창백해져서 나는 하던 말도 맺지 못하고 말았다.

"제롬!" 그녀는 내 쪽으로 눈길을 돌리지도 않은 채 말했다. "네
곁에서 나는 더 이상 행복해질 수 없을 만큼 지금 무척 행복해…….
그런데 진심으로 네게 얘기하고 싶어. 우린 행복을 위해 태어난 게
아니라고……."

"아니, 인간의 영혼이 행복보다 뭘 더 바란단 말이야?"

내가 성급하게 소리쳤다. 그녀는 입술만 달싹여 낮게 중얼거렸다.

"성스러움을……."

너무도 낮은 목소리였기 때문에 나는 그 말을 들었다기보다도
그렇게 짐작했을 뿐이었다. 나의 모든 행복은 순간 날개를 펴고 내
곁을 떠나 하늘 저 멀리로 날아가 버렸다.

"너 없인 난 거기에 이를 수 없어!" 나는 그녀의 무릎에 얼굴을
묻은 채 어린아이같이, 그러나 슬픔이라기보다는 사랑에 복받쳐 눈
물을 터뜨리며 말을 이었다. "너 없이는 안 돼,…… 너 없이는 안
돼."

그리고 나서도 그날은 여느 날처럼 지나갔다. 그러나 그날 저녁
알리사는 작은 자수정 십자가 목걸이를 하지 않고 저녁 식탁에 내
려왔다. 나는 내 약속을 충실하게 지켜 그 이튿날 동이 트자마자 퐁
그즈마르를 떠나왔다.

그 다음 다음 날, 나는 이상한 편지를 받았다. 그 편지에는 셰익

스피어의 시 몇 구절이 적혀 있었다.

> 다시금 그 선율, 그건 꺼질 듯 스러지는 선율이었더라.
> 오, 오 오랑캐꽃 핀 언덕 위로
> 향기를 실어다 주며 앗아가는
> 향그러운 남풍처럼 내 귓전으로 흘러들던 그 선율
> ……됐어, 이제는 그만.
> 이제는 전처럼 감미롭지가 않구나…….

그래! 나는 오전 내내 나도 모르게 너를 찾았어. 제롬! 네가 떠났다고 믿을 수가 없었어. 우리의 약속을 지킨 네가 원망스러웠어. 나는 장난이겠지 하는 생각도 했어. 그래서 네 모습을 찾아 풀덤불 뒤편을 기웃거리며 살피기도 했었단다. 하지만 너는 어디에도 없었어. 네가 떠난 것은 사실이었어. 고마워.

나는 계속해서 내 머리 속을 감도는, 당장 너에게 알려 주고 싶은 생각에 사로 잡혀 버렸어. 그리고 만일 그 생각을 네게 알려 주지 않는다면 네게 해주어야 할 일을 소홀히 했다는 느낌, 마땅히 너의 비난을 받을 만한 것이라고 장차 생각하게 되리라는 알 수 없는, 그러나 너무나 뚜렷한 두려움에 사로잡힌 채 나머지 한 나절을 보낼 수밖에 없었단다.

네가 퐁그즈마르에 머물기 시작한 처음 몇 시간 동안, 네 곁에서 내가 느낀 내 전존재에 대한 그 알 수 없는 만족감에 나는 몹시 놀랐어. 그러고는 곧 불안해지기 시작했지. "이것 이상 아무것도 바랄 것이 없는 그러한 만족감!"이라고 너는 나에게 말했었지만,

바로 그 만족감이 나를 불안하게 하고 있어.

제롬, 지금 내 말의 뜻이 네게 잘못 전해질까 두렵구나. 내 영혼의 더할 수 없는 격렬한 감정의 표현을 하나의 까다로운 이론의 전개(오오! 얼마나 서툰 이론의 전개일 것인가)로 생각하지나 않을까 하고 말이야.

"충족시켜 주지 않는 것이라면 그것은 행복이 아닐 거야."라고 했던 네 말 기억하고 있어? 그때 나는 무어라고 대답해야 좋을지 몰랐어. 하지만 아니야, 제롬. 그것은 우리를 충족시켜 주지 않아. 기쁨에 넘친 충족감, 나는 그것이 진실된 것이라고는 생각지 않아. 지난 가을, 우리는 그러한 충족감이 어떠한 슬픔을 그 안에 지니고 있는지 깨닫지 않았니?

진실한 행복! 아아! 하나님! 부디 그러한 충족감이 진실한 것이 아니도록 해주시옵소서. 우리는 다른 또 하나의 행복을 위해 태어난 것이므로……. 지난날 우리가 편지를 주고받았던 것이 지난 가을의 우리의 만남을 망쳐 버렸던 것처럼, 이제는 네가 여기 있었다는 기억이 지금 내가 쓰고 있는 이 편지의 기쁨을 앗아가 버리는구나. 네게 편지를 쓸 때마다 기쁨이 지나쳐 황홀하기까지 했던 그 기분이 지금은 왜 이렇게 되어 버린 것일까? 편지로든가 아니면 서로 가까이 있음으로 해서 우리는 우리의 사랑이 지닌 순수한 사랑의 기쁨을 고갈시켜 버린 거야. 그래서 이제는, 우리가 뜻한 바는 아니지만 〈십이야〉에 나오는 오시노처럼 "됐어. 이제는 그만. 이제는 전처럼 감미롭지가 않구나." 하고 소리치게 되어 버렸어.

잘 있어. 사랑하는 제롬! Hic incipit amor Dei(주를 사랑함은 어기에서 시작되노라), 아아! 내가 너를 얼마나 사랑하고 있는지 네가 알 수 있을까?……

영원한 너의 알리사.

덕성이라는 올가미에 대해 나는 전혀 무방비 상태에 있었다. 온갖 영웅적인 기분이 나를 현혹시키면서 끌어당기고 있었다. 왜냐하면 나는 그러한 영웅주의적인 생각과 사랑을 굳이 구별하지 않고 있었기 때문이다. 알리사의 편지는 더없이 무모한 열광으로 나를 도취시켰다. 내가 좀더 덕행을 쌓으려 했다는 것도 오직 너만을 위해서였음에 틀림없다. 어떤 길일지라도 그것이 위를 향한 것이기만 하다면 그 길은 나를 알리사가 있는 곳으로 데려다 줄 것이라고 나는 믿어 의심치 않았다. 아아! 대지가 제아무리 갑작스럽게 좁아진다고 할지라도 단지 우리 두 사람만을 받아들이기 위한 것이라면 오히려 넓다고 생각될 것이었다. 아! 나는 그녀의 미묘한 가장을 알아채지 못하였다. 그래서 나는 절정에 이르러 그녀가 또다시 나에게서 빠져 나갈 수 있으리라고는 전혀 생각지도 못했다.

나는 그녀에게 긴 답장을 써보냈다. 내 편지 가운데 다소나마 명석함을 지녔다고 기억되는 한 구절만이 지금 떠오를 뿐이야.

나에게는 거의 언제나 나의 사랑이 내가 지니고 있는 것 가운데서 가장 훌륭한 것으로 생각되지. 나의 모든 덕성도 바로 이 사랑에 달려 있으며, 사랑은 나를 나 자신 이상으로 고양시켜 주는 것으로서, 만일 네가 없다면 나는 극히 평범한 인간들이 차지하고

있는 일상의 높이로 떨어져 내릴 수밖에 없을 것 같아. 너와 다시 만날 수 있다는 그 가능성 때문에 나는 언제나 아무리 험준한 산길이라도 참아낼 수 있었어. 너와 함께 있게 되리라는 희망이 있기 때문에 제아무리 험준한 길이라 할지라도 나에게는 언제나 가장 보람 있는 길이라고 생각되었어.

내가 이 편지에다 무슨 말을 덧붙여 놓았기에 그녀는 이런 답장을 보내게 되었던 것일까?

그렇지만 제롬, 성스럽게 되는 것이란 의무(그녀의 편지에선 이 말에 밑줄이 세 개나 그어져 있었다)일 뿐이야. 만일 네가 내가 믿어 온 그러한 사람이라면 너 역시 그 의무를 벗어나려 하지는 않을 거야.

이것이 전부였다. 우리의 편지 왕래는 이것으로 그쳤고, 아무리 교묘한 충고나 굳센 의지로도 이러한 사태를 내 뜻대로 돌이킬 수 없을 것이라고 나는 깨달았다. 아니 깨달았다기보다는 오히려 예감했다고 해야 할 것이다. 그런데도 나는 거듭 애정에 넘치는 긴 편지들을 그녀에게 써보냈다. 내가 세 번째 편지를 보낸 후에야 나는 그녀로부터 짤막한 편지를 받았다.

나의 벗, 제롬!
내가 더 이상 너에게 편지를 쓰지 않겠다는 결심이라도 했다고는 생각하지 않기 바란다. 다만 이제는 편지 쓰는 데 더 이상 흥미를 느끼지 못할 뿐이야. 그렇지만 네 편지는 아직도 나를 기쁘게 해주고 있어. 그러므로 더욱 네가 이렇게 마음 써주고 있는 데 대해 가책을 느끼게 된단다.

이젠 여름도 얼마 남지 않았구나. 당분간은 서로 편지 쓰지 않기로 하고, 9월 하순 두 주일을 퐁그즈마르에 와서 나와 함께 지내지 않겠니? 그렇게 할 생각이라면 답장은 보내지 말아. 너의 침묵을 내 제안을 받아들이는 승낙의 표시로 여길 테니까. 나에게 회답이 없기를 바라겠어.

나는 그녀에게 회답을 쓰지 않았다. 그러면서 이 침묵은 그녀가 내게 내린 최후의 시험일지도 모른다고 생각했다. 몇 달 동안의 공부와 몇 주일 동안의 여행이 있는 다음, 나는 마침내 퐁그즈마르로 갔다. 그러나 이때 내 마음은 지극히 안정되어 있었다.

이 짤막한 이야기로써 처음에는 나 자신도 잘 이해할 수도 없었던 사태를 어떻게 독자들에게 이해시킬 수 있을 것인가? 그때부터 나 자신을 온통 절망 속으로 밀어 넣은 그 비탄의 원인을 내가 여기서 어떻게 설명해야 할지! 왜냐하면 그녀의 가면 속에서도 여전히 그녀의 사랑이 맥박치고 살아 있었음을 느끼지 못했던 나 자신에 대해, 오늘날 나는 어떤 용서도 구할 수 없는 마음이기에, 더욱 가슴 깊이 통탄하고 있지만, 처음에 나는 오직 그녀의 그 꾸민 가면밖에는 아무 것도 보지 못했고, 그래서 옛 모습을 찾아볼 길이 없다고 그녀를 비난했기 때문이다……. 아니, 알리사! 그때조차도 나는 너를 비난하지 않았어. 난 다만 너의 옛 모습을 찾아볼 수 없어 절망

속에서 헤어 나오지 못하고 울었을 뿐이야. 너의 사랑이 지닌 그 침묵의 술책과 가혹한 기교에서 너의 사랑이 힘을 헤아릴 수 있게 된 지금, 네가 더욱더 가혹하게 나를 슬프게 한다 할지라도 나는 더욱 너를 사랑해야만 하는지…….

경멸? 무관심? 그 어떤 것도 아니다. 참고 이겨내야 할 것은 아무 것도 없다. 내가 대항해 싸울 수 있는 것조차 아무 것도 없었던 것이다. 그래서 나는 이따금 자신의 비참함을 스스로 꾸며낸 것이 아닌가 하고 의아하게 생각하며 주저했었다. 그만큼 나의 비참함의 원인은 미묘했었고, 또 알리사는 나의 비참함은 전혀 알 수 없는 일이라는 듯이 그토록 능란하게 꾸며대고 있었던 것이다. 도대체 나는 무엇을 한탄하고 있었던가? 그녀가 나를 대해 주는 태도는 그 어느 때보다도 상냥하고 부드러웠다. 전에는 결코 이보다 더 부드럽고 상냥했던 적이 없었다. 첫날 나는 그녀의 그러한 태도에 거의 속아 넘어갔었다. 납작하게 바투 묶은 새로운 머리 모양이 표정마저 달라보이게 할 만큼 그녀의 얼굴을 딱딱하고 굳어 보이게 하는 것쯤이야 뭐 그리 중요한 일이겠는가? 꺼칠꺼칠하고 보기 흉한 천으로 지은 침침한 색깔의 어울리지 않는 웃옷이 그녀의 몸의 섬세한 움직임을 어색하게 만들고 있는 것쯤이야 또 뭐 그리 중요한 일이겠는가? 그런 것쯤은 얼마든지 고칠 수 있는 일이었다. 바로 내일이라도 그녀 스스로, 아니면 내 부탁으로 고칠 수 있는 아주 사소한 일이라고 어리석게도 나는 그렇게 생각했던 것이다. 그보다는 우리 사이에 좀처럼 그런 예가 없었던 그녀의 상냥한 태도와 부드러운 보살핌이 나를 더 슬프게 했다. 그래서 나는 거기서 사랑에 의한 것이라기보다도 오히려 어떤 결심을, 그리고 말하기도 두려운 일이지만, 사랑보다는 오히려 예의를 발견하지나 않을까 두려웠다.

저녁에 응접실에 들어서면서 나는 늘 놓여 있던 자리에 피아노가 보이지 않아 무척 놀랐다. 내가 실망한 목소리로 외치자 알리사는 아주 태연한 소리로 대답했다.

"피아노는 지금 수리 중이야."

"애야. 그래 내가 몇 번이나 말하지 않던?" 외삼촌은 거의 엄격한, 꾸중하는 듯한 어조로 말씀하셨다. "지금까지도 쓸 수 있었던 것이니, 고치는 일이야 제롬이 떠나간 뒤로 미룰 수도 있는 것 아니냐? 네가 너무 서둘러 큰 즐거움 하나를 잃어버렸잖니!"

"아녜요. 아버지!" 그녀는 빨개진 얼굴을 돌리며 말했다. "요즘엔 피아노가 소리를 제대로 내지 못하기 때문에 제롬 역시 어떤 곡도 치지 못했을 거예요."

"네가 칠 땐," 외삼촌이 말을 이으셨다. "그렇게 나쁜 것 같지도 않던데 그러니."

그녀는 얼마 동안 빛이 잘 들지 않는 어두운 쪽으로 몸을 구부린 채 안락의자 덮개의 치수를 재는 데만 정신을 빼앗긴 듯 말이 없다가 이윽고 방에서 나갔다. 그러더니 한참만에야 외삼촌이 저녁마다 드시는 물약을 쟁반에 받쳐 들고 들어왔다.

다음날에도 그녀는 머리 모양새나 옷맵시를 바꾸지 않았다. 집 앞쪽에 내다 놓은 벤치에 자기 아버지와 나란히 앉아, 그녀는 전날 저녁에도 손에서 놓을 줄을 모르던 바느질(바느질이라기보다 깁는 일)거리를 다시 손에 들었다. 그녀 옆의 벤치였는지 아니면 탁자 위였는지 해진 양말짝들이 가득 들어 있는 커다란 바구니를 놓아 두고

서는 그녀는 줄곧 일감을 꺼내었다. 이러한 일에 그녀는 아주 몰두해 있어 그녀의 입술은 표정을 잃은 듯했고 그녀의 눈에선 광채를 찾아 볼 수도 없었다.

첫날 저녁 나는 그녀의 거의 알아볼 수 없을 만큼 달라진, 시취(詩趣)를 잃은 얼굴에 놀라 소리쳤다.

"알리사!"

얼마 전부터 나는 그녀의 얼굴만을 바라보고 있었는데, 그녀는 내 눈길을 깨닫지도 못한 것 같았다.

"왜 그래?"

그녀는 일감으로부터 고개를 들며 말했다.

"내 말이 들리는지 알아보고 싶었어. 네 생각이 내게서 너무도 멀리 떨어져 있는 것 같아서……."

"아냐, 난 여기에 있어. 하지만 여간 주의를 하지 않으면 잘 기울 수가 없단 말이야."

"네가 그걸 꿰매는 동안 내가 책이라도 읽어 줄까?"

"잘 들을 수 있을 것 같지 않아."

"왜 그렇게 정신을 쏟아야 하는 일거리를 붙잡고 있니?"

"누군가가 해야 할 일이니까."

"그런 일이 밥벌이가 되는 가난한 여자들이 많지 않니? 그리고 네가 이따위 일을 하면서 절약하기 위한 것도 아니잖아?"

그녀는 내 말을 기다리기라도 한 듯이 대뜸, 어떠한 일도 이보다 더 재미있을 수 없으며, 벌써 오래 전부터 이런 일만 해와서 지금은 다른 일에는 도무지 손을 댈 엄두도 내지 못한다고 단언하는 것이었다. 말을 하는 동안 그녀는 부드러운 미소를 잃지 않았다. 그리고 그녀의 목소리는 이보다 더 다정한 적이 없을 만큼 부드러웠지만, 나는 한없이 슬퍼지기만 했다. 그러한 나를 바라보는 얼굴은 마치 "나는 당연한 이야기를 하고 있을 뿐인데, 너는 왜 그리 슬픈 얼굴이니?" 하고 말하는 것 같았다. 그때 내 마음 가득하던 항변은 내 입술까지도 올라오지 못한 채 오히려 내 숨길을 막아 나를 답답하게 했다.

그 다음 다음날 우리는 정원에서 장미를 꺾었다. 그 일이 끝났을 때 그녀는 나에게 그 해 들어 아직 한 번도 들어가 보지 못한 그녀의 방으로 장미 다발을 좀 옮겨 달라고 부탁했다. 그녀의 그 말에 나는 얼마나 희망에 부풀었던가! 그러면서 나는 나의 슬픔을 다시 한 번 나의 잘못으로 돌렸다. 그녀의 단 한 마디로 내 마음의 병은 나아 버릴 수 있었을 것이다.

나는 지금껏 아무 감동 없이 그녀의 방에 들어간 적이 없었다. 거기에는 언제나 알리사의 모습을 느끼게 하는 아늑한 정적이 감돌고 있었다. 창과 침대 둘레에 친 커튼의 푸른 그늘, 반들반들 윤이 나는 마호가니 가구들, 잘 정돈되고 청결하고 아련한 방 안의 분위기가 그녀의 한없이 맑은 순결함과 사색적인 우아함을 말해 주는 듯했다.

그날 아침, 나는 그녀의 침대 옆쪽 벽에 붙어 있던, 내가 전에 이탈리아에서 가져다 준 마사치오의 커다란 사진 두 장이 안 보여서 깜짝 놀랐다. 어떻게 된 일이냐고 물어보려고 그녀에게로 돌리던 나의 눈길은 바로 그 옆, 그녀가 즐겨 읽는 책을 얹어 두는 선반 위에 머물렀다. 이 작은 서가는 절반쯤은 내가 그녀에게 준 책들로, 또 그 절반쯤은 우리가 함께 읽었던 책들로 서서히 채워져 가고 있었다. 그런데 나는 곧 그 책들이 말끔히 치워지고, 그 대신 그녀가 단지 경멸감을 갖고 보아 주었으면 싶은 통속적인, 너무 경박한 신앙심에 대한 작은 책들이 꽂혀 있음을 알게 되었다. 갑자기 고개를 들었을 때, 거기 웃고 있는, 그렇다, 나를 쳐다보며 웃고 있는 알리사의 모습이 눈에 들어왔다.

"미안해." 그녀는 곧 말을 꺼냈다. "내가 웃은 건 네 얼굴 때문이었어. 내 책장을 살피다 말고 네 얼굴이 너무 갑작스럽게 찌푸려졌거든."

나는 전혀 농담할 기분이 아니었다.

"아니, 알리사! 요즘 네가 읽는 책들이 이런 것들이니?"

"그래. 그런데 왜 그리 놀라니?"

"교양이 풍부한 양식에 길들여진 지성인이라면, 구토증을 느끼지 않고서는 저따위 무미건조한 것들에서 이미 아무런 맛도 즐거움도 느낄 수 없을 텐데? 난 네가 이미 저런 것에서는 아무런 즐거움도 느낄 수 없게 되었다고 생각했어."

"난 너를 이해할 수가 없구나." 알리사가 말했다. "이 책들을 지은 이들은 최선을 다하여 자기네들이 생각하고 있는 바를 표현해 보여 주고 있어. 이들은 아무 꾸밈도 없이 나와 함께 이야기해 주는 겸손한 영혼들이야. 그리고 난 이런 이들과 함께 있는 것이 즐겁고 마음 편해. 처음부터 알고 있던 일이지만, 이 사람들은 절대 미사여구의 함정에 빠지지 않을 거야. 나도 또한 이들이 쓴 책을 읽으면서 하나님을 모독하는 헛된 찬양 같은 것은 하지 않을 거고."

"그래서 이젠 이런 책들밖엔 안 읽니?"

"그렇다고 해야겠지, 몇 달 전부터는. 게다가 이제는 책을 읽을 시간도 별로 없어. 사실 난 말이야, 아주 최근에 찬미할 만하다고 네가 나한테 가르쳐 주었던 그 위대한 작가들 가운데 어떤 작가의 글을 다시 읽어 보려 해봤어. 하지만 성경에 나오는 '제 키를 한 자늘여 보려고 애를 쓴 사나이'와 같은 결과일 수밖에 없다는 분명한 사실만을 확인했을 뿐이야."

"네게 그렇게 괴상한 생각을 갖게 한 그 위대한 작가가 누군데?"

"그 작가가 그런 생각을 일으키게 한 것은 아니야. 그 작가의 책을 읽다 보니 그런 생각이 들었던 거지……. 파스칼이었어. 아마 그리 좋지 못한 구절에 부딪쳤었던 모양이야."

나는 안타까워 몸을 가만히 두고 있을 수가 없었다. 그녀는 아직 다듬지 못한 꽃다발에서 눈도 들지 않은 채, 마치 과제를 암송하듯이 단조롭고 맑은 목소리로 말하였다. 한순간 그녀는 내 안타까워하는 몸짓에 멈칫하여 말을 끊었으나 이내 똑같은 억양으로 말을 이어나갔다.

"그 같은 호언장담에는 그저 놀랄 뿐이었어. 그리고 그것을 위해서 한 많은 노력에도 역시. 그런데도 확실히 보여 주는 것이라고는 별로 없잖아? 그래서 나는 파스칼의 그 비장한 어조는 신앙에서 온 것이라기보다는 오히려 회의의 결과가 아닌가 하는 생각을 하기도 했어. 완전한 신앙이라면 그토록 눈물을 흘린다거나 그토록 연약하게 목소리가 떨리는 일은 없을 테니까."

"파스칼의 목소리가 아름다운 건 바로 그런 떨림, 그런 눈물에 있어." 하고 즉시 항변하려 했으나 내게는 그럴 용기가 없었다. 나는 그럴 용기를 잃고 말았다. 왜냐하면 알리사에게선 내가 그토록 알뜰히 사랑하는 그 어떠한 것도 찾아볼 수 없었기 때문이다. 지금 나는 그때의 대화를 기억나는 대로 옮기고 있다. 그 뒤에 생각하게 된 수식어나 논리를 갖다 붙이지는 않았다.

"만약 그가 현세의 삶에서 우선 자기의 즐거움이라는 것을 없애 버리지 않았더라면." 하고 그녀는 말을 이었다. "현세의 삶이 저울 대 위에서 더 무겁게 기울었을지도 몰라."

"무엇보다 말이야?"

나는 그녀의 이상한 이야기에 놀라 물었다.

"그가 제안한 그 확실치 않은 지복보다."

"알리사, 넌 그럼 파스칼이 얘기한 그 지복을 믿지 않는다는 거야?"

나는 부르짖었다.

"그런 건 아무래도 좋아." 그녀는 말을 이었다. "장사 거래 같은 혐의를 벗어나기 위해서는 차라리 지복이 불확실한 편이 더 낫겠어. 하나님을 사모하는 영혼이 덕행을 쌓으려 하는 것은 무슨 보상을 받기 위해서가 아니라 타고난 고귀함 때문이 아니겠어?"

"바로 거기에서 파스칼과 같은 고귀한 마음의 피난처인 그 은밀한 회의주의가 나온 것이지."

"회의주의가 아니야. 얀세니즘(영혼의 구원은 오직 하나님의 은총에 의해서만 가능하다는 교의)이야." 그녀는 미소를 지으며 말했다. "하지만 그런 게 나하고 무슨 상관이 있지? 여기 있는 이 가련한 영혼들은……." 그녀는 자기 책들 쪽으로 고개를 돌렸다. "스스로가 얀세니스트인지 정적주의자(靜寂主義者)인지, 아니면 또 다른 어떤 것인지를 말하기란 대단히 어려울 거야. 이 영혼들은 마치 바람에 흔들리는 풀잎들처럼 아무리 악의도 아무런 괴로움도 없이, 또한 아무런 아름다움도 없이 그저 하나님 앞에 고개를 숙이고 있어. 스스로 보잘것없는 존재라고 여기며, 주님 앞에서 스스로를 지워 버림으로써만 어떤 가치를 갖게 된다는 것을 그들은 알고 있지."

"알리사!" 하고 나는 소리쳤다. "너는 왜 너의 날개를 떼어 버리려고 하니?"

그녀의 목소리는 너무도 차분하고 자연스러워서 나의 외침은 나 자신에게조차 우스우리만큼 과장된 것같이 들렸다.

내 말에 그녀는 고개를 흔들며 또 다시 미소를 지었다.

"이번에 파스칼을 읽고서 내가 얻은 것이라고는……."

"그래, 그게 뭐야?"

그녀가 말을 중단했으므로 나는 다그쳐 그녀에게 물었다.

"그리스도의 이 말씀뿐이었어. '무릇 자기 목숨을 보존하고자 하는 자는 잃을 것이요……'" 그러고 나서 그녀는 좀더 활짝 웃으며 나를 쳐다보고는 말을 이었다. "그 나머지에 대해서는 이젠 거의 아무 것도 이해할 수가 없어. 이 눈에 띄지 않는 사람들과 어울려 얼마 동안 지내다가 이런 위대한 사람들의 숭고한 정신에 맞닥뜨리게 되면 얼마나 숨이 가빠져 버리는지 몰라."

당황해 버린 나는 그녀의 말에 대꾸할 적당한 말을 찾아내지 못했다.

"만일 오늘이라도 너와 함께 이 모든 설교와 명상록을 읽어야 한다면, 그렇다면 나는……."

"그렇지만," 채 말이 끝나가기도 전에 알리사는 내 말을 가로막았다. "네가 이런 것들을 읽는 것을 본다면 내 마음은 더 서글퍼질 거야. 너는 이런 것들보다는 훨씬 더 훌륭한 것을 위해 태어났다고 나는 굳게 믿고 있어."

우리 두 사람의 삶을 확연하게 갈라 놓은 그녀의 말이 내 가슴을 얼마나 아프게 찢어 놓고 있는가를 전혀 염두에 두고 있지 않다는 듯이 그녀는 아주 간단하게 말했다. 내 머리는 불붙는 듯 뜨거워졌다. 나는 좀더 이야기하고 싶었고, 그리고 실컷 울고도 싶었다. 아마도 그때 내 눈물을 그녀가 보았더라면 그녀는 굴복했을지도 모른다. 나는 잠자코 있었다. 그녀에게는 나의 괴로움이 전혀 보이지 않았는지, 아니면 보이지 않는 척하는 건지 그녀는 계속해서 꽃만 다듬고 있었다.

그때 식사 시간을 알리는 종소리가 울렸다.

"이러다가는 점심 식사 준비도 못 하겠네. 제롬, 먼저 가." 그녀가 말했다. 그러고는 무슨 장난스러운 이야기에 지나지 않는 것처럼 슬쩍 덧붙였다. "이 이야기는 나중에 다시 하기로 하자, 우리."

그러나 그 이야기에 대한 대화는 다시 되풀이되지 않았다. 알리사는 끊임없이 나로부터 달아나 버렸다. 물론 그녀가 나를 피하는 것처럼 보이지는 않았다. 그러나 우연한 모든 일이 나와의 시간을 갖는 것보다 훨씬 급박한 중요성을 지닌 의무로서 그녀에게 부과되었던 것이다. 나는 묵묵히 차례가 돌아오기를 기다렸다. 그러나 내 차례는, 언제나 되풀이되는 집안의 여러 일들, 그녀가 점점 더 많은 관심과 시간을 기울여 가고 있는 가난한 사람들을 방문하는 일이 끝난 다음에나 왔다. 게다가 그나마도 얼마 안 되는, 급하게 지나가 버리는 그녀의 남은 시간밖에는 차지할 수가 없었다. 나는 언제나 분주한 그녀의 모습을 지켜볼 수밖에 없었다. 그러나 그녀가 나를 얼마나 소홀히 대접하고 있는가를 내가 느끼지 못했던 것은 그녀가 그 자질구레한 일거리들로 바쁜 때문이었고, 또 언제나 그녀 뒤를 쫓는 일을 내가 포기했기 때문이었는지도 모른다. 지극히 짧은 그녀와의 대화는 내게 그러한 사실을 더욱 확실하게 깨닫게 해주었다. 알리사가 나에게 잠깐 동안 시간을 내줄 경우에도 그것은 더없이 어색한 대화를 나누기 위해서였고, 그 대화마저도 어린아이의 장난처럼 곁들여 주는 태도였다. 그녀는 방심한 얼굴로 웃음을 지으며 내 곁을 재빠르게 지나쳐 다녔으며, 그럴 때면 나는 전혀 알지 못했던 사람 이상으로 그녀가 멀게만 느껴졌다. 때로는 그녀의 그 미소에 모멸 같은 빛이, 적어도 빈정거림 같은 기운이 느껴졌다. 그리고 또 그녀는 이러한 방식으로 내 욕망을 피하는 데 재미를 느끼고 있는 것같이 보이기까지 했다……. 그러면 나는 이런 비난에 더 이상 빠져들지는 않으리라 생각하고, 그리고 또 내가 그녀에게서 기대할 수 있는 것이 무엇인지, 그녀를 비난할 수 있는 것이 무엇인지조차 잘 알 수 없게 되어, 금방 그녀에 대한 불평불만을 나 자신에게로 돌리곤 하였다.

이렇게 해서 내가 그토록 행복을 기대했던 시간들은 지나가 버렸다. 나는 날씨가 하루하루 지나가는 것을 멍하니 바라볼 뿐, 머물러 있을 날들을 늘이고 싶지도, 그 흐름을 더디게 하고 싶지도 않았다. 그만큼 하루하루는 나의 고통만을 키워 줄 뿐이었다.

그러나, 출발하기 이틀 전날, 알리사가 나를 동반하여 버려진 이회암의 벤치까지 갔을 때─안개 한 점 없는 지평선에 이르기까지의 온갖 사물들은 아주 작은 부분까지도 파랗게 물들어 보이고, 흘러가 버린 과거의 가장 어렴풋한 추억까지도 또렷하게 되살아나는 것 같은 가을의 맑은 오후였다.─나는 치밀어 오르는 하소연을 누를

길 없어, 어떤 행복을 잃었기에 나는 지금 이렇게도 불행하게 되었느냐고 추궁하듯 물었다.

"하지만 그걸 내가 어떻게 알 수 있겠니?" 그녀는 조금도 망설이지 않고 대뜸 말했다. "넌 지금 어떤 환영에 대한 사랑에 빠져 있는 거야."

"아니야, 알리사! 결코 환영에 대한 것은 아니야."

"상상 속의 어떤 모습이겠지."

"아! 나는 그런 걸 마음속에서 만들어 내고 있지는 않아. 그녀는 나의 사랑하는 사람이었어. 나는 지금 옛날의 알리사를 찾고 있는 거야. 알리사! 나는 너를 기억하고 있어. 너는 그때의 너를 어떻게 해버린 거지? 무엇이 되어 버린 거냔 말이야?"

천천히 꽃잎을 뜯으면서 그녀는 얼마 동안 아무 말도 없었다. 그러더니 이윽고 고개를 들고 입을 열었다.

"제롬! 왜 전보다 나를 덜 사랑하고 있다고 솔직하게 털어 놓지 못하는 거야?"

"그건 사실이 아니기 때문이야! 사실이 아니기 때문이란 말이야!" 나는 격분하여 소리쳤다. "내가 지금보다 더 너를 사랑한 적이 없었기 때문이야."

"너는 지금의 나를 사랑한다고? 아니야. 너는 과거의 나를 아쉬워하고 있는 거야." 그녀는 억지로 미소를 지으며 어깨를 약간 추켜올리고는 말했다. "나는 내 사랑을 과거에다 붙들어 둘 수는 없어!"

내 발 밑에서 땅이 꺼져 내려앉는 듯했다. 그래서 나는 아무것에나 매달리고 싶었다.

"하지만 사랑도 다른 것들과 함께 흘러갈 수밖에 없는 거야."

"나의 사랑은 나와 함께라야만 사라질 수 있어."

"그것은 아마 서서히 약해질 거야. 네가 아직도 사랑하고 있다고 주장하는 알리사는 이미 너의 추억 속에만 존재하고 있어. 그런 것처럼 언젠가는 나를 사랑했다는 추억만이 남게 될 거야."

"너는 마치 무엇인가가 내 마음속에서 네가 차지하고 있는 자리를 메울 수 있는 것처럼, 또는 내 마음이 너를 사랑하기를 그만 두기라도 해야 한다는 것처럼 말하는구나. 나를 괴롭히는 일을 기꺼이 하려 하다니! 너는 이제 네가 나를 사랑해 왔던 것조차 기억하지 못하는 것 아니니?"

나는 그녀의 창백한 입술이 경련하듯 떨리는 것을 보았다. 거의 알아들을 수도 없을 만큼 낮은 소리로 그녀는 말했다.

"아냐, 아냐, 알리사의 마음은 변하지 않았어."

"그렇다면 알리사. 변한 건 아무것도 없잖아!"

나는 그녀의 팔을 세게 붙잡으며 말했다.

그녀는 좀더 자신 있는 목소리로 말을 이었다.

"한 마디면 설명은 충분해. 왜 솔직하게 말해 버리지 못하니?"

"무슨 말을?"

"나는 나이가 많아!"

"그만 둬, 알리사!"

나는 곧장 나 역시 그녀 못지않게 나이가 들었고, 두 사람의 나이 차이는 예전이나 지금이나 마찬가지라고 주장했다. 그러나 그녀는 다시 침착해졌다. 이렇게 해서 나에게 주어진 유일한 기회는 지나가 버렸다. 나는 말다툼으로 끌어들여 유리했던 점들을 잃고 완전히 포기해 버리고 말았다. 나는 어떻게 해야 할지 갈피를 잡을 수가 없었다.

　이틀 후 나는 퐁그즈마르를 떠나왔다. 나는 그녀와 나 자신에 대한 불만을 품고서, 그때까지 내가 덕행이라고 부르던 것에 대한 막연한 증오감과 바깥을 향한 내 마음의 여전한 집념에 분노를 느낀 채. 이 마지막 만남에서, 그리고 나의 사랑에 대한 과장스러운 생각으로 하여 나는 나의 열정 모두를 고갈시켜 버린 듯했다. 처음에 내가 항변해 보려 한 알리사의 말 한 마디 말 한 마디는 내 항변이 침묵해 버린 지금에도 여전히 생생하고 당당하게 내 마음속에 남아 있다. 그래, 알리사의 말이 옳아! 나는 사랑의 환영만을 만들어 내고 있었던 거야. 내가 사랑했던 그리고 지금도 사랑하고 있는 알리사는 존재하지 않는다……. 그래, 우리는 나이가 들었어. 나의 온 가슴을 얼어붙게 했던 알리사의 시취의 상실도 결국은 자연스러운 상태로 돌아간 것 이외엔 아무것도 아닐지도 모르지. 내가 조금씩 떠받들어 그녀를 한층 더 높이고, 내가 좋아하는 모든 것으로 그녀를 아름답게 꾸며 그녀를 우상으로 만들었다 해도 그러한 나의 애씀에는 피곤 이외에, 그 무엇이 더 남아 있겠는가? 혼자 있게 되자마자 그녀는 자신의 수준, 즉 그 평범한 수준으로 다시 내려와 버렸으며, 나 자신도 역시 그 수준으로 내려와 있었다. 그러나 나는 그 수준에서는 그녀를 더 이상 사랑하고 있지 않았다. 아아! 오로지 나 혼자만이 힘씀으로 해서 그녀를 올려놓았던 드높은 곳에서 그녀와 함께 되기 위하여 힘썼던 그 덕행에 대한 노력도 얼마나 어리석고 꿈 같은 일로 되어 버렸는가? 약간만 긍지가 덜했더라도 우리의 사랑은 이렇게 힘들지는 않았을 것이다.

그러나 대상이 없는 사랑에의 집착은 무엇을 의미하는가? 그것은 고집일 뿐이며, 그렇게 한다고 해서 더 이상 충실한 태도가 되는 것도 아니다. 굳이 충실이라고 말한다 하더라도 그것은 무엇에 대한 충실이란 말인가? 오직 과오에 대한 충성일 따름이다. 지금 내가 택할 수 있는 가장 슬기로운 길은, 순순히 내가 잘못 생각했다는 사실을 인정하는 것이 아닐까?

그러는 사이에 나는 아테네 학원의 추천을 받았다. 사실 나는 아무런 야망도 흥미도 없었지만, 다만 떠날 수 있다는 생각에 탈출이라도 하는 것처럼 당장 입학하기로 결정해 버렸다.

8

　그런데도 나는 또 다시 알리사를 만났다. 그것은 3년 후 여름이 거의 끝나갈 무렵이었다. 나는 그 열 달 전에 그녀의 편지를 통해 외삼촌이 돌아가신 것을 알고 있었다. 나는 그때 여행하고 있던 팔레스타인에서 곧장 그녀에게 상당히 긴 편지를 보냈었다. 그러나 그녀에게서 끝내 답장은 없었다.

　그때 르아브르에 있었던 내가 어떤 이유로 자연스럽게 퐁그즈마르에 가게 되었는지는 기억에 남아 있지 않다. 나는 알리사가 그곳에 있다는 것은 알고 있었지만, 그녀가 혼자 있지 않으면 어떻게 하나 하고 걱정이 되었다. 나는 내가 간다는 것을 미리 알리지 않았다. 일상적인 방문처럼 알리사를 찾아간다는 것이 싫어서 나는 불확실한 마음으로 어떤 쪽으로도 결정을 하지 못한 채 그냥 걸음을 옮겨 놓았다. 들어가 볼 것인가? 아니면 그녀를 보지 말고, 또 보려고 하지도 말고 그냥 돌아와 버릴 것인가?……. 그래, 그렇게 하자.

가로수 길을 산책이나 하고, 지금도 어쩌면 그녀가 가끔 와 앉을지도 모르는 벤치에나 앉아 보자……. 그러나 벌써 나는 내가 그곳을 떠난 다음에라도 그녀가 내가 왔다 간 것을 알아채게 할 만한 무슨 표적을 남겨 둘 것인가를 궁리하고 있었다. ……이런 생각들을 하며 나는 느릿느릿 걸었다. 그녀를 만나지 않기로 마음을 정하고 나자 나의 가슴을 죄어 오던 아릿한 슬픔은 거의 달콤한 우수로 바뀌었다. 나는 이미 가로수 길에 이르러 있었다. 나는 내 모습이 눈에 띄지나 않을까 하여 농가의 마당을 갈라놓은 비탈을 따라 가장자리로 걸어갔다. 나는 이 비탈의 어느 지점에서 정원을 내려다볼 수 있는가를 잘 알고 있었다. 나는 그곳으로 올라갔다. 낯선 정원사가 오솔길에서 일을 하고 있더니 곧 시야에서 사라졌다. 새로 만든 생울타리가 뜰을 둘러싸고 있었다. 내가 지나가는 기척을 들었는지 개가 시끄럽게 짖어댔다. 좀더 걷다가 나는 가로수 길이 끝나는 지점에서 오른쪽으로 돌아 다시 정원의 남쪽으로 나왔다. 그리고 방금 내가 지나온 길과 평행으로 나 있는 너도밤나무 숲으로 가다가 채소밭의 작은 비밀 문을 앞을 지나치려는 순간, 그리로 해서 정원으로 들어가 볼까 하는 생각이 갑자기 나를 사로잡아 버렸다.

비밀 문은 잠겨 있었다. 그러나 안쪽으로 지른 빗장이 별로 튼튼하지 못하여 어깨를 대고 한 번 힘을 주자 부러질 듯했다……. 바로 그때 누군가의 발소리가 났다. 나는 흙담의 움푹 패인 곳으로 몸을 숨겼다.

정원에서 나온 사람이 누구인지 살펴볼 수가 없었다. 그러나 나는 발소리를 듣고 그것이 알리사라고 생각했다. 알리사는 서너 걸음 앞으로 나서더니 힘없는 목소리로 불렀다.

"제롬, 너니?"

순간 세차게 뛰던 심장의 고동이 멈추고 목소리가 잠겨 말이 나오지 않았다. 그녀는 목소리를 더 높이 다시 불렀다.

"제롬, 너지?"

나를 부르는 그녀의 목소리에 내 몸을 죄어 오는 감동이 너무도 벅차 나도 모르게 무릎을 꿇었다. 내가 여전히 아무 대답도 하지 못하고 있자 그녀는 몇 걸음 더 나서서 담을 돌았다. 그러고는 갑자기, 당장 그녀를 보게 되는 것이 두려워 두 팔로 얼굴을 감싸고 있던 나에게 그녀가 와 닿는 것이 느껴졌다. 그녀가 잠시 나를 향해 몸을 수그리고 있던 동안 나는 그녀의 가냘픈 손에 마구 입을 맞추었다.

"왜 몸을 숨기고 있었어?"

그녀는 3년 동안의 이별이 마치 며칠 동안의 헤어짐에 지나지 않는다는 듯이 담담하게 말했다.

"어떻게 나라는 걸 알았어?"

"너를 기다리고 있었어."

"나를 기다리고 있었다고?"

나는 너무도 놀라서 믿을 수 없다는 듯한 얼굴로 그녀의 말을 되풀이할 수밖에 없었다. 내가 아직도 무릎을 꿇고 있는 것을 보자 그녀는 말했다.

"벤치로 가자. 그래 난 다시 한 번 너를 보게 되리라는 것을 알고 있었어. 사흘 전부터 나는 매일 저녁 여기 와서 오늘 저녁처럼 너를 불렀어……. 왜 대답을 하지 않았니, 제롬?"

"네가 그렇게 불쑥 나타나지 않았더라면, 나는 너를 만나지 않고 떠나 버렸을 거야." 나는 처음에 나를 숨 막히게 할 뻔한 감동을 거우 누르면서 말했다. "마침 르아브르를 지나던 길이라서 저 가로수 길을 좀 거닐어 보고 정원 주위도 한 번 돌아보고, 네가 여전히 앉아 있을 것 같은 이회암 벤치에서 잠시 쉬어 볼까 했었을 뿐이었어. 그러고는……."

"사흘 전부터 저녁마다 내가 이곳에 와서 무엇을 읽고 있었나 좀 봐." 그녀는 내 말을 끊으면서 한 묶음의 편지를 내게 내밀었다. 나는 그것이 내가 이탈리아에서 그녀에게 써보냈던 편지들이라는 것을 알 수 있었다.

순간 나는 그녀에게 눈길을 돌렸다. 그녀는 믿을 수 없을 만큼 달라져 있었다. 여위고 창백한 그녀의 모습이 내 가슴을 아프게 죄어 왔다. 내 팔에 기대어 의지하며 그녀는 춥거나 뭔가 두려운 사람처럼 나에게 바싹 붙어 있었다. 그녀는 아직 상복을 입고 있었는데, 어쩌면 모자 대신 쓰고 있던 검은 레이스가 그녀의 얼굴을 더욱 창백하게 보이게 했는지도 모른다. 그녀는 미소를 짓고 있었으나 금방이라도 탈진하여 쓰러질 것만 같았다. 문득 나는 지금 그녀가 퐁그즈마르에 혼자 있지나 않나 염려스러워졌다. 그러나 아니었다. 로베르가 그녀와 함께 살고 있었고, 쥘리에트와 테시에르, 그리고 그들의 세 아이들도 8월을 여기서 지내고 갔다고 했다. 우리는 벤치에 이르렀다. 우리는 자리에 앉아 얼마 동안 평범한 인사를 주고받고 소식을 묻는 것으로 대화를 이어 갔다. 그녀는 내 학업의 진전에 대해서 궁금해 했고 나는 내키지 않는 마음으로 대답했다. 내게 학업이 이젠 더 이상 아무런 흥미도 주지 못한다는 것을 그녀가 느껴 주었으면 하고 바랐다. 전에 그녀가 나에게 환멸을 주었던 것처럼 이젠 내가 그녀에게 환멸을 주고 싶기도 했다. 내가 뜻한 대로

되었는지 그건 지금도 알 수 없지만 그녀는 끝내 아무런 내색도 하지 않았다. 나는 사랑과 더불어 원망하는 마음이 가득하여 될 수 있으면 냉정하게 이야기해 나가려고 애썼다. 그러나 이따금씩 격한 감동으로 말소리가 떨려 나왔기 때문에 나는 내 자신이 원망스러웠다.

조금 전부터 구름에 가려 있던 저녁 해가 우리들의 거의 정면에서 그 모습을 나타내어 텅 빈 들판을 출렁이는 저녁 노을로 가득 채우고, 지평선에 닿을 듯 말 듯 우리 발 밑에 펼쳐져 있는 좁은 골짜기를 갑자기 현란한 붉은 빛으로 뒤덮더니 이윽고 사라져 버렸다. 나는 매혹되어 말없이 앉아 있었다. 그 빛나는 황홀감이 다시 나를 휘감고 내 온 몸으로 스며드는 것을 느낌과 동시에 원망의 마음은 사라져 버리고 내 마음속에는 사랑의 속삭임밖에는 들리지 않았다. 상체를 나에게 기대고 있던 알리사가 몸을 일으켰다. 그녀는 얇은 종이에 싼 작은 꾸러미를 꺼내서 그것을 내게 내미는가 싶더니 이내 내키지 않는다는 듯이 동작을 멈춰 버렸다. 내가 놀란 표정으로 그녀를 쳐다보자 그녀가 말했다.

"제롬, 여기 안에 있는 것은 내 자수정 십자가야. 오래 전부터 네게 주고 싶었어. 그래서 사흘 전부터 가지고 다녔어."

"그걸 나더러 어떻게 하라는 거니?"

나는 상당히 퉁명스럽게 말했다.

"나에 대한 추억으로 네가 지니고 있다가 너의 딸에게 주었으면 해."

"딸이라니?"

나는 얼른 말을 알아듣지 못하고 알리사를 쳐다보며 큰 소리로 반문했다.

"조용히, 내 말을 잘 들어 줘, 부탁이야. 아니 그렇게 날 쳐다보지 말아. 벌써부터 네게 말하기가 몹시 힘들어졌어. 그렇지만……. 이 말만은 네게 꼭 하고 싶어. 제롬! 언젠가는 너도 결혼하게 될 거 아냐?……. 아니, 내 말에 대답하려 하지 마. 내 말을 막지도 마, 제발. 내가 바라는 것은 다만 내가 너를 몹시 사랑했다는 것을 네가 오래 기억해 주었으면 하는 것뿐이야. 벌써 오래 전부터……. 3년 전부터는 나는 네가 좋아하던 이 작은 십자가를 네 딸이 언젠가는 나를 기념하며 목에 걸어 주었으면 하고 생각했었어. 오오! 물론 누구의 것인지도 모르고 말이야. 그리고 어쩌면 그 아이에게…… 내 이름을 붙여 줄 수도 있지 않을까 하고 말이야……."

그녀는 목이 메어 말을 중단했다. 나는 거의 적대감을 느끼며 소리쳤다.

"왜 네가 직접 그 아이에게 주지 못하니?"

그녀는 말을 이으려고 애를 썼다. 그녀의 입술이 흐느끼는 어린 아이의 입술처럼 떨리고 있었다. 그렇지만 그녀는 눈물을 흘리지는 않았다. 그녀의 눈 속에서 볼 수 있는 기이한 빛남은 그녀의 얼굴을 숭고한, 천사와도 같은 아름다움으로 물들이고 있었다.

"알리사! 내가 도대체 누구하고 결혼하겠니? 나는 너밖에는 아무도 사랑할 수도 없다는 것을 잘 알고 있잖아……."

그러고는 갑자기 미친 듯이 그녀를, 거의 난폭하다고 할 만큼 거칠게 내 팔 안에 끌어안고서 거센 입맞춤을 퍼부어 댔다. 거의 뒤로 젖혀진 채 온몸을 내맡기고 있는 듯한 그녀는 나를 한참 동안 꼭 안고 있었다. 그녀의 눈길이 흐려져 갔다. 그러더니 그녀의 눈이 가만히 감기면서 비길 데 없이 드높은 선의(善意)가 느껴지는 매우 고운 목소리로 속삭였다.

"우리 두 사람을 가엾게 여겨 줘. 제롬! 아! 우리의 사랑을 손상시키지 말아. 제발!"

어쩌면 그녀는 이렇게 더 말했을지도 모른다. '비열한 짓은 하지 말아!' 라고. 아니, 그것은 내 자신이 스스로에게 하는 소리였는지도 모른다. 지금으로서는 그때의 일을 정확하게 떠올릴 수가 없다. 아무튼 나는 갑자기 그녀 앞에 몸을 던지듯 무릎을 꿇고, 그녀를 내 팔로 경건하게 감싸면서 부르짖었다.

"그렇게도 나를 사랑했다면, 알리사! 어째서 언제나 나를 밀어내려고만 했지? 생각해 봐, 처음에 나는 쥘리에트의 결혼만을 기다렸어. 그리고 또 나는 네가 쥘리에트의 행복을 기다린다는 걸 이해했어. 쥘리에트는 지금 행복해. 그 얘기를 나한테 한 것은 바로 알리사 너였잖아. 그리고 나는 네가 오랫동안 아버지와 떨어져 살지 않기를 바란다고 믿고 있었어. 하지만 지금 우린 둘 다 혼자잖아."

"오! 과거를 아쉬워하진 마." 그녀는 중얼거렸다. "나는 이미 페이지를 넘겼어."

"아냐, 알리사! 아직 늦진 않았어."

"아냐, 제롬! 이젠 늦었어. 사랑을 통해 우리가 서로를 위해 사랑보다 더 훌륭한 것을 추구하기 시작했을 때부터 이미 늦었던 거야. 제롬 네 덕택에 내 꿈은 인간적인 만족이 전락시킬 수 없을 만큼 높이 올라갔어. 나는 가끔 우리 두 사람이 같이 산다면 우리의 삶은 어떤 것일까 하고 생각해 보았어. 그런데 그때마다 난, 우리의 사랑이 더 이상 완전치 못하게 된다면 바로 그 순간부터 나는 더 견뎌낼 수 없을 거라는 생각이 들었어…… 우리의 사랑을."

"서로가 서로를 상실한 우리의 삶에 대해서 깊이 생각해 본 일은 있니?"

"아니, 한 번도 없었어."

"이제는 너도 알겠지? 3년 전부터 난 너 없이 고통스럽게 방황하고 있었어."

밤기운이 주위에 내리기 시작했다.

"추워." 하고 말하며, 그녀는 일어나면서 숄을 바짝 죄어 둘렀다. 그래서 나는 다시금 그녀의 팔짱을 낄 수도 없었다. "제롬, 우리를 불안하게 만들고 또 혹시 잘못 이해하고 있는 것이 아닐까 하고 두려워했던 그 성경 구절 기억하고 있니? '하나님이 우리를 위하여 더욱 좋은 것을 예비해 주셨으니, 저희들이 그 약속한 바를 얻지 못하였느니라.' 하던 것을……."

"그 말을 언제나 믿고 있어?"

"물론 믿어야 해."

우리는 더 이상 말을 잇지 않은 채 한참 동안 나란히 걸었다. 이윽고 그녀가 다시 말을 꺼냈다.

"상상할 수 있어, 제롬? 그 가장 좋은 것을!" 그리고 갑자기 그녀의 눈에는 눈물이 가득 괴었다. 눈물이 흘러넘치면서 그녀는 "그 가장 좋은 것을!" 하고 되풀이하였다.

우리는 얼마 전에 그녀가 나왔던 채소밭의 작은 비밀 문 앞에 이르러 있었다. 그녀는 나에게로 몸을 돌렸다.

"잘 가! 이젠 더 이상 오지 마! 잘 가, 나의 사랑하는 벗! 이제부터……그 가장 좋은 것이……시작되는 거야."

그녀는 팔을 뻗어 두 손을 내 어깨에 얹고서, 무어라 말할 수 없는 사랑이 가득한 눈길로 나를 붙드는 듯, 그러면서도 자기로부터 나를 밀어내려는 듯, 한동안 꼼짝도 않은 채 나를 바라보았다.

문이 닫히고, 문 뒤에서 빗장 지르는 소리가 났다. 순간 나는 참을 수 없이 나를 휘감아 오는 절망에 사로잡히면서 문에 기댄 채 쓰러져 버렸다. 그러고는 오랫동안 어둠 속에서 눈물을 흘렸다.

그러나 그때 내가 그녀를 붙들었더라면, 그 문을 억세게 밀어 붙이고 어떻게 해서든 집 안으로—하긴 내가 들어가지 못하도록 잠겨 있지도 않았겠지만—들어갔더라면. 아니, 그럴 순 없다. 모든 걸 되살려 내기 위해 과거로 되돌아가고 있는 지금에조차 그건 내게 가능한 일이 아니었다. 지금 나를 이해할 수 없는 사람이라면 그때의 내 마음 역시 이해하지 못했을 것이다.

걷잡을 수 없는 불안이 며칠 후 나로 하여금 쥘리에트에게 편지를 쓰게 만들었다. 쥘리에트에게 나는 나의 퐁그즈마르 방문 이야기를 하고, 그때 알리사의 창백한 얼굴과 여윈 모습이 나를 얼마나 놀라게 했는지에 대해서 말했다. 나는 쥘리에트에게 언니를 좀 돌봐 주고, 이젠 알리사 자신으로부터는 더 이상 기대할 수 없는 소식을 알려 달라고 부탁하였다.

그로부터 한 달도 안 되어 나는 쥘리에트의 편지를 받았다.

친애하는 제롬,
너무나도 슬픈 소식을 전해 드립니다. 우리의 가여운 알리사는 이제 이곳에 있지 않아요……. 슬프게도……. 오빠의 편지에 적힌 두려움은 너무나도 당연한 것이었어요. 몇 달 전부터 언니는 특별히 아픈 데도 없이 쇠약해 갔어요. 그러다가 언니는 내 간청에 못 이겨 르아브르에 있는 A박사의 진찰을 받기로 했어요. 그분은 언니에게 심각한 증세는 없다고 진찰 결과를 알려 왔어요. 그런데 오빠가 찾아갔던 사흘 후, 언니는 갑자기 퐁그즈마르를 떠나 버렸대요. 그런 사실도 로베르의 편지를 받고서야 알았어요. 언니가 내게 편지를 쓰는 일은 극히 드물어서 로베르가 아니었더라면 그런 사실도 까맣게 모르고 있었을 거예요. 언니한테 소식이 없다고 걱정을 하지도 않았을 테니까요. 언니를 그대로 떠나보낸 것에 대해, 그리고 잡을 수 없었으면 파리까지라도 언니를 따라가지 않은 것에 대해 나는 로베르를 나무랐어요. 그래서 얼마 동안은 언니의 거처조차도 몰랐어요. 그게 어디 있을 수나 있는 일이겠어요? 언니를 만나볼 수도, 편지를 보낼 수도 없었으니 얼마나 속이 탔겠어요? 며칠 후 로베르가 파리에 갔지만 아무 것도 알아내지 못했어요. 로베르가 어찌나 꾸물대는지 그 애의 열성을 의심할 지경이었어요. 결국 경찰에까지 알릴 수밖에 없었지요. 언제까지나 그러한 불안 속에서 기다리고 있을 수만은 없었으니까요. 테시에르가 여기저기 수소문해서 마침내 언니가 은신해 있던 조그만 요양원을 찾아냈어요. 그러나 너무 늦었어요. 나는 언니의 죽음을 알리는 원장의 편지와 언니의 마지막 모습도 보지 못했다는 테시에르의 전보를 동시에 받았거든요. 마지막 날 언니는 우리가 통지를 받을 수 있게 한 장의 봉투에 우리 주소를 적어 놓았고, 다른 한 장의 봉투에는 르아브르의 우리 공증인에게 보낸 유언의 사본이 들어 있었답니다. 유언 가운데 한 구절은 오빠와 관계되는 것인가 봐요. 곧 오빠에게 알려 드리도록 하겠어요. 그저께 있었던 장례식에는 테시에르와 로베르가 참석했어요. 묘지까지 간 사람들은 그 두 사람만이 아니었대요. 요양원의 환자들 몇 사람이 자기네들도 꼭 같이 가겠다고 하여 함께 갔었나 봐요. 나는 다섯 번째 아이의 해산을 오늘 내일 기다리고 있어 불행하게도 몸을 움직일 수가 없었어요.

그리운 제롬! 언니의 죽음이 오빠에게 일으킬 그 끝없는 비탄을 잘 알아요. 나 역시 비통한 마음으로 이 편지를 쓰고 있어요. 그러나 나 아닌 다른 사람에게—비록 테시에르나 로베르에게일지라도—우리 두 사람만이 이해할 수 있었던 알리사에 관한 이야기를 맡기고 싶지 않았어요. 이제는 나이도 제법 든 주부가 되었고, 잿더미로 불타오르던 과거를 덮어 버린 지금, 오빠를 다시 만나고 싶어 한다고 해도 괜찮겠지요? 언제라도 볼 일이 있으면, 아니면 유람 삼아 님므 근처에 오게 되면, 에그비에브에 들러 줘요. 테시에르도 오빠를 만나보면 기뻐할 테고, 우리 둘이서 알리사에 대한 이야기를 할 수도 있을 테니까요. 잘 있어요. 그리운 제롬. 슬픔 마음으로 키스를 보냅니다.

며칠 후 나는 알리사가 퐁그르마르의 집을 로베르에게 맡기고, 자기 방에 있던 모든 물건과 그녀가 지시한 몇 점의 가구는 쥘리에트에게 보내 주도록 부탁했다는 것을 알았다. 알리사가 내 이름을 적어 봉해 둔 서류는 머지않아 꼭 받기로 되어 있었다. 그리고 또 내가 마지막 방문 때 받기를 거절했던 그 작은 자수정 십자가를 목에 걸어 달라고 부탁했던 것을, 그리고 그 부탁이 이루어졌다는 것을 테시에르를 통해 알았다.

　공증인이 나에게 보내 준 그 봉해진 봉투에는 그녀의 일기가 들어 있었다. 나는 여기에 그 일기의 많은 부분을 옮겨 적으려 한다. 알리사의 일기를 읽으면서 내 마음속에 떠오르는 갖가지 상념이며, 내가 여러 말로 설명하려 해봐도 극히 불충분하게밖에는 나타낼 수 없는 내 마음의 혼란에 대해서는 여러분들이 상상할 수 있을 것이라 생각한다.

《알리사의 일기》

　그제 르아브르 출발, 어제 님므 도착. 나의 최초의 여행이다! 집안 살림이나 부엌일에 대한 아무런 걱정도 없이, 계속되는 무료함 속에서 1887년 5월 23일, 스물다섯 살 되는 생일에 나는 이 일기를 쓰기 시작한다. 별다른 재미야 없겠지만, 그저 벗 삼아 적어 나가려는 것이다. 아마 나의 생애에서 처음으로 느껴지는 감정, 내가 홀로 있다고 하는 그 느낌 때문이다―아직 내가 접해 보지 않은, 그래서 거의 이방인이라고까지 할 수 있는 이 낯선 땅에서. 그러나 이 땅이 나에게 이야기해 줄 수 있는 것은, 노르망디가 나에게 들려주던 것, 그리고 또 내가 퐁그즈마르에서 끊임없이 듣던 것들과는 별로 다를 게 없을 것이다. 하나님은 어느 곳에 계시나 다름이 없으시니까, 그렇지만 이 땅, 이 남쪽 땅은 내가 아직 배우지도 못한, 그래서 놀라움으로 듣고 있는 언어로 이야기하고 있다.

5월 24일

쥘리에트는 내 곁에 놓여 있는 긴 의자 위에서 졸고 있다.

이탈리아 풍으로 지은 이 집의 멋진 환하게 트인 회랑 안이다. 이 회랑은 정원으로 이어지는 모래 깔린 안뜰과 그대로 통한다. 쥘리에트는 그 긴 의자를 떠나지 않고서도, 얼룩 집오리 떼가 뒤뚱거리고, 두 마리의 백조가 우아하게 헤엄치고 있는 연못에 이르기까지 잔디가 펼쳐져 있는 것을 한눈에 볼 수 있다. 어느 여름에도 마른 적이 없다는 개울이 연못에 물을 대주고 점점 야생의 숲으로 변해 가는 정원을 가로질러 흐르고 황량한 벌판과 포도밭 사이에서 점차 좁혀지다가 마침내는 완전히 그 자취를 감추어 버린다.

……에두아르 테시에르는 어제 내가 쥘리에트 곁에 머물러 있는 동안 아버지께 정원, 농장, 포도주 저장실, 포도밭 등을 구경시켜 드렸다……. 그래서 나는 오늘 아침, 정원 안 여기저기를 혼자서 산책할 수가 있었다. 이름조차 알 수 없었던 많은 나무들, 점심때 그것들의 이름을 물어 보려고 잔가지들을 하나하나 꺾어 모았다. 제롬이 보르게즈 별장이라든가 도리아팡필리에서 눈여겨 보았다던 초록 떡갈나무가 그 중에 있음을 나는 알아보았다……. 우리가 살고 있는 북프랑스의 나무들과 멀리 떨어져 있어서인지, 모양이 전혀 달랐다. 그 떡갈나무들은 정원이 거의 끝나는 곳에 있는 좁다랗고 신비로움마저 감도는 빈 터를 둘러싸고, 맨발에 닿는 감촉도 부드러운 융단 같은 잔디밭 위로 늘어져 마치 요정들의 합창에 초대된 듯했다. 퐁그즈마르에서는 그렇게도 기독교적이었던 자연에 대한 나의 느낌이 이곳에서는 내가 알지도 못하는 사이에 약간씩 신화적인 것으로 변해 가고 있는 것이기도 하고 거의 두렵기까지 했

다. 그러나 점점 더 강하게 나를 눌러 오는 그 두려움 비슷한 감정 역시 종교적인 것이었다. 나는 "여기에 있는 것은 성스러운 숲이니!(Hic nemus)" 하고 나직이 중얼거렸다. 대기는 수정같이 맑았고, 신비로운 고요가 깃들고 있었다. 내가 오르페우스(그리스 신화에 나오는 하프의 명수)라든가 아르테미스(그리스 신화에서 달, 수렵의 여신)를 꿈꾸고 있는데, 어디선지 갑자기 새소리가, 단 한 가지 새소리가 들려왔다. 그 새소리는 내 곁 어디쯤에서였는지 너무도 가까이 들렸고, 너무도 감동적이고 너무도 순수해서 내겐 모든 자연이 그 새소리를 기다리고 있었다는 느낌이 들었다. 내 가슴은 몹시 세게 뛰었다. 한동안 나무에 기대어 서 있다가 나는 아직 아무도 일어나기 전에 집으로 돌아왔다.

5월 26일

제롬에게서는 여전히 아무 소식이 없다. 르아브르로 보냈더라도 그 편지는 이리로 전송되어 왔을 텐데……. 내 불안한 마음은 오직 이 일기에 털어 놓을 수 있을 뿐. 어제 보오까지 소풍을 나갔던 것도, 기도도 아무 보람 없이 사흘 전부터 내 불안한 마음을 돌이키지 못하고 있다. 오늘은 다른 것에 대해서는 아무 것도 쓸 수가 없다. 여기에 도착한 이후의 나의 알 수 없는 우울증은 어쩌면 별다른 이유가 없는 것인지도 모른다. 그러나 나는 그것을 내 마음 아주 깊은 곳에서부터 느끼기 때문에, 오히려 그것은 오래 전부터 거기 그렇게 있었던 것처럼 느껴지며, 또 내가 자랑스러워하던 기쁨도 사실은 이 우울함을 감싸고 있던 껍데기에 불과하다고 여겨진다.

5월 27일

왜 나는 자신을 속이려 하는 걸까? 내가 쥘리에트의 행복을 기뻐하는 것은 거의 의도적인 것이다. 나의 행복을 희생해서라도 이루고 싶었던 그 행복, 그러한 행복이 거의 아무런 고통도 없이 얻어지는 것을 보고 나는 오히려 괴로워하고 있다. 이 얼마나 복잡한 엉크러짐인가? 그렇다……. 나는 쥘리에트가 자기의 행복을 나의 희생과는 다른 곳에서 찾아냈다는 것, 그리고 그 애가 행복해지기 위해 나의 희생이 전혀 필요하지 않았다는 사실에 대해 내 마음 안에 다시 자리 잡기 시작한 무서운 이기심이 분개하고 있음을 나는 잘 알수가 있다.

그리고 제롬의 침묵이 나에게 어떠한 불안을 일으키고 있는가를 보다 확실하게 느끼고 있는 지금, 나는 내 마음 안에서 그 희생이 정말 이루어졌던가를 스스로 물어보지 않을 수 없다. 하나님께서 이젠 더 이상 나에게 그러한 희생을 요구하지 않으시는 게 치욕스럽게 느껴진다. 정말 내겐 그런 희생을 할 수 있는 능력이 전혀 없단 말인가?

5월 28일

나의 슬픔을 이렇게 분석하는 일이 얼마나 위험한 일인가! 벌써 나는 이 일기장에 매달리고 있는 것이다. 극복했다고 믿었던 나의 교활한 마음이 다시 제자리를 차지하게 된 것인가? 그래선 안 된다. 이 일기는 내 영혼이 그 앞에서 치장을 하는 자기 만족을 위한 거울이어서는 안 된다. 내가 일기를 쓰게 된 것은 처음에 생각했듯이 무료함 때문이 아니라 나의 슬픔 때문이다. 슬픔이란, 내가 오랫동안 모르고 지내온, 이제는 증오하며 그것으로부터 나의 영혼을 순화시키고 싶은 '죄악의 상태'이다. 이 일기는 내 마음속에 다시 행복이 깃들이도록 나를 도와야만 한다.

슬픔이란 하나의 복잡하게 얽힌 착잡함이다. 나는 결코 나의 행복을 분석해 보고자 한 적은 없다.

퐁그르마르에서도 나는 혼자였었다. 지금보다도 더……. 그런데 어째서 거기선 그런 감정이 느껴지지 않았을까? 그랬기 때문에 나는 제롬이 나에게 이탈리아에서 편지를 보내왔을 때, 그가 나 없이도 세상을 보고, 나 없이도 살아가리라는 것을 말없이 받아들였다. 그리고 마음으로나마 그를 뒤따랐고, 그의 기쁨을 나의 기쁨으로 여겼던 것이다. 그런데 지금은 나도 모르게 그를 부르고 있다. 제롬이 없어서일까, 내가 보는 새로운 것들이 나를 괴롭게 한다.

6월 10°일

시작한 지 얼마 되지도 않아 이 일기는 오랫동안 중단되었었다. 귀여운 리즈의 태어남, 쥘리에트 곁에서의 긴 밤샘들, 제롬에게 편지로 써보낼 수 있는 이런 모든 것들을 여기에 적는 것에 아무 즐거움도 느낄 수 없다. 나는 많은 여자들이 쉽게 빠져드는 '너무 많이 쓴다'는 결점은 피하고 싶다. 이 일기를 자기 완성의 도구로 생각하자.

계속 이어지는 몇 장은 책을 읽다가 적어둔 구절 같은 것으로 채워져 있었다. 그러고는 퐁그즈마르에서 다시 일기는 시작됐다.

7월 16일

쥘리에트는 행복하다. 그 애 스스로도 그렇게 말하고, 또 그렇게 보이기도 한다. 나는 그것을 의심할 권리도 이유도 없다. 그런데 지금 내가 그 애 곁에서 느끼게 되는 이 불만스러움과 거북스러움은 어디에서 연유하는 것일까? 아마도 그것은 이 행복이 너무도 실제적이고 너무도 쉽게 얻어졌으며, 또 너무도 자로 잰 듯 완벽한 것이어서, 영혼을 죄고 질식시킬 것 같다는 느낌에서 오는 것은 아닐까?

그래서 나는 지금 내가 소망하는 것이 행복 바로 그것인지, 아니면 오히려 행복을 향한 과정 그것인지 스스로 묻지 않을 수 없다. 오, 하나님! 너무 빨리 도달할 수 있는 행복으로부터 저를 지켜 주시옵소서. 저의 행복을 당신의 곁에 이르기까지 미루어 둘 수 있는 길을 이끌어 주옵소서.

그 뒤로 많은 면들이 찢겨 있었다. 아마 그 부분은 르아브르에서의 우리의 고통스러웠던 만남을 적은 듯했다. 일기는 그 다음해에야 다시 시작되어 있었다. 날짜가 적혀 있지는 않았지만, 그건 분명 내가 퐁그즈마르에 머물러 있을 때 씌어진 것들인 것 같았다.

그의 이야기에 귀를 기울이고 있다 보면 나는 가끔 생각하고 있는 내 자신의 모습을 보는 것 같은 착각을 하곤 한다. 그는 나에 대해 이야기해 주고 나를 드러내어 보다 잘 볼 수 있게 해준다. 그가 없이 내가 존재할 수 있을까? 나는 오직 그와 함께라야만 존재할 수 있다.

때때로 나는 내가 그에게서 느끼게 되는 감정이 사람들이 흔히 사랑이라고 하는 바로 그것인지 알 수 없게 되곤 한다. 사람들이 사랑에 대해서 그려 내는 것과 내 안에서 그려지는 사랑은 그토록 달랐던 것이다. 나는 그를 사랑하고 있다는 것도 모른 채 그를 사랑하고 싶은 것이다. 무엇보다도 그가 모르게 그를 사랑하고 싶다.

그가 없이 살아가야 한다면 어떤 것도 나에게 기쁨이 될 수 없다.

나의 모든 덕성도 오로지 그의 마음에 들기 위해서 있을 뿐이다. 그런데도 나는 그이 곁에서는 나의 덕성이 희미하게 흐려짐을 느낀다.

매일 조금씩 나아지는 것같이 보이기 때문에 나는 피아노 치는 것을 좋아한다. 그것은 또 내가 외국어로 된 책을 읽을 때 느끼는 즐거움에 대한 설명이기도 하다. 물론 내가 우리말보다 어떤 외국어를 더 좋아한다거나, 내가 탄복하는 우리 나라 작가들이 외국 작가들에 비해서 어떤 면으로 손색이 있다고 생각하는 건 아니다. 그러나 의미와 감정을 추적하는 데 따르는 약간의 어려움, 그리고 그 어려움을 이겨낼 뿐만 아니라, 언제나 조금씩 나아진다고 느껴지는 데서 오는 무의식적인 자부심은 지적인 기쁨에 어떤 영적인 기쁨까지 더해 주기 때문이다. 나는 그러한 영적 만족 없이는 아무 것도 할 수 없을 것 같다.

아무리 행복한 상태에 있다 하더라도, 거기에서 앞으로 나아감이 없다면 나는 결코 그런 상태를 바랄 수가 없다. 최선의 기쁨이란 하나님 안에서 결합되는 것이 아니라, 주님을 향해 나아가는 무한하고도 지속적인 접근에 있다고 나는 생각한다……. 감히 말장난을 주저하지 않는다면, 앞으로 나아가는 데서 오는 것이 아닌 기쁨 따위는 가볍게 코웃음 쳐 버릴 수 있다고 말하고 싶다.

오늘 아침, 우리 두 사람은 가로수 길의 벤치에서 같이 앉아 있었다. 우리는 아무 말도 하지 않았고, 또 굳이 무슨 말인가를 해야 할 필요성도 느끼지 않았다. 갑자기 그가 내게 내세를 믿느냐고 물어 왔다.

"그럼, 제롬!" 나는 조금도 망설이지 않고 큰 소리로 말했다. "그건 내게 희망 이상이야. 그건 하나의 확신이야."

순간 나는 모든 신앙심이 나의 말 속에서 공허한 것처럼 느껴졌다. "내가 알고 싶은 건." 하고 그가 덧붙였다. 그러고는 잠시 잠자코 있던 그는 말을 이었다. "만일 신앙심이 없다면 네 행동이 달라질까?"

"그걸 내가 어떻게 알 수 있겠어?" 내가 대답했다. 그리고 덧붙여 말했다. "제롬, 하지만 너 역시, 네가 원해서이건 아니건 간에 더없이 열렬한 신앙심이 부여된 지금에 와서는 어떻게 달리 행동할 수 없을 거야. 그리고 달라진다면 내가 널 사랑하지 않게 될 거고……."

아냐, 제롬, 아냐. 우리의 덕성은 미래에 주어질 보상을 위해 애쓰는 건 아니야. 분명 우리의 사랑이 추구하는 건 보상이 아냐. 자신의 수고함에 대한 보수를 생각하는 건 훌륭하게 태어난 영혼에게는 상처일 뿐이야. 덕성 역시 그러한 영혼을 위한 치장은 될 수 없어. 아니, 덕성이란 그러한 영혼이 지니는 아름다움의 형식 바로 그거야.

아버지의 건강이 나빠지셨다. 심하지 않기를 바라지만, 사흘 전부터 다시 우유만 드시게 되었다.

어제 저녁 제롬이 자기 방으로 올라간 다음이었다. 그때까지 주무시지 않고 나와 함께 앉아 계시던 아버지가 잠깐 동안 나 혼자 남겨 두고 밖으로 나가셨다. 나는 긴 의자에 앉아 있었다. 아니 앉아 있었다기보다는 오히려 누워 있었는데, 그건 내게는 좀처럼 없던 일로서 왜 내가 그런 자세로 있을 마음이 들었는지 모르겠다. 등갓이 불빛으로부터 내 눈과 몸의 윗부분을 가려 주고 있었고 나는 치맛자락 아래로 비죽 나와 있는 나의 두 발끝을 아무 생각 없이 바라보고 있었다. 그때 아버지가 들어오셨다. 아버지는 잠시 문 앞에 서신 채 미소를 지으시는 것 같기도 하고, 서글픈 것 같기도 한 모호한 태도로 내 얼굴을 찬찬히 바라보셨다. 나는 어쩐지 부끄러워져서 곧 자리에서 일어났다. 그러자 아버지가 내게 손짓을 하셨다.

"이리 와 내 옆에 앉거라." 아버지는 나를 옆에 앉히시고는 꽤 밤이 늦었는데도 어머니에 관한 이야기를 시작하셨다. 두 분이 헤어지신 후 한 번도 말씀하지 않으셨던 말이다. 아버지께서 어떻게 어머니와 결혼하게 되셨는지, 얼마나 어머니를 사랑하셨는지, 그리고 처음에는 어머니가 아버지께 어떤 의미를 지니셨던가에 대해 말씀하셨다.

"아버지," 마침내 내가 말했다. "왜 오늘 밤에 제게 이런 이야기를 해주세요? 다른 어느 때가 아니라 바로 오늘 밤에 말이에요?"

"조금 전에 내가 여길 들어섰을 때, 긴 의자에 누워 있던 네 모습에서 잠시 네 어머니를 다시 보는 것 같았기 때문이다."

내가 아버지께 그처럼 집요하게 여쭤 보았던 건 바로 얼마

전······제롬이 내가 앉아 있는 안락 의자에 기대고 서서 내 어깨 너머로 몸을 구부리고 함께 책을 읽고 있었기 때문이었다. 나는 그의 모습을 볼 수는 없었으나 그의 숨소리를 들었고 그의 체온과 떨림까지 느끼고 있었다. 계속해서 책을 읽는 척했지만 이미 머릿속에는 아무 것도 들어오지 않았다. 더 이상 어느 줄을 읽고 있는지 알 수조차 없었다. 너무도 야릇한 흥분이 나를 사로잡아서 나는 아직 일어날 힘이 있는 동안에 서둘러 의자에서 일어나야만 했다. 다행히도 제롬이 아무 것도 눈치 챌 수 없도록 잠시 밖으로 나와 가라앉힐 수가 있었다. 그리고 그 얼마 후 아무도 없는 빈 응접실의 긴 의자 위―아버지가 어머니를 다시 보는 것 같다고 하신 바로 그 긴 의자 위에 누워 있을 때, 나는 사실 어머니에 대한 생각을 하고 있었던 것이다.

회한의 파도처럼 나를 덮쳐 오는 과거에 대한 추억에 사로잡혀 불안과 압박, 그리고 슬픔에 젖어 있던 나는 잠을 제대로 이룰 수가 없었다. 하나님, 악의 형상을 한 모든 것에 대한 공포를 제게 가르쳐 주옵소서.

가엾은 제롬! 때로는 그가 단 하나의 신호를 보내는 것만으로도 충분하리라는 것을, 그리고 때때로 내가 그 몸짓을 기다리고 있다는 것을 그가 알기만 한다면······.

내가 어렸을 때부터 아름다워지기를 바랐던 것은 제롬 때문이었다. 그리고 지금 나는 오직 제롬만을 위하여 '완덕을 지향' 하고 있다. 그런데 이 완덕함은 오로지 그가 없어야만 이루어질 수 있다는 것, 오, 하나님이시여! 이것이 당신의 가르침 가운데서 저의 영혼을 가장 낙담시키는 것입니다.

덕성과 사랑이 하나로 어우러질 수 있는 영혼은 얼마나 행복할 것인가? 나는 가끔 사랑한다는 것, 끊임없이 더욱 사랑한다는 것 이외에 또 다른 덕성이 있을까 하고 의심해 보기도 한다. 그러나 또 다른 어느 날에는, 아아! 덕성이란 사랑에 대한 저항 이외에 다른 어떤 것일 수 없다는 생각이 들기도 한다. 이럴 수가 있는가? 내 마음의 자연스러운 '기울어짐' 을 감히 사랑이라 부를 수 있는 걸까? 오오! 매혹적인 궤변이여! 허울 좋은 권유여! 행복의 변덕스러운 신기루여!

오늘 아침 나는 라 브뤼예르의 저서 속에서 다음과 같은 글귀를 읽었다.

"이따금 인생의 행로에는 금지되어 있지만 허용되었으면 하고 바라는 게 너무도 당연할 만큼, 지극히 즐거운 쾌락과 흐뭇한 이끌림이 있다. 그처럼 크나큰 매력들은, 그것을 덕성 때문에 포기한다는 매력에 의하지 않고는 극복될 수 없는 것이다."

어째서 나는 이 구절에서 변명을 찾아냈던 것일까? 사랑의 매력보다 더욱더 강하고 그윽한 어떤 매력이 나의 마음을 은밀하게 이끌 수는 없는 것일까? 오! 사랑의 힘으로 우리 두 사람 모두의 영혼을 사랑의 저 너머로 이끌어 갈 수만 있다면!

아아, 나는 이제 너무나도 그것을 잘 이해하고 있다. 하나님과 제롬 사이에서 나 이외에는 아무런 장애도 없다는 것을. 그가 얘기한 것처럼 처음에는 나에 대한 그의 사랑이 그를 하나님께로 기울게 했다고 하더라도, 지금은 그 사랑이 오히려 그 길을 막고 있는 것이다. 그는 나 때문에 머뭇거리고 있다. 그는 나를 더 좋아하고 있는 것이다. 그래서 나는 그로 하여금 덕성을 더 높이 쌓아가게 하지 못하는 우상이 되어 버렸다. 우리 두 사람 가운데 한 사람만이라도 완전함에 도달할 수 있어야 한다. 저의 비천한 마음으로는 이 사랑을 뛰어넘지 못해 절망하고 있사오니, 오오! 하나님! 이제는 더 이상 저를 사랑하지 않도록 그에게 가르쳐 줄 수 있는 힘을 허락하여 주시옵소서. 그러면 저의 하잘것없는 가치에 비해 무한히 큰 그의 가치를 하나님께 바칠 수 있을 것이오니……. 오늘 저의 영혼이 그를 잃고 흐느껴 운다 할지라도, 그것은 장차 당신 안에서 그를 다시 찾으려 함이 아니옵니까?

오, 하나님! 말씀해 주시옵소서. 그 어떤 영혼이 당신께 그의 영혼보다 더 가치가 있겠습니까? 그는 저를 사랑하는 것보다는 더욱 훌륭한 일을 하기 위해서 태어난 것이 아니옵니까? 그가 제게 멈추어 버린다면, 그로 인하여 제가 그를 더 사랑할 수 있겠나이까? 탁월하게 빛날 수 있는 것도 행복 속에서는 얼마나 작게 움츠러들어 버리는지요!

일요일

주님께서는 우리를 위해 보다 나은 것을 예비해 두셨으니!

5월 3일, 월요일

행복이 바로 가까이 있으니……손만 뻗치면 잡을 수도 있는 곳에……. 오늘 아침 나는 그와 이야기하면서 마침내 희생을 성취했다.

그는 내일 떠난다…….

그리운 제롬, 나는 언제나 무한한 애정으로 너를 사랑한다. 그러나 앞으로는 결코 네게 그런 말을 할 수 없을 것이다. 나 스스로 나의 입과 눈과 입술이 마음에 내린 구속은 너무 힘겨운 것이어서, 너와 헤어지는 것이 나에게는 오히려 해방이요, 또 쓰디쓴 만족이기도 하다.

나는 힘써 이성적으로 행동하려 하지만, 막상 행동을 할 때엔 나를 움직여야 할 그 이성이 어디론가 빠져 달아나 버리거나 어리석은 것이 되고 만다. 결국 나는 이상이란 것을 믿지 않는다.

나를 그에게서 떠나게 한 이유들? 나는 더 이상 그것들을 믿지 않는다……. 그런데도 나는 그를 피하고 있다. 왜 내가 그를 피해야 하는지 그 이유도 알지 못한 채.

하나님! 제롬과 저, 우리 두 사람이 함께 인도되어 당신께로 나아가도록 해주옵소서. 때로는 한 사람이, '형제여, 피곤하거든 내게 기대라.' 라고 말하면, 다른 한 사람이 '내 곁에 네가 있음을 느끼는 것만으로도 내겐 힘이 돼' 하고 대답하는 두 사람의 순례자들처럼 내내 인생의 길을 함께 걸어가게 해주옵소서. 아니옵니다. 하나님! 당신께서 저희에게 가르치시는 길은 좁은 길입니다. 너무나 좁아서 두 사람이 나란히 걸을 수 없는 좁은 길 말입니다.

7월 4일

여섯 주일 이상이나 일기장을 펴 보지도 않았다. 지난 달의 내 일기장 몇 장을 다시 읽어 보다가 나는 내가 쓴 일기에서 애써 잘 쓰려고 했던 허세를 발견하였다. 잘 보이려고 하는……. 이것도 그이 때문이다.

그가 없이도 살아나가기 위해 쓰기 시작했던 이 일기장에서 나는 마치 그에게 계속해서 편지라도 쓰고 있는 것 같았다.

내가 잘 썼다고 생각되는 부분은 모두 찢어 버렸다.(이러한 나의 행동이 무엇을 뜻하는지 나는 잘 알고 있다.) 그와 관련되는 부분은 모두 찢어 버렸어야 했을 것이다. 모두 찢어 버렸어야만 했을 것이다. 그러나 그렇게는 하지 못하고 말았다.

그런데 그 몇 장을 찢어낸 것에서 나는 벌써부터 약간의 자부심 같은 것을 느끼고 있었다. 내 마음이 이렇듯 병들지만 않았더라면 그냥 웃어넘길 수 있는 그러한 자부심을.

정말로 내가 뜻있는 일이라도 해낸 것 같았고, 찢어내 버린 그 몇 장이 무슨 대단한 것이라도 되는 것만 같았다.

책장에서 책을 추방해야만 한다.

이 책에서 또 저 책으로 나는 그를 피하려 하건만 어느 책에서건 그를 다시 만나게 된다. 그가 없이 펴든 페이지에서조차도 나는 내게 책을 읽어 주는 그의 목소리를 듣는다. 나는 그가 흥미 있어 하는 것에만 흥미를 느낀다. 나의 생각마저도 거의 그의 방식을 닮아 버려, 우리 두 사람의 생각이 같다고 느끼면서 기뻐할 수 있었던 때와 마찬가지로 지금도 나는 그의 생각과 나의 생각을 구분할 수가 없다.

가끔 나는 그의 글투에서 벗어나 보려고 일부러 악문(惡文)을 쓰려고 애쓰기도 했다. 그러나 그에 대항하기 위해 무슨 일인가를 한다는 것은 오히려 그에게 몰두하는 것일 뿐, 앞으로 얼마 동안 나는 성경(가끔은 〈그리스도의 모방〉과 함께) 이외에는 아무 것도 읽지 않기로 하고, 매일 밤 읽은 것 중에서 특히 중요한 구절들만을 이 책에 적기로 결심했다.

7월1일부터는 성경에서 인용된 성구가 날마다 한 구절씩 덧붙여지는 일종의 '나날의 양식'이 시작되었다. 여기서는 그에 대한 그녀의 주석이 있는 것만을 옮겨 적으려 한다.

7월 20°날

'네게 있는 것을 다 팔아 가난한 자들에게 나누어 주어라.'

오직 제롬을 위해서만 힘쓰고 있는 이 마음을 가난한 이들을 위해서도 나누어야 할 것임을 깨닫는다. 그리고 이것은 나만이 아니라 제롬에게도 함께 하기를 권해야 하지 않을까? 하나님, 저에게 그렇게 할 용기를 주옵소서.

7월 24°날

나는 〈마음의 위안〉을 읽는 것을 중단하였다. 이 옛글들은 나를 무척 즐겁게는 했지만 나의 정신을 산란하게 했으며, 거기에서 맛보는 거의 이교도적인 기쁨은 내가 찾고 있는 감회와는 아무런 상관이 없기 때문이다.

〈그리스도의 모방〉을 다시 읽기 시작했다. 이 책 역시 아무리 애써도 나로서는 이해하기 힘든 라틴어 원서로는 읽지 않기로 했다. 지금 읽고 있는 번역본에 아무런 서명도 없는 것이 더 마음에 든다. 신교의 어느 파에서 번역한 것임에 틀림없지만, 표제에는 '모든 기독교 단체에 적합함'이라고 적혀 있다.

"오! 네가 덕성을 쌓아나감으로써 어떤 안식을 얻고, 또 다른 이들에게 어떤 기쁨을 줄 것인가를 안다면, 너는 더욱 마음 기울여 힘쓰리라는 것을 나는 단언할 수 있다."

8월 10° 일

하나님! 제가 당신을 향해 어린아이와 같은 신앙심의 충동으로 그리고 천사와 같은 초인간적인 목소리로 외칠 때……. 저는 아옵니다, 이 모든 것이 제롬에게서가 아니라 당신에게서 오는 것임을.

그러나 어찌하여 당신과 저 사이에 당신은 어디에나 그의 모습을 두시옵니까?

8월 14° 일

이 일을 완성하기 위해서는 앞으로 두 달밖에는……. 오, 주여! 저를 도와주시옵소서.

8월 20° 일

저의 불행으로 저는 제 마음 속에서 희생이 아직도 이루어지지 않았다는 것을 느끼고 있습니다.

오, 하나님! 오직 그만이 저에게 알게 해주었던 이 기쁨을, 이제는 오로지 당신을 통해서만 얻게 해주옵소서.

8월 28° 일

나는 이 얼마나 속되고 볼품없는 덕성에 이르고 말았는가! 나는 자신에게 지나친 요구를 하고 있는 것은 아닐까? 더 이상 내 자신을 용납할 수 없다.

언제나 하나님께 힘을 애원하다니, 얼마나 비참한 일인가? 이제 나의 모든 기도는 하소연에 불과할 뿐.

8월 29일

'들에 핀 백합화를 보라……'

이토록 소박한 이 말씀이 오늘 아침 무엇으로도 돌이킬 수 없는 비탄 속으로 내 마음을 빠뜨려 버렸다. 들판으로 나갔을 때, 나도 모르게 되뇌이게 된 이 말씀은 내 마음과 두 눈을 눈물로 가득 채우고 말았다. 쟁기 위로 몸을 숙이고 열심히 일하고 있는 농부 외에는 아무 것도 보이지 않는 텅 비고 광활한 들판을 나는 바라보았다……. 들에 핀 백합화……. 하지만 하나님, 그 백합은 어디에 있사옵니까?

9월 16일, 밤 10시

다시 그를 만났다. 그는 지금 여기 한지붕 밑에 있다. 그의 방 창문에서 흘러나오는 불빛이 잔디밭으로 스미듯 떨어져 내리는 것이 보인다. 내가 이 일기를 적고 있는 동안 그 역시 깨어 있으리라. 어쩌면 나를 생각하고 있는지도 모르겠다. 그는 전혀 변하지 않았다. 그도 그렇게 말했고 나 역시 그렇게 느끼고 있다. 그의 사랑이 나를 단념하도록 하기 위해, 내가 결심한 대로의 모습을 그에게 보여 줄 수 있을까?

9월 24일

오오! 내 안에서는 마음이 까무러칠 듯 숨 가쁘게 허덕이는데도 끝내 무관심과 냉담으로 가장할 수 있었던 잔인한 대화……. 지금까지 나는 그를 피하는 것만으로 만족해 왔다. 그런데 오늘 아침, 하나님이 나에게 이겨낼 수 있는 힘을 주셨으며, 끊임없이 싸움에서 몸을 피하는 것은 비겁하기 때문이라는 것을 믿을 수 있게 되었다. 나는 과연 승리했는가? 제롬은 과연 전보다 나를 덜 사랑하게 되었는가? 슬프게도 나는 그렇게 되기를 바라면서도 또한 두려워하고 있는 것이다. 지금보다 더 그를 사랑한 적은 결코 없었다.

하오나 저에게서 그를 구하기 위해 제가 없어져야 한다면, 주여, 부디 그렇게 하옵소서……!

"저의 마음과 영혼 안에 들어오셔서 저의 고난을 짊어지시고, 당신의 수난 가운데 아직 남아 있는 고통을 제 안에서 계속 감내하옵소서."

그와 나는 파스칼에 대해 이야기를 나누었다. 나는 그에게 무엇이라고 말할 수 있었던가! 그 무슨 부끄럽고 터무니없는 말을 했던가? 그런 말을 하면서부터 나는 괴로웠지만, 지금은 그런 말이 하나님께 대한 모독인 것처럼 생각된다. 나는 두툼한 〈팡세〉를 다시 뽑아들었다. 무심코 펼쳐진 곳은 로아네 양에게 보내는 서한 중의 한 구절이었다.

"이끄는 이를 스스로 따를 때, 속박은 느껴지지 않습니다. 그러나 항거하며 홀로 떨어져 걷기 시작하면 몹시 괴로워집니다."

이 말이 내 가슴을 너무 날카롭게 찔렀기 때문에 나는 계속해 읽어 나갈 기력을 잃어 버렸다. 그러나 다른 곳을 펼치자 지금까지 읽은 적이 없는 훌륭한 글귀가 눈에 띄었다. 그래서 그것을 지금 막 베껴 두었다.

알리사의 일기에 첫째 권은 여기서 끝나 있었다. 그 뒤의 부분은 아마 모두 찢어 버린 모양이었다. 왜냐하면 알리사가 남긴 서류 속에는 그로부터 3년 후, 다시 퐁그즈마르에서 9월, 그러니까 우리의 마지막 만남이 있기 조금 전부터 날짜가 이어지고 있었기 때문이다. 다음과 같은 글로 그녀의 마지막 권의 일기는 시작된다.

9월 17일

하나님, 당신께서는 당신을 사랑하기 위해 제가 그를 필요로 함을 알고 계시옵니다.

9월 20일

하나님, 제게 그를 주옵소서. 그러하오면 당신께 이 마음을 바치겠사옵니다.

하나님, 한 번만 더 그를 만나게 해주시옵서.

하나님, 당신께 제 마음을 바칠 것을 약속드립니다. 부디 저의 사랑이 당신께 원하는 것을 들어 주옵소서. 저에게 남은 목숨은 오직 당신께만 바치겠사옵니다.

하나님, 저의 이 비열한 기도를 사하여 주시옵소서. 하오나 저는 제 입술에서 그의 이름을 지울 수 없으며, 제 마음의 고통을 잊을 수도 없사옵니다.

하나님, 당신께 간구하옵나니, 비탄에 잠겨 있는 저를 그냥 두지 마옵소서.

'너희가 내 이름으로 내 아버지께 구하는 것은 무엇이든 지…….'

주여! 당신의 이름으로는 제가 감히 할 수 없습니다. 비록 제가 기도를 입 밖에 내지 못한다 할지라도 그로 인한 제 마음의 뜨거운 갈망을 당신께서 모르시지는 않겠지요?

오늘 아침은 마음이 평안하다. 묵상과 기도로 지난밤을 거의 꼬박 지새웠다. 어린 시절 성령에 대한 상상 속에서 보았던 그 찬란한 빛의 평화 같은 것이 갑자기 나를 에워싸며 내게 내리는 것처럼 느껴졌다. 내게 내려진 기쁨이 신경의 흥분에서 오는 일시적인 것에 지나지 않을까 두려워 나는 곧 잠자리에 들었다. 나는 이 무상의 기쁨이 사라지기 전에 아주 빠르게 잠으로 빠져들 수 있었다. 그 기쁨은 오늘 아침에도 거의 온전하게 남아 있었다. 이제는 그가 올 것이라는 확신을 가질 수 있다.

제롬, 나의 벗! 아직도 동생이라고 부르지만, 동생을 사랑함보다 훨씬 더 무한하게 사랑할 수밖에 없는 너……. 너도밤나무 숲에서 몇 번이나 네 이름을 소리쳐 불렀던가!

저녁마다 해질 무렵이 되면, 나는 채소밭의 그 작은 비밀 문을 지나 가로수 길을, 이미 어두워진 그 길을 걸어 내려간다. 네가 갑자기 대답한다 해도, 나를 기다리며 그 벤치에 앉아 있는 네 모습이 멀리서 내 눈에 들어온다 해도 내 가슴이 놀라 뛰지는 않을 것이다. 오히려 너를 보지 못해 나는 놀란다.

10월 1일

아직 아무런 소식이 없다. 태양은 비할 데 없이 맑은 하늘에서 저물어 간다. 나는 기다리고 있다. 얼마 지나지 않아 그 벤치에 그와 함께 앉게 되리라는 것을 나는 믿고 있다. 벌써 그의 목소리를 들을 수가 있다. 나는 그가 내 이름을 발음하는 것을 즐거움으로 듣는다. 그가 여기 있게 될 것이다! 나는 내 손을 그의 손 안에 맡길 것이다. 내 이마를 그의 어깨에 기댈 것이다. 나는 그의 곁에서 그와 함께 숨을 쉬게 될 것이다. 나는 어제도 이미 그의 편지들 중의 몇 장을 다시 읽어 보려고 가지고 나왔었다. 하지만 그의 생각에 너무 열심히 빠져 버려 편지는 쳐다보지도 못했다. 그리고 나는 또 그가 좋아하던 그 자수정 십자가, 지나간 어느 여름에 그가 떠나지 않기를 바라는 동안만은 저녁마다 걸고 있기로 했던 그 십자가를 가지고 나왔다.

나는 이 십자가를 그에게 주고 싶다. 벌써 오래 전부터 나는 이런 꿈을 꾸어 왔었다. 그가 결혼하면 나을 그의 첫딸, 어린 알리사의 대모가 되고, 이 십자가는 그 아이에게 주어 지니게 하리라……. 그런데 나는 왜 아직 그에게 이 이야기를 하지 못했을까?

10월 2일

오늘 내 영혼은 하늘에 둥우리를 튼 새처럼 가볍고 즐겁다. 그가 오늘 올 것이다. 내겐 그런 예감이 느껴지며, 또 나는 그러리라는 것을 알고 있다. 나는 모든 사람들에게 소리쳐 알리고 싶었다. 나는 여기에도 그런 내 마음을 적어 두어야겠다고 느꼈다. 나는 이 기쁨을 이제 더 이상 숨길 수가 없다. 어느 때는 그렇게도 무심한 로베르조차 그러한 낌새를 알아챈 듯, 자꾸 캐물어서 난처했으며, 뭐라고 대답해야 할지 몰랐다. 저녁이 오기까지 어떻게 기다릴 것인가!

알 수 없는 투명한 띠 같은 것이 내 눈을 덮어 어느 곳을 보아도 그의 모습을 크게 확대시켜 보여 주며, 사랑의 모든 빛을 내 마음의 불타는 한 초점 위로 집중시킨다.

오오! 기다림이란 사람을 얼마나 지치게 하는 것인가!

하나님, 행복의 넓은 문을 잠시나마 열어 주시어 제게 엿볼 수 있도록 허락해 주시옵소서.

10월 3일

모든 것이 다 사라져 버렸다. 슬프다! 그는 그림자처럼 내 팔에서 빠져나가 버렸다. 그는 여기에, 바로 여기에 있었다. 나는 아직도 그를 느낄 수 있다. 나는 그를 부른다. 내 손, 내 입술은 그를 찾는다. 어둠 속에서 헛되이.

나는 기도를 드릴 수도, 잠을 이룰 수도 없다. 어두운 정원으로 다시 나갔다. 내내 방에 있어도, 집 안 어디에 있어도 나는 무섭다. 비탄이 그 문까지, 그를 남겨 두었던 그 문까지 나를 이끌어갔다. 나는 어리석은 희망으로 그 문을 다시 열어 보았다. 혹시나 그가 거기에 아직 있다면! 나는 불렀다. 나는 어둠 속을 더듬었다. 나는 그에게 편지를 쓰기 위해 내 방으로 돌아왔다. 나는 내 슬픔을 그대로 받아들일 수 없었다.

도대체 무슨 일이 있었던가? 그에게 무어라 말했던가? 내가 무슨 짓을 했단 말인가? 왜, 무엇 때문에 나는 그 앞에서 나의 덕성을 과장해야만 했던가? 내 마음이 부인하는 덕성, 그것이 도대체 무슨 가치를 지닌단 말인가? 하나님이 나의 입술에 내리신 말씀을 나는 은밀히 배반하고 있었다. 내 마음속에 언제나 가득 차 있던 것은 하나도 이야기하지 못했다. 제롬, 제롬! 곁에 있으면 나의 가슴이 아픔으로 찢어지는 것 같고, 멀리 떨어져 있으면 나의 목숨이 죽어 가는 것 같은 서러운 벗이여! 내가 아까 네게 했던 모든 이야기 가운데 오직 나의 사랑을 이야기했던 것만을 믿어 다오.

그에게 썼던 편지를 찢어 버렸다. 그러고는 다시 썼다. 벌써 새벽이었다. 잿빛의 눈물 젖은, 내 생각만큼이나 슬픈 새벽……. 농장의 첫소리들이 깨어나고, 잠에서 깨어난 모든 것들이 삶을 시작한다.

'이제 일어나라. 때가 되었다.'

그에게 내 편지는 보내지 않을 것이다.

10월 5일

저에게서 그를 빼앗은 질투심 많은 하나님, 이제 저의 마음을 온통 차지하옵소서. 이제는 어떤 열정이라도 이 마음을 스쳐 지날 뿐이며, 어떠한 것도 다시는 이 마음을 끌지 못할 것입니다. 하지만 아직도 내 안에 남아 있는 슬픔의 찌꺼기를 이겨낼 수 있도록 저를 도와주시옵소서. 이 집, 이 정원은 저에게 견딜 수 없도록 사랑을 부추깁니다. 오로지 당신만을 대할 수 있는 곳으로 저는 달아나고 싶습니다.

제가 소유하고 있는 재산이라는 것들을 당신의 가난한 백성들을 위해 유용하게 하소서. 그리고 제가 처분할 수 없는 퐁그즈마르는 로베르에게 남겨 주도록 해주시옵소서.

유언장을 써놓기는 했지만, 나는 필요한 형식이라곤 아무 것도 모른다. 내 결심을 눈치 채고, 쥘리에트나 로베르에게 알릴까 두려워 나는 어제 공증인을 만났을 때도 충분히 의논할 수도 없었다. 나는 나머지 미진한 일은 파리에서 끝내려 한다.

10월 10일

너무도 지친 채 이곳에 도착했으므로 처음 이틀간을 나는 누워서 지냈다. 내가 싫다고 거절을 했는데도 불러온 의사는 꼭 수술을 해야 한다고 주장했다. 정면으로 반대한다고 한들 무슨 소용이 있겠는가? 그러나 수술하는 것이 두렵다는 것과 원기를 회복할 때까지 기다리는 것이 적절한 방법일 것 같다는 얘기로 쉽게 그를 납득시킬 수는 있었다.

나는 이름과 주소를 밝히지 않아도 되었다. 나는 나를 받아들이고 또 하나님께서 필요하다고 여기실 때까지 보살펴 주시기에 아무 어려움이 없도록 충분한 돈을 요양원 사무실에 맡겼다.

방이 마음에 든다. 청결함만으로도 벽의 장식은 충분하였다. 즐겁게까지 느껴지는 것이 놀랍다. 그것은 아마 내가 내 삶에 대하여 더 이상 아무것도 바라지 않기 때문일 것이다. 그것은 또한 내가 이제는 하나님께 만족하기 때문이며, 그리고 하나님의 사랑이란 우리 마음을 다 차지하실 때, 비로소 그 오묘한 맛을 보여 주시기 때문이다.

나는 성경 이외에는 아무 책도 가져오지 않았다. 그러나 오늘은 성경의 말씀보다 파스칼의 열광적인 호소가 더 나에게 깊은 흐느낌으로 울려온다.

"하나님이 아니라면 그 어떤 것도 나의 기다림을 채워줄 수 없다."

오오. 분별 없는 나의 마음이 원하였던 너무나도 인간적인 기쁨……. 하나님! 당신께서 저를 절망시킨 것은 바로 이 외침을 얻게 하시기 위함이었나이까?

10월 12일

하나님의 다스림이 제게 임하시기를. 그리하여 하나님만이 저를 다스려 주소서! 이제 저는 제 마음을 아낌없이 드리겠나이다.

갑자기 무척 늙어 버린 듯이 피곤하면서도 이상하리만큼 내 영혼은 맑은 동심을 지니고 있다. 아직도 나는 방 안의 물건들이 잘 정돈되고, 벗어 놓은 옷들이 침대맡에 잘 개어져 있어야만 잠을 이룰 수 있는 그 옛날의 어린 소녀인 듯하다.

나는 나의 죽음도 이렇게 맞이하고 싶다.

10월 13일

일기를 없애기로 마음먹은 뒤 없애기 전에 다시 한 번 읽어 보았다. '자기가 느끼고 있는 고통을 털어 놓는다는 것은 훌륭한 영혼에게는 온당치 못한 일이다.' 이 아름다운 말은 클로틸드 드 보오의 말이었다고 기억된다.

일기를 불에 던지려 하는 순간, 일종의 경고와도 같은 무엇이 나를 붙들었다. 이 일기는 이미 나의 것이 아니라고, 따라서 이것을 제롬에게서 빼앗을 권리는 내게 없다는 것을, 그리고 나는 오직 그를 위해서만 이 일기를 써왔다고 보다 확실하게 느꼈던 것이다. 그토록 나를 사로잡았던 불안, 의혹은 지금에 이르러 너무도 어리석게만 보여 나는 거기에 아무런 중요성도 부여할 수 없었으며, 또한 제롬 역시 그로 인해 동요되리라고는 생각할 수도 없었다. 하나님, 저 스스로 도달할 수 없어 포기하고 만 덕성의 절정에까지 그를 밀어 올리려고 미칠 듯이 갈망했던 이 영혼의 서툰 시도를 그가 때때로 발견할 수 있도록 해주시옵소서.

'주여, 제가 이를 수 없는 그 반석 위로 저를 인도하여 주시옵소서.'

10월 15일

'기쁨, 기쁨, 기쁨, 기쁨의 눈물……'

인간적인 기쁨, 일체의 고뇌 저편에서, 그렇다, 나는 그 찬연한 기쁨을 예감하고 있다. 내가 이르지 못한 반석, 그것이 행복이라는 것을 나는 잘 알고 있다……. 행복에 이르기 위해서가 아니라면, 나의 삶은 헛되다는 것을 나는 알고 있다……. 아아! 하나님, 당신께서는 자기 자신을 버린 정결한 영혼에게만 그 행복을 약속하셨습니다. '지금부터 행복할지어다. 주 안에서 죽은 자들은.' 죽을 때까지 기다려야만 하옵니까? 여기서 또 저의 믿음은 흔들립니다. 하나님! 저는 온 힘을 다하여 당신을 향하여 부르짖나이다. 저는 어둠 속에 있습니다. 새벽을 기다리고 있습니다. 목숨이 다 할 때까지 당신을 향해 부르짖고 있습니다. 오셔서 저의 목마름을 축여 주시옵소서. 저는 그 행복에 목말라 하고 있습니다. ……아니면 그 행복을 가지고 있다고 스스로 달래야 합니까? 날이 밝아 옴을 알린다기보다 먼동이 트기 전부터 그것을 부르는 듯 우짖는 안타까운 새처럼 저는 어둠이 가시기를 기다리지도 않고 울어야만 하옵니까?

10월 16일

제롬, 너에게 완전한 기쁨을 가르쳐 주고 싶어!

오늘 아침 나는 심한 구토의 발작 증세로 기진맥진해 있었다. 그 직후 나는 내가 너무 쇠약하게 느껴져서 잠시 동안은 죽고 싶다는 생각이 들었다. 아니, 처음에 나의 온 몸에는 커다란 평온이 깃들었다. 그러고는 이어 극심한 고통이, 전율이 내 육신과 영혼을 휘어잡았다. 그것은 마치 내 삶에 대한 돌발적이고도 명료한 '계시'와도 같았다. 나는 문득 잔인하게 벌거벗겨진 것처럼 느껴졌다. 나는 두렵다! 나는 나를 재확인하고 마음을 가라앉히기 위해 이 글을 쓰고 있다. 오! 하나님, 당신께 불경스런 일을 저지르지 않고 종국에 이를 수 있도록 해 주시옵소서.

나는 다시 일어설 수 있었다. 어린아이처럼 무릎을 꿇었다.

지금 나는 세상을 떠나고 싶다. 또다시 나 혼자라는 것을 깨닫기 전에.

❋ 9 ❋

지난해에 나는 쥘리에트를 다시 만났다. 알리사의 죽음을 알렸던 그녀의 마지막 편지 이후로 10년 이상의 세월이 흘러간 뒤였다. 프로방스 지방을 여행하고 있던 나는 잠깐 님므에 들렀던 것이다. 혼잡한 중심 지대인 피세르 거리에 있는 테시에르 가(家)는 무척 아름다운 집이었다. 찾아가겠다고 편지로 미리 알려 두었음에도 그 집 문을 들어서면서 나는 가볍게 마음이 설레임을 느꼈다.

하녀의 안내를 받아 내가 응접실에 올라가 있는데, 잠시 후 쥘리에트가 들어왔다. 마치 플랑티에 이모님을 다시 보는 듯했다. 그 걸음걸이며 몸맵시, 그리고 숨 가쁜 친절의 방식까지도 같았다. 그녀는 내 대답도 기다리지 않고 내가 지내온 일, 파리에서의 거처, 직업, 교우 관계들에 대해 쉬지 않고 질문을 퍼부어 댔다. 남불에는 무슨 일로 왔는지, 테시에르가 몹시 반가워할 텐데 에그비에브에는 가보지 않겠느냐느니……. 그리고 나서 그녀는 모두의 소식들을,

자기 남편과 아이들과 동생에 대한 이야기, 그리고 지난번 추수와 불경기에 대한 이야기들을 했다. 나는 로베르가 퐁그즈마르의 집을 팔고 에그비에브에 와 살고 있다는 것을 알았다. 그리고 그가 이제는 테시에르의 동업자가 되어, 테시에르는 여행도 할 수 있고 사업 거래에 특히 전념하게 되었으며, 로베르는 묘목을 개량하고 농장을 확장하고 있다는 것을 알게 되었다.

그러는 동안 나는 과거를 회상시켜 줄 어떤 것이 있지나 않을까 하고 불안한 마음으로 주위를 살폈다. 응접실의 가구들에서 나는 퐁그즈마르의 것들을 쉽게 알아보았다. 내 안에 심한 떨림을 일으키게 할 그 과거를 쥘리에트는 아예 잊었거나 아니면 일부러 그러한 데에는 마음을 쓰지 않으려 애쓰는 것처럼 보였다.

열두서너 살쯤 되어 보이는 사내아이 둘이 층계에서 놀고 있었다. 쥘리에트는 그 애들을 불러 나에게 인사를 시켰다. 아이들 가운데 맏이인 리즈는 제 아버지를 따라 에그비에브에 갔다고 했다. 알리사의 죽음을 알려 왔을 무렵에 태어난 아이가 바로 그 아이라고 하였다. 그때 해산 뒤끝이 좋지 않아서 쥘리에트는 오랫동안 고생을 했다고 했다. 그리고 지난해 그녀는 갑작스럽게 딸 아이를 하나 더 낳았는데, 얘기하는 중에 그녀가 다른 아이들보다 그 아이를 더 귀여워하고 있다는 게 느껴졌다.

"내 방에서 그 아이가 자고 있는데, 바로 이 옆이에요." 하고 쥘리에트가 말했다. "가보시지 않겠어요?"

내가 따라 나서자 그녀는 덧붙였다. "제롬, 편지로는 감히 부탁하지를 못했는데……이 아이의 대부가 되어 주시겠어요?"

"네가 좋아한다면 물론 그렇게 하지." 나는 약간 놀란 채 요람

쪽으로 몸을 기울이며 말했다. "내 대녀의 이름은 뭐지?"

"알리사!" 쥘리에트가 나지막한 소리로 대답했다. "알리사를 약간 닮았지요. 안 그래요?"

나는 대답을 하지 않고 쥘리에트의 손을 꼭 쥐었다. 제 어머니가 들어올리자 그 작은 알리사는 눈을 반짝 떴다. 그 아이를 내 팔에 받아 안았다.

"오빠는 참 좋은 아버지가 될텐데!" 웃어 보이려고 애를 쓰며 쥘리에트가 말했다. "언제 결혼하실 거예요?"

"많은 일들을 잊어버리면."

나는 쥘리에트가 얼굴을 붉히는 것을 보았다.

"빨리 잊어버리기를 바라세요?"

"결코 잊어버리고 싶지 않아."

"이리 오세요." 벌써 어두워진 좀더 작은 방으로 앞장 서 가면서 그녀가 불쑥 말했다. 그 방의 한쪽 문은 그녀의 침실로 나 있었고 다른 한쪽 문은 응접실로 나 있었다.

"시간이 날 때면 나는 이리로 숨어들어와요. 여기가 제일 조용해요. 이곳은 거의 생활에서부터도 보호되고 있는 것 같거든요."

이 작은 방의 창문은 다른 방들처럼 도시의 소음 쪽으로 나 있지 않고, 나무들이 서 있는 안뜰 쪽으로 나 있었다.

"앉으세요." 그녀는 가까이 있는 안락 의자에 앉으면서 말했다. "내가 오빠를 잘못 알고 있지 않다면, 오빠는 알리사의 추억에 충실하려는 게 틀림없어요. 그렇죠?"

나는 잠시 동안 대답을 하지 않았다.

"그렇다기보다는 아마 알리사가 나에 대해 갖고 있던 생각에 대

한 충실이겠지……아니 그렇다고 그걸 나의 무슨 장점으로는 생각지 말아. 나는 그렇게 하는 것 외엔 달리 어쩔 수가 없으니까. 만약 내가 어떤 여자와 결혼한다고 할지라도 나는 사랑하는 체하는 수밖에 없을 거야."

"아!" 그녀는 무관심한 듯이 내게서 얼굴을 돌려, 마치 잃어버린 무엇을 찾기라도 하듯 바닥으로 상체를 수그렸다. "그럼, 오빠 희망 없는 사랑을 그토록 오랫동안 마음속에 지니고 살 수 있다고 생각하세요?"

"그럴 수 있어, 쥘리에트!"

"그리고 일상의 나날이 계속된다 해도 그 사랑이 꺼지지 않는다는 거예요?"

저녁 어스름이 잿빛 조수같이 방 안으로 밀려들어와서 물건들을 하나하나 덮어 버리자, 그 물건들은 어둠 속에서 되살아나, 각각 제 과거의 이야기를 속삭여 들려주는 것 같았다. 쥘리에트가 그 가구들을 다 옮겨 왔기 때문에 나는 지금 알리사의 방을 다시 보는 것 같았다. 쥘리에트가 나를 향해 얼굴을 돌렸으나 이제는 그녀의 윤곽조차도 분간할 수 없어 그녀의 눈이 감겨 있었는지 어떤지도 알 수 없었다. 그러나 그녀는 몹시 아름다웠다. 그리고 우리는 한참을 말없이 앉아 있었다.

"자!" 마침내 그녀가 말했다. "잠에서 깨어나야 해요."

나는 그녀가 일어서서 한 걸음 내딛다 말고 힘없이 옆의 의자 위로 쓰러지듯 주저앉는 것을 보았다. 그녀는 두 손으로 얼굴을 감쌌다. 울고 있는 것 같았다.

하녀가 등불을 켜들고 들어왔다.

전원 교향곡

"전에 법을 깨닫지 못할 때는 내가 살았더니

계명이 이르매 죄는 살아나고 나는 죽었노라."

첫 번째 노트

오늘까지 벌써 사흘째 눈이 내리 퍼붓는 바람에 길이 모두 막히고 말았다. 그 때문에 나는 15년 전부터 매달 2번씩 예배를 주관해온 R마을에도 가지 못했다. 오늘 아침에는 겨우 30명의 신도가 라 브레베이느 교회에 모였을 뿐이다.

불가피한 이 칩거(蟄居)로 인한 여가를 이용해 나는 과거로 거슬러 올라가 내가 어떤 연유로 제르트뤼드를 돌봐 주게 되었는지 이야기하려고 한다. 나는 여기에서 그 경건한 영혼의 교육과 성장 발전에 관한 모든 것을 내 나름대로 자세히 쓸 생각이다. 내가 그 경건한 영혼을 암흑에서 구해낸 것은 오직 하나님에 대한 찬미와 사랑 때문이었다. 내게 이 일을 맡겨 주신 주여, 찬미를 받으소서.

지금으로부터 2년 반 전, 내가 라 쇼드 퐁 시(市)에서 돌아왔을 때

한 번도 본 일이 없는 소녀가 나를 찾아왔다. 약 7킬로미터 떨어진 곳에 있는, 죽어 가는 불쌍한 노파의 임종에 입회해 달라는 것이었다. 말은 아직 마차에서 풀어 놓지 않은 채였다. 해지기 전에는 돌아오지 못할 것 같았으므로, 나는 등불을 준비하고 마차에 소녀를 올려 앉혔다.

나는 마을 안의 지리는 샅샅이 잘 안다고 자부하고 있었다. 하지만 소드레의 농장을 지나자 소녀는 전혀 낯선 길로 나를 안내해 갔다. 그러나 거기서 왼쪽 방향으로 2킬로미터쯤 되는 곳에 있는, 내가 젊었을 때 몇 번인가 스케이트를 타러 갔던 신비스러운 작은 호수는 눈에 익었다. 그쪽으로는 목사의 직책으로 간 일이 전혀 없었으므로 그 호수를 본 것이 벌써 15년 전의 일이었다. 그래서 이제는 그 호수가 어디쯤 있었는지조차 말할 수 없을 정도로 다 잊고 잊었는데, 불그스름하고 황금빛이 도는 아름다운 석양의 풍경 속에 갑자기 그것이 눈앞에 나타났을 때, 처음엔 꿈인 줄 알았다.

길은 호수에서 비롯된 물줄기를 따라 수풀 가장자리를 돌아 다시 어느 토탄갱(土炭坑)을 따라 계속 뻗쳐 있었다. 그곳은 틀림없이 가본 적이 없는 길이었다. 어느덧 해는 서산으로 넘어가고 우리는 한참 동안 땅거미 진 길을 가고 있었는데, 마침내 나의 어린 안내자는 언덕 중턱에 오르자 오막살이집을 손가락질했다.

그 오막살이 굴뚝에서 새어나와 어둠 속에서 파랗게 피어오르다가 석양에 물든 하늘로 사라지는 한 줄기 연기가 아니었으면 아마 빈 집인 줄 알았으리라. 나는 부근의 사과나무에 말을 매고 노파가 임종의 숨을 몰아쉬는 방으로 소녀를 따라 들어갔다.

주위의 묵직한 풍경과 고요하고 장엄한 그 순간이 나로 하여금 전율을 느끼게 했다. 침대 옆에는 한 젊은 여자가 무릎을 꿇고 있었다. 노파의 손녀인 줄 알았으나 실은 심부름꾼이었던 그 소녀는 그을음이 나는 초에다 불을 붙이고 침대 아래에 조용히 꿇어 앉았다. 먼 길을 함께 오는 동안 나는 소녀에게 말을 걸어 보려고 애썼으나, 그 애는 가까스로 서너 마디만을 했을 뿐이었다.

침대 앞에 앉아 있던 여자가 일어났다. 나는 그녀가 친척일 것이라고 생각했는데, 그것이 아니라 그저 이웃에 사는 여자였다. 자기 주인이 죽어 가는 것을 본 소녀에게 불려와서 시체를 지키게 된 것이었다. 그 여자의 말에 의하면, 노파는 별로 고통을 겪지 않고 숨을 거두었다고 한다.

우리는 매장이나 장례식에 관해서 상의했다. 종종 그런 일이 있었지만, 한적한 이 지방에서는 모든 절차를 내가 결정해야만 했다. 그리고 비록 초라해 보이기는 하지만 장례 일을 이웃 여자와 심부름하는 소녀에게만 맡긴다는 것은 왠지 내키지 않는 일이었다. 그렇다고 이 보잘것없는 집에 무슨 보물이 감춰져 있을 것 같지도 않았다. 그래서 나는 어떻게 하면 좋을지 고민이었으나, 어쨌든 노파에게 상속인은 없느냐고 물어보았다.

대답 대신 이웃 여자는 촛대로 들어 벽난로 한구석을 비췄다. 나는 벽난로 안쪽에 쭈그리고 앉은 채 잠든 사람을 가까스로 알아볼 수 있었다.

"이 앞 못 보는 계집애가 있죠. 심부름하는 아이 말에 따르면 조카딸이라는데, 친척이라고는 이 아이밖에 없는 것 같아요. 이 애는 고아원으로 보내는 것이 좋겠어요. 그렇지 않으면 어떻게 해야 좋을지 저로서도 알 수가 없군요."

나는 면전에서 아이의 운명을 그런 식으로 결정지어 버리는 것을 듣고, 그 무자비한 말이 아이에게 상처를 주지나 않을까 하여 좀 불쾌한 생각이 들었다.

"깨우지 말아요."

나는 목소리를 좀 낮추라는 뜻으로 이웃 여자에게 가만히 말했다.

"괜찮아요. 안 잘 거예요. 천치랍니다. 말도 못 할 뿐만 아니라 다른 사람의 말을 알아듣지도 못한다는군요. 내가 오늘 아침부터 내내 이 방에 있었는데, 그 동안 이 애는 꼼짝도 안 했답니다. 처음엔 귀머거리인 줄 알았는데 심부름하는 아이 말로는, 그런 게 아니라 실은 노파가 귀머거리여서 다른 사람에게도 그랬지만 이 애한테 전혀 말을 하지 않았다는군요. 오래 전부터 먹거나 마시거나 할 때만 가까스로 입을 열었대요."

"나이는 얼마나 되었다고 합니까?"

"글쎄요. 한 열댓 살쯤 되었겠지요. 나도 잘 모릅니다만……."

그 불행한 소녀를 돌봐 주어야겠다는 마음이 처음부터 생긴 것은 아니었다. 기도가 끝났을 때, 더 정확하게 말하면, 침대 머리맡에 무릎을 꿇고 있는 이웃 여자와 심부름하는 소녀 가운데에 끼어 앉아 나 또한 기도를 드리고 있는 동안에 갑자기 하나님이 내 앞날에 일종의 의무를 부여하신 것 같았다. 그리고 그것은 비겁한 사람이 아니고는 피하는 것이 불가능하다는 생각이 들었다. 내가 다시 일어났을 때는 그날 밤으로 그 소녀를 데리고 갈 결심이 서 있었다. 그러나 그때는 아직 앞으로 어떻게 하겠다든가, 누구에게 맡기겠다든가 하는 것은 결정짓지 못했다.

나는 한동안 노파의 잠든 듯한 얼굴을 들여다보았다. 그 주름지고 움푹 패인 입가는 굳게 닫혀 행여나 한 푼이라도 빠져나갈까봐 끈으로 꽉 졸라 맨 구두쇠의 돈주머니 같았다.

다음에 나는 눈먼 소녀를 돌아보며 이웃 여자에게 내 생각을 털어 놓았더니 그녀가 이렇게 말했다.

"내일 출관(出棺) 때는 이 아이가 여기 없는 게 더 좋을 거예요."

이것으로써 다 결정이 되어 버린 셈이다.

사람들이 때로 그 쓸데없는 반론만 즐겨 내세우지 않는다면, 실로 많은 일이 쉽게 처리될 것이다. 어렸을 때부터 우리가 하고자 했던 많은 일들이 단순히 주위 사람들의 "쟤가 설마 그런 일을 할 수 있을까……" 하는 말에 방해를 받아 못 한 적이 얼마나 많은가!

눈 먼 소녀는 아무 의지도 갖고 있지 않은 것처럼 끌려나왔다. 그녀의 얼굴 모습은 정상적이고 꽤 아름답기까지 했지만 전혀 표정이 없었다. 나는 담요 하나를, 그녀가 늘 그곳에서 자고 있었던 듯한 다락으로 올라가는 안쪽 층계 밑의 침대 위에서 벗겨 왔다.

밤공기가 맑았지만 쌀쌀했으므로, 이웃의 여자는 친절하게 나를 도와 담요로 소녀를 잘 감싸 주었다. 나는 마차의 등불을 켜고 길을 떠났다. 내게 기댄 채 웅크리고 앉아 있는 영혼이 없는 고깃덩어리, 전해 오는 그윽한 체온에 의해서만 겨우 그 생명을 느낄 수 있는 아이를 데리고…….

집으로 돌아오면서 나는 생각했다. 이 아이는 자고 있는 것일까? 이런 경우 깨어 있다는 것과 잔다는 것의 차이는 무엇일까?

주여! 이 혼탁한 육체의 주인인 영혼은 그 속에 갇힌 채 은총의 빛이 와 닿기를 기다리고 있는지도 모릅니다. 주여, 굽어 살피시어 내 사랑의 힘이 이 영혼으로부터 저주스러운 어둠을 물리칠 수 있게 해주십시오.

 　　　　나는 진실을 존중하므로, 집에 돌아와서 겪은 그 불쾌한 광경을 그냥 지나쳐 버릴 수가 없다. 내 아내는 미덕의 동산이라 해도 좋을 여자여서, 우리가 때때로 겪게 되는 난처한 경우에 있어서 나는 일찍이 한 번도 그녀의 아름다운 마음을 의심한 적이 없었다. 그러나 그녀의 타고난 자애로움도 갑작스러운 일을 당하는 건 싫어했다. 그녀는 실로 자로 잰 듯한 생활을 하는 사람이어서 의무 이상이나, 또 동시에 의무 이하의 일도 좋아하지 않았다. 그녀에게 있어서는 자선까지도 마치 사랑이 한정되어 있는 보물이나 되는 것처럼 통제되어 있었다.

그녀의 이런 생각은 그날 밤 내가 그 소녀를 데리고 들어왔을 때 다음과 같은 외침으로 나타났다.

"무슨 짐을 또 떠맡아 가지고 오셨어요?"

우리 부부 사이에 해명을 필요로 하는 일이 생길 때 늘 해왔듯이, 나는 우선 곁에 와서 무슨 일인가 의아심과 놀라움으로 멍하니 입을 벌리고 있는 아이들을 쫓아버렸다. 아, 이런 대접은 내가 기대하던 것과는 얼마나 거리가 먼 것인가! 오직 어린 샤를로트만이 마차 속에서 어떤 새로운 것이 나오리라는 것을 알고는 손뼉을 치며 춤을 추기 시작했다. 그러나 그들의 어머니에게 이미 잘 교육을 받은 아이들이 얼른 그 애의 흥분을 진정시키고 조용하게 만들었다.

한동안 집안에는 뒤숭숭한 분위기가 감돌았다. 그리고 아내나 아이들은 아직 그 소녀가 장님이라는 것을 몰랐으므로, 내가 어째서 그렇게까지 조심스럽게 그 애를 부축하는지 이해하지 못했다.

오는 동안 줄곧 쥐고 있던 손을 놓자, 이 불쌍한 불구의 소녀는 갑자기 기묘한 신음을 내었다. 그 소리는 도무지 인간다운 데라곤 없는, 마치 작은 강아지의 구슬픈 울음과도 비슷했다. 그녀를 위해 형성되어 있던 전유물의 익숙한 감각의 테두리 밖으로 처음 끌려 나왔기 때문인지, 그녀는 무릎을 세우지 못하고 휘청거렸다. 내가 의자를 갖다 주고 앉기를 권하자, 그 애는 걸터앉을 줄 모르는 사람처럼 바닥에 주저앉아 버렸다. 그래서 나는 그 애를 난롯가로 데리고 갔다. 그녀는 내가 저 노파의 집에서 처음 보았을 때의 자세로 벽난로 곁에 기대어 웅크리고 앉자 비로소 약간 마음이 안정된 듯한 표정이었다. 돌아오는 마차 속에서도 그녀는 자리 밑으로 미끄러져 내려가 줄곧 내 발 아래에서 웅크리고 있었던 것이다.

그래도 아내는 나를 도와주긴 했다. 그녀의 자연스러운 동작은 항상 지극하고 훌륭했다. 그러나 이성(理性)이 끊임없이 되살아나서 그것은 종종 그녀의 본심을 억눌러 버리는 것이었다.

"당신은 대체 이런 걸 어떻게 할 작정이죠?"

소녀가 겨우 마음을 진정시켰을 때 아내가 다시 이렇게 말했다.

사람 취급조차 하지 않는 그 말을 듣고 내 마음은 부들부들 떨렸다. 나는 치미는 분노를 억제하기가 힘들었다. 그러나 오랫동안 고요히 명상에 젖어 온 습관 덕택에 겨우 참을 수가 있었다. 그리고 일단 물러갔으나, 다시 모여들어 둘러선 아이들 쪽으로 돌아서서 한 손을 눈 먼 소녀의 이마 위에 얹고 되도록 엄숙한 어조로 말했다.

"나는 길 잃은 양을 데리고 왔단다."

그런데 아멜리는 복음서 속에 이치에 어긋나거나 또 이치를 초월한 가르침이 있다는 사실을 결코 인정하지 않는 여자였다. 그녀가 항의할 기세임을 눈치 채고 내가 재빨리 자크와 사라에게 눈짓을 하자, 그들은 두 어린 동생을 데리고 나갔다. 아이들은 부부 싸움에 익숙해져 있을 뿐 아니라 부족하다고 생각할 정도로 원래 호기심이 별로 없는 성격이었다. 그런 다음, 아내가 아직도 낯선 침입자로 인해 다소 화가 나 있는 것 같았으므로 나는 덧붙여 말했다.

"이 아이 앞에서는 말해도 상관없소. 불쌍하게도 알아듣지 못하니까."

그러자 아멜리는, 물론 자기로서는 "아무 할 말이 없다." 면서 항의하기 시작했다. 이것이 그녀가 가장 긴 말문을 열 때의 정해진 전주곡인 것이다. 그리고 그녀는 내가 늘 생각해 내는 엉뚱한 일, 아무리 비현실적이고 또한 상식과 관습에 어긋나는 일에도 복종하는 수밖에 없다고 말했다.

앞에서도 썼지만, 나는 아직 이 소녀를 어떻게 하겠다는 결정은 하지 않고 있었다. 그 애를 우리 집에 둘 수 있을까 하는 것도 깊이 생각하지 않았고, 생각했다고 하더라도 그것은 아주 막연한 생각에 불과했다. 아멜리가 아직 이 집에 식구가 모자란다고 생각하느냐고 물었을 때에야 비로소 그런 생각이 들었다고 해도 좋을 것이다.

이어서 아내는 내가 언제나 가족에 대한 것은 전혀 생각하지 않고 무슨 일이나 제멋대로 하는데, 자기로서는 다섯 명의 아이로 이미 충분하다는 생각이 든다는 것, 특히 클로드가 태어난 뒤로는(바로 그때, 제 이름을 듣기나 한 것처럼 클로드가 요람 속에서 큰 소리로 울기 시작했다.) 손이 모자라 더 이상은 어쩔 수가 없다고 말했다.

이렇게 비난하는 아내의 처음 몇 마디를 들었을 때, 그리스도의 어떤 말씀이 내 마음속으로부터 입술까지 올라왔다. 그러나 어떤 경우든 자신의 행동을 성서의 권위로 옹호한다는 것은 온당치 못하다는 생각이 들었으므로 꾹 참았다. 그리고 아내가 자기의 고충을 내세웠을 때는 더 이상 할 말이 없었다. 왜냐하면 나는 이미 그때까지 스스로의 무분별하고 지나친 열정으로 인한 결과로, 여러 번이나 아내에게 무거운 짐을 짊어지게 한 적이 있다는 것을 인정하고 있었기 때문이다.

그러나 아내의 이 항변은 도리어 내 의무를 일깨워 주었다. 그래서 나는, 만일 그녀가 내 경우라도 이렇게 하지 않을 수 없었을 것이며, 실상 이 세상에 의지할 데라고는 전혀 없는 아이를 그대로 내버려둘 수 있겠는가 생각해 보라고 조용히 타일렀다. 그리고 나는 이 불구의 소녀를 돌보기 위해 지금까지의 고생에 그녀의 수고가 더해지는 것을 모르는 바도 아니며, 또 좀더 그녀를 도와줄 수 없는 것을 미안하게 생각한다고 덧붙여 말했다.

어쨌든 나는 되도록 그녀를 달래며 아무 죄도 없는 아이를 탓하지 말도록 간청했다. 그리고 사라도 이제는 어머니를 도울 수 있는 나이가 되었으며, 자크도 어머니가 돌봐 주지 않아도 될 만한 나이가 되었다는 것을 그녀에게 말해 주었다.

결국 하나님은 아내가 심사 숙고할 여유가 있을 만큼 일을 진행시키고, 또 내가 이런 식으로 아내의 의지에 충격을 주지 않았더라면 틀림없이 그녀도 자진해서 떠맡았으리라고, 내가 믿고 있는 것을 그녀에게 알리는 데 필요한 말을 내 입에 담아 주셨던 것이다.

그래서 나는 대체로 승부는 내 쪽이 유리하게 끝난 것으로 생각했다. 벌써 아멜리는 호의에 찬 모습으로 제르트뤼드 곁으로 다가갔다. 그런데 소녀를 좀 살펴보려고 램프를 그쪽으로 가까이 댄 순

간, 무어라고 형언할 수 없는 그 지저분한 모습에 마침내 그녀는 화가 폭발하고 말았다. 아내가 소리쳤다.

"아유, 냄새야! 얼른 가서 옷을 털어. 아니 여기서 말고 밖에 나가서 털어. 아유, 이 일을 어쩐담! 아이들한테 다 옮을 거야. 난 지저분한 것처럼 싫은 게 없는데."

과연 그 불쌍한 소녀의 몸에는 이가 우글대고 있었다. 마차 속에서 그렇게 오랫동안 내 몸에 기대고 있었던 것을 생각하니, 나도 기분이 언짢아졌다.

잠시 후 몸을 되도록 말끔히 털고 다시 돌아왔을 때, 아내는 소파에 쓰러져 두 손에 머리를 파묻은 채 흐느껴 울고 있었다.

"나도 뭐 당신에게 이런 시련까지 겪게 할 생각은 없었소." 하고 나는 부드럽게 말했다. "아무튼 오늘 밤은 이미 늦었고 잘 보이지도 않으니, 나는 이 애 옆에서 불을 지키며 밤을 새우겠소. 내일 날이 밝으면 이 아이의 머리를 깎아 주고 목욕을 시킵시다. 당신은 싫은 생각이 들지 않고 이 아이를 쳐다볼 수 있게 되면 그때부터 돌봐 주구려."

그리고 그 이야기를 아이들에게 하지 말라고 부탁했다.

마침 저녁 식사 시간이었다. 늙은 하녀 로잘리가 우리의 식사 시중을 들면서 무거운 눈초리로 흘겨보았지만, 내가 데리고 온 소녀는 내가 내밀어 주는 수프 접시를 받아 들고 허겁지겁 마셔댔다.

식사를 하는 동안에도 아무도 입을 열지 않았다. 내 생각대로 한다면, 이번 일을 아이들에게 이야기하여 이토록 철저한 가난이 얼마나 비참한가를 이해시키고 느끼게 함으로써 그들의 마음을 감동시켜, 하나님이 우리에게 돌봐 주라고 보내신 이 아이를 불쌍히 여기고 동정하도록 하고 싶었으나 아멜리의 화를 돋구게 될 것이 두려웠다.

우리 중 한 사람도 다른 일은 도무지 생각할 수 없었지만, 이런 경우 그대로 침묵 속에 잊고 지내라는 것이 하나님의 뜻인 듯한 생각이 들었다. 아이들이 모두 잠자리에 들고, 아멜리도 나를 그 방에 남겨 두고 나간 지 1시간 이상 지났을 때, 어린 샤를로트가 잠옷 바람에 맨발로 가만히 문을 열고 살금살금 다가오더니 갑자기 내 목에 매달려 이렇게 속삭였다.

"나 아빠한테 안녕히 주무시라는 인사를 안 했어요."

그리고 샤를로트는 실은 자기 전에 다시 한 번 더 보고 싶었던 그 소녀의 무심히 잠든 모습을 조그만 집게손가락으로 가리키면서 작은 목소리로 말했다.

"나 쟤한테 키스해 주면 안 돼?"

"내일 해줘라. 지금은 자고 있으니까 그냥 두자."

나는 샤를로트를 문가까지 데려다 주며 말했다.

나는 다시 제자리로 돌아와 책을 읽기도 하고 다음 설교 준비도 하면서 아침까지 일을 계속했다.

샤를로트는 분명히 손위 아이들보다 훨씬 다정하게 행동했다고 생각한다. 그러나 어떤 아이나 모두 그만한 나이 또래에는 그랬다. 지금은 그렇게 서먹서먹한 얼굴의 큰아들 자크까지도……. 모두들 다정한 아이라고 생각하지만 뜻밖에도 말만 앞세우는 아첨쟁이에 지나지 않았던 것이다.

2월 27일

지난밤에도 눈이 많이 내렸다. 아이들은 오래지 않아 창문을 통해 밖으로 나가야 할 거라며 기뻐하고 있다. 사실 오늘 아침에는 앞문이 막혀 세탁장으로 해서 가까스로 밖으로 나갔다.

어제 나는 마을을 둘러보고 물자가 넉넉하다는 것을 확인했다. 이제 얼마 동안은 이웃 마을과의 교통 두절을 각오해야 하기 때문이다. 눈 때문에 갇혀 살게 된 것이 이번 겨울에만 한한 일은 아니지만, 이렇게까지 꽉 막혔던 적은 없었던 것 같다. 이 기회를 이용하여 얼마 전 시작한 이야기를 계속할 작정이다.

불구 소녀를 집으로 데리고 왔을 때 나는 그 애가 장차 우리 집안에서 어떤 위치를 차지할지에 대해서는 생각해 보지 않았다는 것을 앞에서도 썼다. 물론 나는 아내가 다소 반발하리라는 것을 짐작하고 있었다. 또 집의 크기를 보나 살림으로 보나 모두 극도로 제한되어 있어서, 아주 조금밖에 할애할 수 없다는 것도 알고 있었다. 나는 언제나와 마찬가지로, 내 충동으로 인해 쓰게 될지도 모르는 비용은 생각도 하지 않고(그런 타산적인 방법은 언제나 복음서의 가르침에 어긋나는 것으로 생각했다.) 내 천성과 주의(主義)에 따라 행동했다. 그러나 하나님께 맡겨야 하거나 남에게 책임을 지우게 되면 일은 달라진다.

얼마 안 있어서 나는 아멜리에게 무거운 짐을 안겨 주었다는 것을 깨달았는데, 그것이 얼마나 무거운 것이었는지 처음에는 나 자신도 어처구니가 없었을 정도였다.

나는 아내가 그 아이의 머리를 깎아 주는 것을 최선을 다해 도와주었다. 아내가 싫은 일을 억지로 하고 있다는 것을 알고 있었기 때문이다. 그러나 그 애를 발가벗겨 깨끗이 씻어 주는 단계에 이르러서는 아무래도 아내에게 맡기는 수밖에 없었다. 가장 귀찮고 가장 불유쾌한 시중은 하고 싶어도 할 수 없다는 것을 나는 그때 분명히 깨달았다.

아무튼 아멜리는 그 후로는 아무 푸념도 하지 않았다. 아마도 그녀는 밤새 곰곰이 생각한 끝에 이 새로운 짐을 떠맡기로 작정한 것 같았다. 그뿐 아니라 얼마쯤은 흥미마저 느낀 듯 제르트뤼드의 단장을 끝낸 다음에는 웃는 얼굴까지 보여 주었다. 내가 머리 기름을 발라서 빗어 준 짧은 머리에는 흰 모자가 씌워졌다. 또 더러운 누더기 대신 사라의 헌 옷가지와 깨끗한 내의로 갈아 입혔다. 그녀가 몸에 걸치고 있던 것은 아멜리가 모조리 불에 던져 버렸다. 제르트뤼드라는 이름은 샤를로트가 골라내고, 우리가 승인한 것이다. 소녀 자신도 본명을 모르고, 또 어디 가서 물어볼 만한 데도 없었기 때문이다.

사라가 작년부터 작아서 못 입게 된 옷이 꼭 맞는 것을 보면 그 애는 사라보다 좀 어린 모양이었다.

나는 여기서 내가 처음에 맛본 깊은 환멸을 고백하지 않을 수 없다. 사실 나는 제르트뤼드의 교육에 대해 한 편의 소설을 구상하고 있었다. 그러나 현실은 너무나 무자비하게 그것을 짓밟아 버렸다. 그 애의 얼굴에 나타난 무관심하고 우둔한 표정, 아니 그 완전무결한 무표정이 내 용기를 송두리째 얼어붙게 만들었다.

그 애는 하루 종일 방어 태세를 갖춘 채 불 옆에 웅크리고 있었다. 그리고 우리 가족들의 목소리가 들리거나 누가 가까이 가거나 하면 얼굴이 험악하게 일그러졌다. 말하자면, 그 애의 얼굴이 표정을 띠는 것은 적의를 보일 때 뿐이었다. 조금이라도 주의를 환기시키려고 하면, 그녀는 곧 짐승같이 웅웅거리고 낑낑거렸다. 이 심술이 멈추는 것은 식사 때뿐이었다. 음식은 내가 직접 갖다 주었는데, 짐승처럼 덤벼드는 그 모습은 차마 보기 민망할 정도였다. 이 영혼의 완강한 반발에 직면하여 나는 혐오감이 일어나는 것을 어쩔 수가 없었다. 사실대로 고백하자면, 처음 한 열흘 동안은 나는 완전히 절망하여 내 최초의 충동을 후회하고 차라리 데려오지 않았더라면 하고 생각할 만큼, 그 애에게 흥미를 잃었다. 그와 함께 그냥 넘기지 못할 사태가 생겨났다. 감추기 힘든 나의 이런 감정을 알아채고, 또 마침내 제르트뤼드가 내게 짐이 되고 그 애가 집에 있다는 자체가 나를 괴롭힌다는 것을 깨달은 다음부터 의기양양해진 아멜리는 전보다 훨씬 더 친절하게 그 애를 보살펴 주는 것이었다.

그 무렵, 발 트라베르에 사는 의사 마르탱이 왕진왔던 길에 나를 찾아왔다. 내가 제르트뤼드의 상태에 대해서 이야기하자, 그는 매우 흥미를 느끼고 단지 눈이 멀었을 뿐인데 이토록 지능이 발달하지 못한 사실을 놀라워했다. 그래서 나는 그 애가 눈이 먼데다가 듣지 못했으며, 따라서 이 불쌍한 소녀는 완전히 버림받은 상태에 있었다는 것을 설명해 주었다. 그러자 그는 절망하기에는 아직 이르다며 내 방법이 틀렸다고 말했다.

"토질이 단단한지 어떤지도 알아보지 않고 다짜고짜 집을 지으려고 하니까 안 되는 걸세. 생각해 보게. 이 애 머릿속에는 모든 것이 뒤죽박죽되어 아직 뼈대조차 세워지지 않은 상태일세. 우선 촉각과 미각 등의 감각을 몇 가지로 분류해 놓고 거기에 꼬리표를 달듯이 한 음향, 한 단어를 연결시키고 그것을 듣기 싫도록 거듭 말해 준 다음에, 그 애에게 흉내를 내게 하게." 하고 그는 말했다. "무엇보다도 서둘러선 안 되네. 일정한 시간을 정하여 그 애를 돌봐 주되, 절대로 한 번에 너무 오랫동안 계속하지 말게."

이렇게 자세히 설명하고 나서 계속해서 내게 도움될 말을 해주었다.

"이건 내가 발명해 낸 것이 아니고, 이미 많은 사람들이 응용해 본 것이라네. 자네 기억 안 나나? 우리가 함께 철학 강의를 듣던 무렵, 교수들이 콩디야크나 그의 소위 살아 있는 조상(彫像)에 대해서 이미 이와 비슷한 경우를 이야기해 주지 않았나? 어쩌면……." 하고 그는 고쳐 말했다. "훨씬 나중에 어떤 심리학 잡지에서 읽었는지도 모르지만, 아무튼 그 이야기는 내게 충격을 주었네. 난 지금도 제르트뤼드 이상으로 불행한 그 불구 소녀의 이름까지 기억하고 있다네. 그 애는 장님인데다가 귀머거리이고 벙어리였는데, 18세기 중엽 영국 어느 백작령(伯爵領)에 살던 의사가 보살펴 주었다네. 그 애 이름은 로라 브리지먼이었어. 그 의사는, 자네도 앞으로 그렇게 해야 하겠지만, 그 애의 발달 과정에 대해서, 아니 처음엔 그 애를 가르치기 위해 애쓴 노력에 대해서 일기에 적어 두었네. 며칠이고 몇 주일이고 그는 두 개의 작은 물체, 즉 핀과 펜을 번갈아 만지게 한 다음 이번에는 눈 먼 사람을 위한 점자판 위에 도드라진 핀(pin)과 펜(pen)이라는 두 영어 글자를 만지게 했지. 몇 주일 동안 애썼지만 그는 아무 효과도 얻지 못했어. 그 애의 육체에는 영혼이 없는 것 같았다고 하네. 그래도 그는 신념을 잃지 않았어. 그는 이런 말을 했네. 자신은 깊고 어두운 우물을 들여다보면서 언젠가는 누가 잡아줄지도 모른다는 희망을 가지고 무턱대고 줄을 흔드는 사람과 같았다고. 왜냐하면 그는 어떤 순간에도 심연의 밑바닥에 무엇인가 있다는 것, 마침내는 이 줄에 매달릴 것이라는 사실을 결코 의심하지 않았던 걸세.

어느 날, 마침내 그는 로라의 무감각한 얼굴이 엷은 미소 같은 것으로 밝아지는 것을 보았다네. 아마도 그때 그의 눈에서는 감사와 사랑의 눈물이 샘솟듯 나오고, 그는 주님께 감사드리려고 무릎을 꿇었을 걸세. 로라가 갑자기 의사가 자기에게 바라고 있는 것이 무엇인가를 깨달았던 걸세. 그녀로서는 구원이었지! 그날 이후 그녀는 집중하여 배웠으며 그만큼 진보도 빨랐어. 얼마 후 그녀는 혼자서 공부하게 되었고, 마침내 맹아 학교의 교장이 되었다네. ─어쩌면 이건 또 다른 사람이었는지도 모르네만…… . 왜냐하면 후에 또 비슷한 경우가 있어서 잡지나 신문들이 이러한 불구자도 행복하게 될 수 있다는 데 감탄하여, 나로선 좀 어리석다고 생각하네만, 서로 다투어 보도했으니까. 왜 어리석게 생각되느냐 하면, 이건 하나의 기정 사실이 아닌가! 즉, 이런 종류의 불구자도 나름대로 저마다 행복했었단 말이네. 그래서 각기 제 생각을 표현하는 방법을 알게 되자, 그들은 저마다 그것을 자기들을 '행복'을 나타내는 데 사용했고. 물론 기자들은 신이 나서, 오관을 고스란히 누리고 있으면서도 불만스러운 얼굴을 하고 있는 뻔뻔스러운 자들에 대한 교훈으로 삼았지."

여기서 마르탱과 나 사이에 논쟁이 벌어졌다. 나는 그의 비관론에 반대했다. 우리의 오관이 결국은 우리를 괴롭히는 것 외에는 소용되지 않는다는 그의 주장에는 아무래도 동조할 수가 없었던 것이다.

"내가 말하는 건 결코 그런 뜻이 아니야." 하고 그는 항변했다. "나는 단지 이렇게 말하고 싶은 걸세. 인간의 영혼이란 도처에서 세상을 더럽히고 타락시키고 망쳐 놓고 파괴하는 무질서와 죄악보다는, 미(美)와 안락과 조화를 더 즐겨 상상한단 말일세. 그리고 우리의 오관은 이 무질서와 죄악을 우리에게 알려주는 동시에 우리를 도와 거기에 공헌하게 한단 말일세. 그래서 나는 베르길리우스의 '얼마나 행복한가' 다음에 그가 우리에게 가르쳐 주듯이 '자기들의 행복을 안다면' 보다도 오히려 '자기의 불행을 모른다면' 이라고 하고 싶다네. 만일 불행을 모른다면 사람들은 얼마나 행복할까?"

그리고 그는 디킨즈의 어떤 콩트에 대해서 이야기했다. 그는 그것이 아마 로라 브리지먼의 실례에서 힌트를 얻은 것일 거라고 하면서 곧 내게 보내주겠다고 약속했다. 나흘 뒤 나는 《난롯가의 귀뚜라미》라는 그 책을 매우 흥미 있게 읽었다. 그것은 좀 길기는 하지만, 군데군데 감동시키는 장면이 있는 어느 눈 먼 소녀의 이야기이다. 가난한 장난감 제조업자인 그 애 아버지는 그 애를 안락하고 부유하고 행복하다는 환상 속에서 살게 한다. 이 기만을 디킨즈의 예술은 경건한 것으로 보이게 하려고 애썼는데, 나는 다행스럽게도 그런 기만을 제르트뤼드에게 응용할 필요는 없을 것 같다.

마르탱이 다녀간 이튿날부터 나는 그가 이야기한 방법을 실행에 옮겨 그 일에 최선을 다했다. 나는 그가 권한 것처럼 제르트뤼드의 이 어스름한 길에 있어서의 첫걸음, 그것을 지도한 나머지 처음엔 그저 더듬거리는 데 불과했던 그 경과를 적어 두지 않았던 것을 지금에 와서는 후회하고 있다.

처음 몇 주일 동안은 상상했던 것 이상으로 참을성이 요구되었다. 그것은 단순히 이 초보적인 교육에 걸린 시간과 노력 때문이 아니라 그로 인하여 내가 받게 된 비난 때문이었다. 그 비난이 아멜리로부터 비롯된 것임을 말해야 한다는 것은 나로서는 무척 가슴 아픈 일이다. 하지만 내가 그에 대해 말을 하려는 것은 그 자체에 아무런 원한도 노여움도 품고 있지 않기 때문이다.

　　후일 이 기록이 혹시 아내의 눈에 띌 경우를 생각하여 이 사실을 여기서 분명히 밝혀 둔다. 그리스도께서는 남의 허물을 용서하는 말을 '길 잃은 양의 비유' 바로 뒤에 우리에게 가르쳐 주지 않으셨던가. 나는 한 걸음 더 나아가 말해 둔다. 아멜리의 비난이 가장 괴로웠던 그때도 나는 제르트뤼드에게 너무 많은 시간을 바친다고 탓하는 그녀에 대해서는 화를 낼 수가 없었다. 내가 섭섭하게 생각한 것은 오히려 내 노력이 어떤 성과를 거두리라는 신념을 갖지 못하는 그녀의 그 마음가짐이었다. 그렇다. 나는 결코 절망하지 않았지만, 나를 가장 괴롭힌 것은 그런 신념을 가지고 있지 않다는 것이었다. 나는 아내가 몇 번이나 이렇게 되풀이하는 말을 들었다.

　　"무슨 성과라도 거둘 수 있다면 모르지만……."

　　아내는 나의 노력이 헛된 것이라고 확신하고 있었다. 그래서 내가 이 일에 시간을 바치는 것이 몹시 못마땅하여, 그런 시간을 딴 일에 바친다면 훨씬 더 유익할 것이라고 주장했다. 그리고 그녀는 내가 제르트뤼드를 돌볼 때마다 누군가가, 또는 무엇인지 알 수 없지만 아무튼 나를 기다리는 것이 있다는 것과, 다른 사람들을 위해 할당해야 할 시간을 제르트뤼드를 위해 써버린다는 것을 느끼게끔

하려고 애썼다. 그러나 결국 그녀는 모성적 질투에 불타고 있었던 것이라고 나는 생각한다. 왜냐하면 아내가 "당신은 우리 아이들 중 그 누구도 이만큼 돌봐 준 일이 없어요." 하고 나를 원망하는 말을 여러 차례 들었기 때문이다.

그것은 사실이었다. 나는 내 아이들을 몹시 귀여워했지만 그들을 그렇게 돌봐 주어야 한다고 생각한 일은 없었던 것이다.

나는 저 길 잃은 양의 비유가, 기독교의 신앙에 깊이 젖어 있다고 스스로 믿고 있는 사람에게 있어서도 경우에 따라서는 매우 이해하기 어려운 것 중의 하나임을 실감하고 있었다. 양떼 가운데 어느 한 마리라도 따로 떼어 놓으면 목자의 눈에는 그 양이 나머지 양 전체보다 더 귀하게 보일 수 있다는 것을 그들은 미처 이해하지 못하는 것이다. "어떤 사람에게 양 백 마리가 있는데 그 중에서 한 마리를 잃어버린다면 아흔아홉 마리를 들에 두고 그 잃은 것을 찾으러 가지 않겠느냐?" 하신 저 자비심에 빛나는 말씀도 솔직하게 말하라고 한다면 그들은 오히려 지극히 불공평하다고 단언할 것이다.

제르트뤼드의 최초의 미소로 그때까지의 내 괴로움은 위로를 받고 내 노고는 백 배로 갚아졌다. 왜냐하면 "진실로 너희에게 이르노니, 목자가 그 양을 얻으면 길을 잃지 아니한 아흔아홉 마리보다 이것을 더 기뻐하리라."는 말씀 그대로였기 때문이다. 그렇다. 솔직히 말해서 내 아이들 중 어떤 아이의 웃음도 어느 날 아침, 조각 같은 그 얼굴에 나타나기 시작한 그 웃음만큼 내 마음을 순결한 기쁨으로 가득 차게 한 적은 없었다. 그 애는 그날 아침 갑자기 오랫동안 내가 가르치려고 애써 온 것을 이해하고 거기에 흥미를 느끼기 시작한 것 같았다.

3월 5일, 나는 이 날을 무슨 생일이라도 되는 것처럼 기록하였다. 그것은 미소라기보다는 변모에 가까운 것이었다. 별안간 그 애 얼굴이 활기를 띠었다. 그것은 마치 새벽빛에 앞서 눈 쌓인 산꼭대기를 어둠 속에서 끌어내어, 떨리는 것같이 비추는 저 알프스의 그 복숭아 빛 광선 같았다. 그것은 신비의 색채라고 부를 수 있는 것이었다. 나는 또 천사가 내려와 고요한 물을 흔드는 순간의 베데스다 연못을 상상하면서 제르트뤼드에게 별안간 나타난 이 천사와도 같은 표정을 보고 황홀한 기분에 잠겼다. 나에게는 이 순간 그녀를 찾아온 것은 지성이라기보다는 사랑의 모습인 것처럼 생각되었다. 그러나 깊은 감사의 마음이 나를 뿌리째 뒤흔들어 그녀의 아름다운 이마에 한 키스가 하나님께 바쳐진 것처럼 느껴졌다.

이 최초의 성과를 얻기가 어려웠던 만큼 그 뒤의 진보는 빨랐다. 나는 지금 우리가 어떤 길을 걸어왔는지 생각해내기 어려울 정도이다. 제르트뤼드는 때론 내 방법을 비웃는 것처럼 비약적으로 발전하는 것 같았다. 나는 우선 물건의 종류보다도 그 성질부터 가르쳤다. 뜨겁다, 차다, 미지근하다, 달다, 쓰다, 거칠다, 부드럽다……. 다음엔 갖가지 움직임에 대해서였는데 멀리한다, 가까이한다, 들어올린다, 교차시킨다, 눕힌다, 맨다, 흩어 놓는다, 모은다 등등이다. 이윽고 나는 모든 것을 그만두고 그녀의 정신이 끊임없이 나를 따라오는지 어떤지에 대해선 별로 신경쓰지 않고 천천히, 그리고 침착하게 질문하도록 재촉하고 자극하면서 그녀와 이야기를 하게까지 되었다. 내가 그녀 곁에 있지 않은 동안에도 그녀의 두뇌 안에서 어떤 작용이 일어난다는 것은 확실했다. 왜냐하면 다음에 그녀와 만날 때는 반드시 새로운 경탄을 맛보았고 그녀와 나 사이에 있는 어둠의 두께가 더 얇아진 것을 느꼈기 때문이다.

따뜻한 공기와 봄의 끈덕진 기운이 차츰차츰 겨울을 정복해 가는 것도 역시 이와 마찬가지라고 생각했다. 눈이 녹는 모양을 보고 나는 얼마나 감탄하였던가! 외투가 겉모양은 조금도 변함이 없는데 안쪽에서부터 닳아 없어지는 것과 같다고나 할까. 겨울마다 아멜리는 거기에 속아서 "눈은 아직도 그 모양이에요." 하고 말한다. 사람들은 아직도 쌓인 눈이 두꺼운 줄 알지만, 눈은 어느덧 힘이 꺾여 여기저기 생명의 모습을 다시 나타내는 것이다.

노파처럼 늘 난롯가에 쭈그리고 있다가는 쇠약해지지 않을까 걱정스러워, 나는 제르트뤼드를 밖에 내보내기 시작했다. 그러나 그녀는 내 팔을 의지하지 않고는 산책하기를 싫어했다.

문 밖을 벗어나자 그녀가 매우 놀라고 두려워하는 것을 보고, 나는 그녀가 말로 표현할 수 있게 되기 전에 지금까지 한 번도 밖으로 나가는 모험을 해 본 일이 없다는 것을 알았다. 내가 그녀를 처음 본 저 오막살이 집에서는 그녀에게 먹을 것을 주어 죽지 않게(살리기 위해서라고는 도저히 말할 수 없다.) 해준 것 외에는 아무도 그녀를 돌봐 주지 않았던 것이다. 그녀를 둘러싼 암흑의 세계는 거기서 한 걸음도 나가 본 적이 없는 그 유일한 방의 벽으로 가로막혀 있었다. 여름날, 햇빛 찬란한 대우주를 향해 입구가 열려 있을 때 문지방까지 나가 본 것이 고작이었을 것이다. 이것은 나중에 그녀가 내게 이야기한 것이지만, 그녀는 새들의 지저귐을 들었을 때 그것도 역시 자기 뺨과 손을 어루만지는 일과 마찬가지로 순전히 빛의 작용인 줄로 상상했다고 한다. 그리고 별로 깊이 생각한 것은 아니지만, 더워진 공기가 노래하는 것을 불 옆에 둔 물이 끓는 것처럼 극히 자연스럽게 느꼈다는 것이다.

사실 그녀는 내가 돌봐 주기 전까지는 그런 일에는 통 상관하지 않고 아무것에도 주의하는 일 없이 깊은 잠 속에 빠져 살고 있었던 것이다. 저 작은 노래 소리는 대자연 속에 흩어져 있는 온갖 기쁨을 느끼고 표현하는 것을 유일한 즐거움으로 삼는 생물들에게서 나온다는 것을 가르쳐 주었을 때, 그녀가 무한히 기뻐하던 모습을 나는 기억한다. 그녀에게 "나는 새처럼 즐거워요."라는 말버릇이 생긴 것은 그날부터이다. 하지만 그와 함께 이 새들의 노래는 그녀가 볼 수 없는 아름다운 광경을 이야기해 준다는 생각이 그녀의 마음을 우울하게 한 것도 사실이었다. 그녀는 이렇게 말했다.

"정말로 땅은 새들이 노래하는 것처럼 아름다운가요? 그렇다면 왜 사람들은 그 이야기를 더 해주지 않을까요? 목사님도 제게 이야기해 주지 않으셨죠? 제가 그걸 볼 수 없기 때문에 슬퍼할까봐 그러세요? 그건 잘못 생각하시는 거예요. 저는 새들의 노래 소리가 잘 들리고 자기들끼리 말하는 것도 모두 알아들을 수 있을 것 같은 생각이 드는 걸요."

"눈이 보이는 사람들은 너만큼 새들의 노래를 잘 듣지 못한단다. 제르트뤼드!"

나는 그녀를 위로하려고 이렇게 말했다. 그러자 그녀는 다시 불었다.

"왜 다른 동물들은 노래하지 않지요?"

종종 그녀의 질문은 나를 놀라게 하거나, 또 순간적으로 당황하게 하는 수가 있었다. 그 이유는 그녀는 내가 지금까지 그다지 이상하게 여기지 않고 받아들였던 것을 깊이 생각하게끔 했기 때문이다. 이렇게 하여 나는 비로소 동물이 땅에 얽매여 생활하는 것일수록 또 그 몸이 둔중한 것일수록 그 성질이 보다 음산해진다는 사실을 알게 되었다. 나는 이런 사실을 그녀에게 이해시키려고 애쓰면서 다람쥐와 그것이 재주를 부리는 이야기를 들려주었다.

그러자 그녀는 공중을 날아다니는 것은 새뿐이냐고 물었다.

"나비도 있지." 하고 나는 대답했다.

"그것도 노래하나요?"

"나비는 기쁨을 다른 방법으로 나타낸단다." 하고 나는 말을 이었다. "나비의 기쁨은 물감으로 그 날개 위에 그려져 있지……."

그리고 나는 그녀가 이해할 수 있도록 나비의 빛깔과 모양에 대해 이야기해 주었다.

2월 28일

어제는 펜이 너무 앞질러 달린 것 같으니 다시 뒤로 물러나기로 하자.

제르트뤼드에게 가르치기 위해 나 자신도 점자로 된 알파벳을 배우지 않으면 안 되었다. 그러나 얼마 안 되어 그녀는 나보다도 훨씬 능숙하게 이 글자들을 읽게 되었다. 나로서는 아무래도 그것을 알아보기가 어려운 일일 뿐 아니라 손으로 더듬어 가는 것보다 눈으로 읽어 간 적이 더 많았다. 또한 나 혼자서만 그녀를 가르친 것이 아니었다. 그래서 나는 이 일에 도움을 받게 된 것이 무엇보다도 기뻤다. 마을에는 산더미같이 많은 일들이 내 손을 기다리고 있었고, 집들이 띄엄띄엄 흩어져 있어 가난한 사람들이나 병자를 찾아다니다 보면 때로는 꽤 먼 곳까지 다녀오지 않으면 안 되었기 때문이다.

가족들 곁에서 크리스마스 휴가를 보내기 위해 돌아온 자크가 스케이트를 타다 잘못해서 팔이 부러졌다. 자크는 그 동안 초등과(初等科)를 마쳤던 로잔으로 돌아가 신학대학에 입학했던 것이다.

골절은 별로 대단치 않았으므로, 곧 불려온 마르탱이 따로 외과 의사의 도움을 받지 않고도 쉽게 붙여 놓았다. 그러나 조심을 해야만 했으므로 자크는 얼마 동안 집에 남아 있지 않으면 안 되었다. 그러자 자크는 이제까지는 거들떠보지도 않던 제르트뤼드에게 차츰 관심을 갖게 되었고, 나를 도와 그녀의 읽기 공부를 보살펴 주었다. 자크의 도움은 그의 치료 기간인 3주일 동안밖에 계속되지 않았으나, 제르트뤼드는 그 동안 눈에 띄게 향상되어 갔다. 이제는 어떤 비상한 의욕이 그녀를 채찍질하고 있었다.

이제까지만 해도 마비되어 있던 그녀의 지력(知力)이 첫걸음부터, 아니 걷기도 전에 달려나가려는 것처럼 보였다. 나는 그녀가 별로 힘들이지 않고 자기 생각을 나타내는 데 감탄했다. 그녀는 우리가 자기에게 설명해 주려고 하는 것들을 직접 손에 닿게 해서, 가르쳐 주기 힘든 것이라 할지라도(우리는 그녀가 이해하기 힘든 것을 설명할 때는 언제든지 거리 측량기에 의한 측정법을 본 따서, 그녀가 만질 수 있거나 느낄 수 있는 것을 이용해 왔었다.) 자기 나름의 재미있는 방법으로 최근에 가르쳐준 물건이나 설명해 준 사실을 교묘하게 응용하여 조금도 유치하지 않고 정확하게 자기 생각을 표현하는 데 무척 빨랐다.

여기에 그와 같은 교육의 첫 단계를 전부 기록할 필요는 없다고 생각한다. 그런 것은 아마 어느 맹인의 교육에서나 흔히 볼 수 있는 일일 것이다. 그러므로 나는 맹인을 가르치는 선생은 색채를 가르치는 문제에 있어서는 똑같은 곤란에 빠졌을 것이라고 생각한다(그 후에 이 문제에 대해 내가 느낀 것은 복음서 어디에도 색채에 관한 문제만은 취급되고 있지 않다는 사실이다.) 다른 사람들은 어떻게 했는지 모르지만 나는 우선 프리즘에 나타나는 색의 이름을 무지개의 순서에 따라 일러주었다. 그러나 곧 그녀의 머릿속에서는 색과 빛의 혼동이 생겼다. 그래서 나는 그녀의 상상력이, 뉘앙스란 것과 화가들이 '농담도(濃淡度)' 라고 하는 것을 도무지 분간하지 못한다는 사실을 알게 되었다. 그녀가 가장 어렵게 생각한 것은, 색은 그 하나하나가 짙을 수도 옅을 수도 있다는 것과 그것들이 서로 얼마든지 혼합될 수 있다는 것을 이해하는 일이었다. 그 이상 더 그녀를 혼란에 빠뜨리는 것은 없었던 모양인지, 그녀의 생각은 언제나 이 문제로 되돌아왔다.

그러던 차에 뇌샤텔에 그녀를 데리고 가서 음악 연주를 들려줄 수 있는 기회가 왔다. 교향악에서의 각 악기는 그 나름대로 맡은 역할이 다 있다는 데서 힌트를 얻어 나는 다시 그 색채 문제를 꺼냈다. 금관악기 · 현악기 · 목관악기의 음색(音色)이 제각기 다르다는 것, 그리고 그들 악기 하나하나가 가장 낮은 음에서 가장 높은 음까지의 전음계(全音階)를 강하게 혹은 약하게 낼 수 있다는 점을 이야기해 주었다. 그런 다음 나는 이와 같은 마찬가지로 자연계에 있어서의 빨간색과 주황색은 호른과 트럼본의 음색과 비슷하고, 노란색이나 초록색은 바이올린·첼로·콘트라베이스의 음과 비슷하고, 보라색과 파란색은 플루트·클라리넷·오보에 등과 비슷하다는 사실을 상상해 보라고 말했다. 그러자 갑자기 그녀의 얼굴에 일종의 내면적 희열이 나타났고, 그것으로 곧 지금까지의 의혹은 사라져 버렸다.

"얼마나 아름다울까요?" 그녀는 탄성을 올리면서 거듭 말했다. 그러다 갑자기 "그러면 흰색은 뭐죠? 흰색이 무엇과 비슷한지 저는 알 수가 없어요……." 하고 말했다.

그 순간, 나는 자신이 든 비유가 얼마나 어설픈 것이었는지 곧 깨달았다. 그러나 나는 이렇게 말했다.

"흰색은 모든 음이 융합되는 가장 높은 음색이야. 마치 검은색이 가장 낮은 음색인 것같이."

그러나 이 대답은 그녀에게도 내게도 만족스럽지 못한 것이었다. 그녀는 재빨리 목관악기·금관악기·현악기가 최저음에서나 최고음에서나 제각기 정확하게 구별된다는 점을 지적했다. 이때처럼 내가 할 말을 잃고 도대체 무슨 비유를 갖다 대야 할지를 몰라서 입을 다물어 버린 적이 그 후로도 얼마나 많았는지 모른다.

이윽고 나는 이렇게 말했다.

"그렇다면 흰색은 순수한 것, 아무 색깔도 없이 빛만 있는 것, 그리고 검은색은 그 반대로 색이 여러 개 겹쳐져서 아주 캄캄하게 된 것이라고 생각해 보렴……."

내가 여기서 나눈 대화는 내가 자주 맞닥뜨렸던 수많은 곤란했던 경우의 한 예에 불과한 것이다. 제르트뤼드의 좋은 점은 대부분의 사람들이 하는 것처럼 알아들은 체하지 않는 것이었다. 그런 사람들은 흔히 부정확하고 그릇된 사실로 자기 머리를 채우고 또 그렇게 함으로써 자연히 그 판단력의 정확성을 잃게 되나, 제르트뤼드에게 있어서는 모든 개념이 그에 대한 확실한 관념을 파악하지 못하는 한 언제까지나 불안과 조바심의 원인이 되었다.

앞서의 경우에서 보더라도 그녀의 머릿속에서는 애초부터 광선과 색채의 개념이 긴밀하게 연결되어 있었으므로, 나중에 그것을 분리시키는 데 여간 힘이 들지 않았다.

그리하여 나는 제르트뤼드를 통해 시각(視覺)과 세계와 음(音)의 세계란 얼마나 다른 것이며, 그 중 하나를 설명하기 위해 다른 관념을 끄집어내어 비교한다는 것이 얼마나 불완전한 것인가 하는 것을 깨닫게 되었다.

2월 29일

비유 이야기에 너무 열중하여 제르트뤼드가 뇌샤텔의 음악회에서 느낀 그 비상한 즐거움에 대해서는 아직 얘기하지 못했다. 그날의 연주 곡목은 바로 〈전원 교향곡(田園交響曲)〉이었다. 내가 '바로'라고 한 것은, 이 작품이야말로 가장 그녀에게 들려주고 싶다고 생각한 것이었기 때문임을 여러분은 쉽게 이해할 수 있을 것이다.

연주회장을 나와 한참이 지났는데도 제르트뤼드는 침묵을 지키고 있었다. 아마 깊은 황홀경에 젖어 있는 듯싶었다.

"목사님이 보시는 세계는 정말 그처럼 아름다운가요?"

얼마 후 비로소 그녀가 말문을 열었다.

"그처럼이라니, 무슨 말이냐?"

"그 시냇가의 경치처럼 말이에요."

나는 곧바로 대답할 수가 없었다. 왜냐하면 그 더할 수 없이 아름다운 음악은 현실 그대로의 세계가 아니라 이런 데도 있었던가 하고 생각되는 세계, 말하자면 죄와 악이 없다면 가능할 그런 세계를 그린 것이라고 생각했기 때문이다. 그리고 그때까지 나는 악과 죄와 죽음에 대한 것을 제르트뤼드에게 미처 이야기하지 못하고 있었던 것이다.

"눈뜬 사람은 자기들의 행복을 느끼지 못하고 있지." 하고 나는 마침내 말했다.

내 말이 떨어지자마자 그녀는 부르짖듯이 말했다.

"하지만 보지 못하는 저는 듣는 행복을 알고 있어요."

그리고 그녀는 내게 바짝 다가와서 마치 아이들이 응석부리듯 내 팔에 매달리며 말을 이었다.

"목사님, 제가 얼마나 행복한지 아세요? 제가 이런 말씀을 드리는 것은 목사님을 기쁘게 해드리기 위해서가 아니에요. 저를 좀 보세요. 거짓말을 하면 그게 얼굴에 나타나지 않아요? 저는 목소리만 듣고도 그런 걸 아주 잘 알아요. 아주머니께서(그녀는 내 아내를 이렇게 불렀다.) 자기를 위해서는 전혀 마음을 써주시지 않는다고 목사님을 비난한 날, 목사님은 울고 있지 않다고 제게 대답하셨죠. 그날 일, 기억하세요? 그때 저는 마음속으로 외쳤어요. '목사님 그건 거짓말이에요.' 라고요. 네, 전 목소리만 듣고도 목사님이 진실을 말

232

씀하신 게 아니라는 걸 곧 알아차렸어요. 저는 목사님 뺨을 만져 보지 않고도 울고 계시다는 걸 알았어요."

그리고 그녀는 큰 소리로 되풀이했다.

"그럼요, 목사님 뺨을 만져 볼 필요는 없었어요."

우리는 아직 시내에 있었고, 오가는 사람들이 뒤를 돌아보았기 때문에 나는 얼굴을 붉히지 않을 수 없었다. 그러나 그녀는 거침없이 말을 이었다.

"저를 속이려 하시면 안 돼요. 눈 먼 계집애를 속이시다니, 아주 비겁한 짓이에요……. 그리고 저는 속아 넘어가지도 않아요." 그녀는 웃으면서 덧붙였다. "목사님, 목사님께서는 불행한 일 같은 건 없으시겠죠, 네?"

나는 말없이 그녀의 손을 끌어다 입을 맞추었다. 고백은 하지 않았지만, 내가 느끼는 행복 중의 일부는 그녀로부터 온다는 것을 알려주기라도 하는 것처럼. 그리곤 이렇게 대답했다.

"물론이야, 내게 불행 같은 건 없어. 어떻게 불행할 수 있겠니?"

"하지만 가끔 울기는 하시죠?"

"그야 전에는 가끔 울기도 했지."

"그럼 제가 그 말을 한 다음부터는 안 우셨나요?"

"응, 그 뒤로는 울지 않았어."

"울고 싶다고 생각하신 적도 없으세요?"

"물론."

"그럼, 이제부터는 절대로 저를 속이지 않겠다고 약속하실 수 있어요?"

"약속하지."

"그러면 지금 곧 말씀해 주세요. 제가 아름다운가요?"

이 뜻밖의 질문은, 부인할 수 없는 제르트뤼드의 아름다움에 관심을 갖지 않으려고 그때까지 애썼던 나를 몹시 당황하게 했다. 그뿐 아니라 나는 제르트뤼드 자신이 그 사실을 아는 것이 도무지 쓸데없는 일이라고 생각하고 있었다.

"그건 알아서 뭐 하려고?"

나는 곧 되물었다.

"하지만 마음에 걸리는 걸요." 그녀는 말을 이었다. "저는 알고 싶어요……저는 혹시 제가……글쎄, 뭐라고 하면 좋을까요?……혹시 제가 교향악 중에서 불협화음과 같은 존재가 아닌가 하는 걸 알고 싶어요. 목사님, 그걸 다른 누구에게 물어볼 수 있겠어요?"

"목사는 외모의 아름다움 같은 데엔 그리 신경 쓰지 않는단다, 제르트뤼드!"

나는 가능한 한 도망칠 구멍을 찾으며 이렇게 말했다.

"왜요?"

"목사에게는 영혼의 아름다움만 있으면 족하니까."

그러자 그녀는 입을 뾰로통하게 내밀며 말했다.

"목사님은 언제까지나 제 자신이 추하다고 생각하는 것을 내버려 두고 싶으신 거죠?"

이 말에 나는 더 참을 수가 없어 소리쳤다.

"제르트뤼드, 너는 네가 아름답다는 걸 잘 알고 있잖아."

그녀는 입을 다물었다. 그리고 그녀의 표정은 매우 엄숙해지더니 집으로 돌아올 때까지 그것이 풀리지 않았다.

집으로 돌아오자 아멜리는 그날의 내 행동이 못마땅하다는 눈치를 보였다. 그럴 거라면 애초에 말해 주면 좋을 텐데 그대로 내버려 두었다가 나중에 그것을 비난하곤 하는 그녀는 오늘도 여전히 그 버릇대로 한 마디도 하지 않고 나와 제르트뤼드를 나가게 그냥 두었던 것이다. 하기야 이날 아멜리가 어떤 뚜렷한 말로 나를 비난한 것은 아니다. 하지만 그녀의 침묵 속에는 비난의 가시가 감춰져 있었다. 왜냐하면 내가 '제르트뤼드'를 데리고 음악회에 갔던 것을 아는 이상 우리가 무슨 곡을 듣고 왔는지 물어보는 게 자연스러운 일이 아닌가? 또, 제르트뤼드의 기쁨도 다른 사람이 조금이라도 관심을 가져 준다고 느끼게 되면 더욱 커졌을 것이 아닌가? 하기야 아멜리가 침묵만 지킨 것은 아니지만, 가능한 한 쓸데없는 말을 하지 않으려고 무관심을 꾸미고 있는 것 같았다.

아이들이 다 잠자리에 들자 나는 아멜리에게 엄한 표정으로 물었다.

"당신은 내가 제르트뤼드를 음악회에 데리고 간 것 때문에 화가 났소?"

그러자 그녀는 이렇게 대답했다.

"그 애를 위해서는 다른 가족들에게 하지 않았던 일도 하시잖아요."

결국 그것은 언제나 똑같은 불평이었다. 아내는 밖에서 돌아온 아이에겐 축복을 해주지만, 집에 남아 있던 아이들에게는 아무것도 해주지 않는다는 그 비유를 한사코 이해하려 들지 않는 것이다.

나로서는 또 음악 이외의 기쁨이란 아무것도 맛볼 수 없는 제르트뤼드의 불구에 대해서 아내가 조금도 동정심을 갖지 않는 것이 가슴 아팠다. 그리고 그토록 바쁜 내가 하나님의 섭리로 그날 시간 적 여유를 가질 수 있었고, 아이들은 제각기 할 일이 있어 시간이 없었으며, 또 아멜리 자신은 음악에는 전혀 취미가 없으므로 아무리 시간 여유가 있다 할지라도—가령 음악회가 우리 집 문 앞에서 열린다 해도—거기에 나가볼 생각은 도무지 없었을 테니 그녀의 이런 비난은 당치도 않은 것이었다.

그러나 무엇보다 나를 슬프게 한 것은, 아멜리가 제르트뤼드 앞에서도 거리낌 없이 그런 말을 내뱉었다는 사실이다. 내가 따로 불러 물었음에도 불구하고 그녀는 제르트뤼드도 알아들을 수 있도록 일부러 목소리를 크게 냈던 것이다. 슬프다기보다 나는 차라리 화가 치밀었다. 잠시 후에 아멜리가 밖으로 나가자, 나는 제르트뤼드에게 다가가서 그녀의 가냘픈 손을 잡아 내 얼굴에 갖다 대며 말했다.

"자, 보렴. 이번에는 안 울었지."

"네, 그래요. 하지만 이번엔 제가 울 차례예요."

그녀는 내게 억지로 웃어 보이려 했다. 그리고 언뜻 보니 나를 향해 쳐든 그 아름다운 얼굴에 한 줄기 눈물이 흐르고 있었다.

3월 8일

내가 아멜리에게 줄 수 있는 유일한 기쁨은 그녀의 마음에 들지 않는 일을 안 하는 것뿐이었다. 이 완전히 소극적인 사랑의 증거만이 그녀가 나에게 허락한 전부였다. 이미 그녀가 얼마나 내 생활을 위축시켜 왔는지 그녀는 도무지 이해하지 못하는 것이다. 아, 차라리 그녀가 내게 무슨 어려운 일을 요구하였다면! 나는 얼마나 기꺼이 그녀를 위해 무모한 짓일망정 위험에 아랑곳하지 않고 노력했을 것인가! 그러나 아멜리는 무엇이든 기정 사실이 아니면 흡족해 하지 않는 여자였다. 따라서 인생의 과정이라는 것 역시 그녀에게 있어서는 똑같은 과거와 비슷한 나날들을 누적해 간다는 것 외에는 아무것도 아니었다. 그녀는 내게서 새로운 미덕이 싹트는 것은 물론이거니와 이미 있었던 미덕이 더 커지는 것조차 바라지 않고 인정하지도 않았다. 그녀는 기독교에서 본능의 길들임 이외의 것을 찾으려는 사람들의 온갖 노력을 배척하거나 불안한 눈초리로 바라보는 게 고작이었다.

지금에 와서야 고백하지만, 나는 뇌샤텔에 도착하자마자 아멜리가 부탁한 대로 단골 잡화상을 찾아가서 외상을 갚고 재봉실 한 상자를 사가지고 와야 한다는 걸 까맣게 잊어 버렸었다. 그리고 나는 그 뒤에 그 때문에 아멜리가 화를 낸 것보다 훨씬 더 나 자신에 대해 화가 났다. 나는 "작은 일에 충실한 자는 큰 일에도 충실하리라"는 것을 너무 잘 알고 있었고, 이 일을 잊어버리기라도 한다면 아멜리가 거기서 어떤 결론을 끄집어낼지 염려되어 잊지 않으려고 굳게 마음먹었던 만큼 한층 더 화가 났다. 나는 차라리 그 일로 그녀가 비난해 주었으면 하고 바랐다. 그 점에 있어선 확실히 내가 잘못했으니까. 그러나 그녀는 늘 그랬던 것처럼 뚜렷한 잘못에 대해 비난하기보다 터무니없는 푸념만 해댔던 것이다. 아, 세상 사람들이 현실의 괴로움에만 그치고 마음속 악귀의 소리에 귀를 기울이지 않는다면 우리의 생활은 얼마나 더 아름다워지고 우리의 불행도 얼마나 견디기 쉬워질 것인가……. 내가 지금 여기 쓰고 있는 것은 설교 제목으로서만 알맞은 것인지도 모른다(누가복음 12장 29절 '근심하지도 말라'). 하지만 내가 쓰고자 하는 것은 제르트뤼드의 지적, 도덕적 발달의 내력이므로 펜 끝을 다시 돌리기로 한다.

나는 여기서 그 발달 과정을 한 걸음 한 걸음 더듬어 갈 수 있으리라 생각하고, 처음에는 그것을 꽤 세세히 이야기했었다. 그러나 그 경과를 소상히 적기에는 시간적인 여유가 없을뿐더러 지금은 그 정확한 연결을 찾아내기도 매우 힘들다. 그래서 이야기에 끌린 나머지 극히 최근의 제르트뤼드의 생각이나 그녀와 주고받은 대화에 관한 것을 써버린 것 같다. 따라서 우연히 이 글을 읽게 되는 사람은 아마 그녀가 금방 그토록 정확하게 제 생각을 나타내고, 또 그토록 옳은 판단력을 갖게 된 데 대해 놀랍게 생각할지도 모른다. 이것은 실제로 그녀의 진보가 놀랄 만큼 빨랐던 때문이기도 하다. 내가 그녀에게 대주는 지적인 양식은 물론, 적어도 자기 손이 닿을 수 있는 무엇이든 얼마나 재빨리 붙잡아 끊임없이 받아들여 자기 것으로 만드는지, 나는 번번이 감탄을 금치 못했다. 그녀는 언제나 내 생각을 앞지르고 뛰어넘어 나를 놀라게 했으며, 또 이 얘기 저 얘기가 거듭됨에 따라 아무래도 내가 가르친 아이라는 것을 믿을 수 없는 경우도 자주 있었다.

몇 개월이 안 되어 그녀의 지능은 그토록 오랫동안 잠자고 있었다고는 도저히 생각할 수 없는 경지에 이르게 되었다. 바깥 세상의 여러 가지 쓸데없는 관심사에 정신을 쏟고 있는 대부분의 소녀들에 비한다면 그녀의 지능은 오히려 앞서고 있는 것처럼 보였다.

그런데다가 그녀는 우리가 처음 생각한 것보다 더 나이가 든 것 같았다. 어떤 때는 눈이 멀었다는 자신의 불행을 전화위복으로 삼으려는 노력까지 엿보였으므로 나는 그녀의 불행이 여러 면에서 도리어 도움이 되는 것이 아닐까 하고도 생각했다. 나는 무의식중에 그녀를 샤를로트와 비교해 보았다. 그리고 가끔 샤를로트의 복습을 도와줄 때 그녀가 파리 한 마리만 날아가도 거기에 온통 정신을 빼앗기는 것을 보고는, '눈이 보이지 않는다면 이 아이도 얼마나 내 말에 귀를 잘 기울일 것인가!' 하는 생각을 하곤 했다.

제르트뤼드가 책읽기에 많은 욕심을 부렸던 것은 새삼스레 말할 필요도 없다. 그러나 나는 될 수 있는 한 그녀의 생각의 반려(伴侶)가 되어 따라가고 싶다고 생각했으므로 책을 많이 읽히고 싶지 않았다. 적어도 나와 함께가 아니면, 그리고 성서에 있어서는 특히 그러하였다. 이는 신교도로서는 다소 이상해 보일지도 모르지만 언젠가 다시 설명할 기회가 있을 것이다. 그런 중대한 문제에 관해 말하기 전에, 먼저 음악에 관한 작은 사건 한 가지를 말하고자 한다. 그것은 아마도 뇌샤텔의 음악회가 있은 지 얼마 후의 일이라고 생각된다.

그렇다. 그 음악회는 분명히 자크가 여름방학으로 집에 돌아오기 3주일 전에 열렸다. 그 동안 나는 제르트뤼드가 지금 살고 있는 집의 루이즈 드 라 M양이 맡아서 치는 우리 교회의 작은 오르간 앞에 그녀를 앉힌 적이 여러 번 있었다. 루이즈 드 라 M양은 그때만 해도 아직 제르트뤼드에게 음악 교육을 시키지 않았었다. 또 나 자신도 음악을 좋아하면서도 거기에 대해 별로 아는 것이 없었고, 건반 앞에 그녀와 나란히 앉아 있을 때에도 그녀에게 무엇을 가르쳐 줄 수 있다고는 미처 생각지 못하였다.

"아니에요, 그냥 놔두세요. 혼자 해볼 테니까요."

그녀는 처음 건반을 더듬으면서 이렇게 말했다. 그리고 나도 교회라는 신성한 장소에 대한 외경스러움도 있었고 세상에 떠돌기 쉬운 허튼 소문이 두렵기도 하여, 그녀와 단둘이 있기에는 온당치 않은 곳이라고 여겨 자진해서 자리를 뜨곤 했다. 평소 나는 남의 소문 따위에는 귀도 안 기울이고 살아왔지만, 이 경우에는 그녀와 관련된 일이고 따라서 나 혼자만의 문제가 아닌 것이다. 그래서 그쪽으로 갈 일이 생기면 교회까지 그녀를 데리고 가서 오랫동안 혼자 내버려 두었다가 돌아오는 길에 데려오곤 하였다. 이 무렵 나는 어떤 협화음(協和音)에 열중하여 황홀한 듯이 귀를 기울이고 있는 그녀의 모습을 종종 발견했다.

그로부터 불과 반 년쯤 지난 8월 초순의 어느 날, 나는 어떤 가난한 미망인을 방문했다가 마침 그녀가 집에 없었으므로 곧장 교회로 제르트뤼드를 데리러 갔다. 그녀는 내가 그렇게 일찍 돌아오리라곤 생각지도 않았을 것이다. 그런데 나는 뜻밖에도 자크가 그녀 곁에 있는 것을 보고 놀랐다. 내가 들어갈 때 낸 작은 발소리는 오르간 소리에 묻혀 버렸기 때문에 두 사람은 내가 온 것을 미처 깨닫지 못했다. 엿본다는 것은 본래 내 성미에 맞지 않는 일이었지만, 제르트뤼드에 관한 일이라면 무엇이든 알고 싶었다. 그래서 발소리를 죽여 설교단으로 가는 계단을 두서너 개 올라갔다. 엿보기에는 안성맞춤의 장소였다. 고백하지만 내가 거기 있는 동안 둘은 내 앞에서 하기 거북한 말은 한 마디도 하지 않았다. 그러나 자크가 그녀 옆에 다가앉아서 몇 번인가 그녀의 손을 잡아 건반 위로 이끌어 주는 것을 보았다. 앞서 내게는 자기 혼자서 할 테니까 내버려 두어 달라고 하던 그녀가 자크의 주의와 지도를 받고 있다니, 그게 벌써 이상한 노릇이 아니겠는가!

나는 그 모습을 보고 나 스스로 자백하기 싫을 만큼 놀랍고 섭섭했다. 그래서 곧 두 사람 사이에 뛰어들려고 하는데, 갑자기 자크가 시계를 꺼내는 것이 보였다. 그는 말했다.

"자, 이제 헤어질 시간이 되었어. 아버지가 곧 돌아오실 테니까."

그리고 제르트뤼드가 그에게 내맡기고 있는 손에 입술을 갖다대는 것이 보였다. 잠시 후 자크는 밖으로 나갔다. 그제서야 나는 소리 나지 않게 계단을 내려서서, 제르트뤼드가 그것을 들을 수 있도록, 그리고 내가 그때 바로 들어온 줄로 알도록 교회 문을 소리 내어 여닫았다.

"어때, 제르트뤼드! 돌아갈 준비는 되었니? 오르간은 잘 되어 가니?"

"네, 아주 잘 돼요."

그녀는 아주 자연스러운 목소리로 대답했다.

"오늘은 정말 많이 늘었어요."

큰 슬픔이 내 가슴을 채웠다. 그러나 우리는 둘 다 그 사실에 대해서는 내색도 하지 않았다.

그날 저녁, 나는 자크와 단둘만 남게 되는 시간이 몹시 기다려졌다. 평소 아내와 제르트뤼드와 아이들은 저녁을 마친 다음에는 일찍 잠자리에 들었으므로, 자크와 나만 밤늦게까지 남아서 공부를 했었다. 나는 그 시간을 기다렸다. 그러나 막상 말을 꺼내려고 하자, 가슴이 너무 벅차고 감정이 흩어져서 그토록 내 마음을 괴롭히는 문제였지만 무슨 말부터 해야 할지 몰랐다.

그런데 자크가 먼저 침묵을 깨뜨리고 이번 방학은 가족과 함께 집에서 지낼 결심이라고 말했다. 며칠 전만 해도 그는 알프스 고원 지방으로 여행갈 계획이라고 말했고, 아내는 물론 나도 대찬성을 했던 것이다. 나는 자크가 길동무로 택한 T가 그를 기다리고 있다는 것도 알고 있었다. 따라서 이 뜻밖의 계획 변경은 앞서 보았던 그 광경과 관계가 없지 않으리라는 추측을 하게 되었다.

나도 모르게 격한 분노가 치밀었다. 그러나 그 감정에 끌려들어 너무 심한 말을 하게 되면 아들이 내게는 영영 마음의 문을 닫을 우려가 있고, 또 너무 격한 말을 했다가 후회하게 되지나 않을까 염려되어 가까스로 자신을 억제하고 자연스럽게 말했다.

"나는 T군이 너를 기다리고 있는 줄 알았는데."

"뭘요! 꼭 기다리진 않을 거예요. 내 대신 갈 사람을 구하기도 힘들지 않을 테니까요. 저는 여기서도 오베클란트에서와 마찬가지로 쉴 수 있고, 또 실상 산 속을 쏘다니는 것보다는 훨씬 더 유익하게 시간을 보낼 수 있을 거라 생각합니다."

"말하자면 네게는 여기서 할 일이 생겼단 말이구나?"

그는 내 목소리에 다소 비꼬는 기미가 있음을 알아차리고 나를 쳐다보았다. 그러나 아직은 그 이유를 확실히 모르고 있기 때문인지 다시 평온한 어조로 말을 이었다.

"저는 본래 등산 지팡이보다 책을 더 좋아했잖아요."

"물론 그렇지!" 이번에도 내가 그를 똑바로 쳐다보며 말했다. "하지만 오르간 연습을 도와주는 쪽이 네게는 독서보다 더 매력적이라고 생각하지 않니?"

아마도 자크는 자기 얼굴이 붉어지는 것을 깨달았음이리라. 램

프의 불빛을 가리는 것처럼 이마에 슬쩍 손을 갖다 댔다. 그러나 곧 침착성을 되찾아 얄미울 만큼 똑똑한 목소리로 말하는 것이었다.

"아버지, 저를 꾸짖지 마세요. 아버지께 숨길 생각은 조금도 없었어요. 다만 저보다 아버지께서 먼저 말씀하셨을 뿐입니다."

책이라도 읽는 것 같은 침착한 어조였다. 마치 님의 일처럼 냉정하게 한 마디씩 정확하게 끊어서 하는 그의 말은 나의 화를 돋우었다. 내가 말을 가로막으려는 것을 알자, 그는 "아버지는 나중에 말씀하시고 우선 제 말을 들어 보세요."라고 하는 듯 한 팔을 들어올렸다. 그러나 나는 그 팔을 꽉 잡아 흔들며 격렬하게 소리쳤다.

"네가 제르트뤼드의 순결한 영혼을 더럽히는 것을 보기보다는 차라리 다시는 너를 안 보는 게 낫겠다. 네 고백 따위는 듣고 싶지도 않아. 불구인 점과 순진하고 깨끗한 점을 농락한다는 것은 말할 수 없이 비겁한 짓이다. 나는 네가 그런 짓을 하리라고는 꿈에도 생각하지 않았다. 그런데 내게 그 일을 밉살스러울 만큼 태연하게 이야기하다니……. 내 말 잘 들어라. 나에게는 제르트뤼드를 지킬 책임이 있다. 앞으로는 그 애에게 말을 걸거나, 손을 대거나 만나는 것을 결코 용서하지 않겠다."

"하지만 아버지!" 하고 자크는 여전히 침착한 어조로 말을 이었다. "아버지께서 제르트뤼드를 아끼는 만큼 저도 아끼고 있다는 것을 믿어 주십시오. 제 행동뿐 아니라 제 말이나 제 마음속에라도 무엇이든 간에 좋지 못한 것이 들어 있다고 생각하신다면 그것은 참으로 큰 오해입니다. 저는 제르트뤼드를 사랑합니다. 그리고 사랑하는 그만큼 아끼고 있습니다. 그녀의 마음을 어지럽히거나 그녀의 순진함과 장님인 점을 악용하려 한다는 것은, 아버지와 마찬가지로 저 역시 정말 비열한 짓이라고 생각합니다."

그리고 그는 제르트뤼드의 의지가 되고, 친구가 되고, 남편이 되는 것이 자기가 그녀에 대해 가졌던 생각이라는 것과, 그녀와 결혼할 결심이 생기기까지는 내게 말할 필요가 없다고 생각하였다는 것, 그리고 이 결심은 제르트뤼드 자신도 아직 모른다는 것, 먼저 내게 말할 작정이었다는 것을 분명하게 말했다. "이것이 제가 아버지께 말씀드리려고 했던 것입니다. 더 이상은 고백할 것이 없습니다. 믿어 주십시오." 하고 그는 덧붙여 말했다.

나는 정신이 얼떨떨했다. 그가 말하는 것을 듣고 있는 동안 관자놀이가 지끈지끈 쑤셨다. 나는 비난밖에 준비한 것이 없었다. 따라서 그가 나의 성낼 이유를 모두 없애 버리는 바람에 나는 더욱 낭패에 빠지고, 그의 말이 끝났을 때에는 뭐라고 말해야 좋을지조차 모르게 되고 말았다.

"이제 그만 자자." 긴 침묵 끝에 내가 한 말은 이것이었다. 그리고 일어나며 그의 어깨에 손을 얹었다. "이 일에 대한 내 생각은 내일 말해 주겠다."

"이제는 저에 대해서 역정 내지 않겠다는 말씀이라도 해주세요."

"밤새 잘 생각해 봐야겠다."

이튿날 자크와 다시 만났을 때, 나는 진정 처음으로 그를 보는 것 같은 생각이 들었다. 갑자기 내 아들이 이미 어린아이가 아니고 다 자란 청년이라는 생각이 들었다. 내가 그를 어린아이로 생각하는 동안은 내가 목격한 그 사랑이 악마적으로 보일 수도 있었던 것이다. 나는 밤새도록 그것은 오히려 자연스럽고도 당연한 일이라고 스스로 납득하려고 애썼다. 그럼에도 불구하고 내 불만이 더욱 깊어진 것은 무엇 때문일까? 나는 훨씬 나중에 그 점을 분명히 이해할 수 있게 되었다. 아무튼 나는 우선 자크에게 내 결의를 알려야만 했다. 그러나 내 마음속에서는 양심의 본능만큼이나 확실한 어떤 예감 같은 것이 무슨 일이 있어도 이 결혼을 막지 않으면 안 된다고 내게 속삭이고 있었다. 나는 자크를 정원 한 구석으로 데리고 갔다. 거기서 나는 우선 이렇게 물었다.

"제르트뤼드에게 네 심정을 고백했니?"

"아니요." 그는 말했다. "그 애는 아마 제 마음을 벌써부터 알고 있었을 겁니다. 하지만 아직 고백한 적은 없습니다."

"그래, 그러면 그 애에게 당분간 아무 말도 하지 않겠다고 약속해 다오."

"아버지, 저는 아버지의 말씀이라면 무슨 일이 있어도 순종하기로 결심했습니다. 하지만 왜 그러시는지 그 이유를 알려 주세요."

그러나 나는 그 이유를 설명하는 데 주저했다. 왜냐하면 맨 먼저 머리에 떠오른 이유가 과연 가장 긴요한 이유가 될 수 있을는지 알 수 없었기 때문이다. 사실 그때 내 행동을 지휘했던 것은 이성보다도 양심이었던 것이다.

"제르트뤼드는 아직 너무 어리다." 이윽고 나는 말했다. "생각해 보렴. 그 애는 여지껏 세례조차 받지 않았잖니! 그리고 너도 알다시피 그 애는 다른 아이들과는 달라. 발육도 매우 늦고 순진한 아이니까 처음 듣는 사랑의 말에 꽤 민감한 반응을 보일 거야. 그렇기 때문에 그 애에겐 그런 말을 하면 안 돼. 스스로를 지킬 힘도 없는 자에게서 무엇인가를 빼앗는다는 것은 비겁한 짓이다. 나는 네가 비겁한 사람이 아니라는 것을 잘 알고 있다. 너는 네 감정에는 거리낄 것이 조금도 없다고 말했지만, 나는 그것이 너무 때가 일러서 죄악이 된다고 생각한다. 제르트뤼드는 아직 분별이 없다. 따라서 그런 분별은 대신 우리들 스스로가 갖도록 해야 한다. 이것은 양심의 문제야."

자크에게는 훌륭한 점이 있는데, 그것은 '네 양심에 호소한다.'라는 간단한 말만 하면 자기 행동을 억제할 수 있다는 것이다. 나는 그가 어렸을 때부터 이 말을 자주 써왔던 것이다. 나는 이때 유심히 자크의 얼굴을 쳐다보았다. 만약 제르트뤼드가 볼 수 있다면, 이 미끈하게 뻗은 건강한 체구, 주름살 하나 없는 고운 얼굴, 깨끗하고 맑은 눈빛, 아직 어린 티가 남아 있긴 하지만 어딘가 근엄한 기품을 띠고 있는 이 얼굴을 무관심하게 보아 넘기지는 않으리라는 생각이 들었다.

자크는 모자를 쓰고 있지 않았다. 그 무렵 꽤 길게 자란 그의 잿빛 머리카락은 관자놀이에서 가볍게 곱슬거렸으며 귀를 반쯤 가리고 있었다.

"네게 부탁할 일이 한 가지 더 있다." 나는 걸터앉았던 벤치에서 몸을 일으키며 말을 이었다. "지난번 너는 모레 떠날 예정이라고 말했지? 아무튼 그 출발을 연기하지 말아 다오. 그리고 너는 한 달 동안 나가 있을 작정이었으니, 그 날짜를 하루라도 단축시키는 일이 없도록 해라. 알겠니?

"잘 알았습니다. 아버지 말씀대로 하겠습니다."

내 눈에는 그의 얼굴이 아주 핼쑥해져서 입술까지도 핏기가 걷힌 것처럼 보였다. 그러나 나는 그렇게 즉시 순종하는 걸 보면 그의 사랑이 그리 열렬한 것은 아니었구나 하는 생각이 들어 안도의 한숨을 내쉬었다. 그뿐 아니라 그의 순종하는 태도에 감동되었다.

"내가 사랑하는 아들로 돌아가 주어서 기쁘다."

나는 부드럽게 말하며 자크의 이마에 입을 맞추었다. 그는 몸을 약간 뒤로 뺐지만, 나는 그것을 섭섭하게 여기지 않았다.

3월 10일

집이 좁았으므로 우리는 자연히 서로서로 조금씩 양보하면서 살아가지 않으면 안 되었다. 나를 위해서는 2층에 작은 방이 하나 따로 마련되어 있어서 거기에 틀어박혀 있거나 손님이 있으면 거기서 대접을 했지만, 워낙 집이 좁기 때문에 일을 하는 데 불편한 점이 많았다. 예를 들어 집안 식구 중의 한 사람과 조용히 이야기를 나누고 싶어도 아이들이 '신성한 장소'라고 이름 붙인, 그들이 드나드는 것을 금지하고 있는 응접실을 사용한다는 것은 아무래도 너무 어마어마한 것 같아 마음이 안 내켰다.

그날 아침 자크는 뇌샤텔로 떠났다. 등산화를 사야 했기 때문이다. 그리고 날씨가 아직 화창했으므로 아침 식사가 끝난 뒤에 아이들은 제르트뤼드와 함께 밖으로 나갔다. 아이들이 제르트뤼드를 인도했지만 그들이 도움을 받기도 했다. 샤를로트가 다른 아이들보다 특히 그녀에게 친절하게 구는 것을 보고 나는 기뻤다. 앞서의 이유로 해서 나는 지극히 자연스럽게 차 마시는 시간에 아멜리와 단둘이서 마주 앉게 되었다. 이것은 내가 원하던 것이었다. 나는 아내에게 자크에 대해 빨리 말하고 싶었던 것이다. 차는 늘 거실에서 마시도록 정해져 있었다. 아내와는 마주 앉는 기회가 아주 드물기 때문에 어쩐지 서먹서먹했다. 그리고 지금부터 말하려는 것은 매우 중요한 문제라고 여겨지기는 했지만, 그것이 자크의 고백이 아니라 마치 나 자신의 고백이나 되는 것처럼 말을 꺼내려 하자 가슴이 두근거렸다.

이야기를 시작하기 앞서, 나는 같은 생활을 해나가고 서로 사랑하고 있는 두 사람이 어느 정도까지 이해할 수 없는 기분으로 담을 쌓은 채 지낼 수 있는가(혹은 지내게 될 수 있는가)를 곰곰 생각해 보았다. 또 이런 경우에 있어서는 오는 말이건 가는 말이건, 모두 이 장벽의 두께를 알기 위하여 벽에 못을 때려 박는 것처럼 슬픈 음향을 내어야 하며, 자칫 주의하지 않으면 이 장벽은 점점 더 두꺼워질 뿐이라는 것도 느꼈다.

"자크가 어젯밤과 오늘 아침에 내게 얘기했는데." 하고 나는 아내가 차를 따르고 있는 사이에 입을 열었다. 자크의 목소리가 자신만만했던 것에 비해 내 목소리는 가늘게 떨리고 있었다.

"그 애가 제르트뤼드를 사랑한다는구려."

"그거 참 잘 됐군요!"

그녀는 나를 쳐다보지도 않고 또 차 따르는 손을 멈추지도 않고 지극히 당연한 말을 들은 것처럼, 아니 오히려 내가 그녀에게 가르쳐 주는 사실을 벌써 다 알고 있기나 한 것처럼 대수롭지 않게 말했다.

"그 애는 그녀와 결혼하고 싶다고 말했소. 그 애의 결심은……."

"어차피 그렇게 될 일이었어요."

그녀는 가볍게 어깨를 으쓱하며 중얼거렸다.

"그럼 당신은 그런 눈치를 챘었단 말이오?"

나는 다소 짜증스럽게 말했다.

"벌써부터 그런 일이 있으리라고 생각했어요. 하지만 이런 일은 남자들이 잘 눈치 채지 못하는 법이에요."

아니라고 해 본대야 아무 소용 없는 일이고 또 그녀의 말에도 일리가 있는 것 같아 나는 단지 가볍게 힐난하는 것으로 그쳤다.

"그렇다면 내게 귀띔이라도 해주었어야 할 게 아니오?"

아내는 입술 가장자리를 약간 씰룩거리며 웃었다. 그녀는 곧잘 그런 웃음으로 해야 할 말을 슬쩍 덮어 두는 습관이 있었다.

아내는 고개를 비스듬히 끄덕이며 말했다.

"당신이 눈치 채지 못하는 걸 일일이 다 말씀드려야 한다면 그것도 예삿일은 아닐 거예요."

이 암시는 도대체 무슨 뜻인가? 나는 그것을 알지도 못했거니와 알려고 하지도 않았다. 그래서 그 말은 덮어 두고 이렇게 말했다.

"요컨대 나는 당신이 그 일을 어떻게 생각하고 있는지 알고 싶소."

아내는 한숨을 쉬더니 말했다.

"원래 나는 그 애가 우리 집에 있는 것을 찬성한 일이 없잖아요?"

나는 아내가 이렇게 다시 지난 일을 들춰내는 데에는 화를 억누르기가 힘들었다.

"제르트뤼드가 집에 있고 없고의 문제가 아니오." 하고 나는 목소리를 높여 말했다. 그러나 아내는 아랑곳하지 않고 계속 말했다.

"나는 처음부터 그 애가 집에 있으면 귀찮은 일밖에는 생기지 않을 거라고 생각했어요."

나는 어떻게 해서든지 그녀와 화해하고 싶었으므로 얼른 그 말을 받아 말했다. "그럼 당신도 이런 결혼에는 찬성할 수 없다는 말이구려. 그래 나도 당신이 그렇게 말해 주기를 내심 바라고 싶었소. 어쨌든 우리 두 사람의 의견이 일치한다니 정말 다행이오."

나는 이어서 자크도 내 권유를 순순히 받아들였으니 아멜리는 이제 더 걱정할 필요가 없다는 것, 또 그가 예정대로 한 달이나 걸릴 그 여행을 내일 마침내 떠나게 되었다는 것을 알려 주었다. 그리고 끝으로 나는 덧붙여 말했다.

"그 애가 여행에서 돌아와 제르트뤼드를 이 집에서 다시 만난다는 것은 당신과 마찬가지로 나도 바라지 않는 일이오. 따라서 나는 제르트뤼드를 M양에게 맡기는 게 가장 좋겠다고 생각했소. 그 집이라면 내가 계속해서 그 애를 돌볼 수 있을 것이오. 어쨌든 내게는 그 애에 대한 책임이 있으니까 말이오. 사실 조금 전에 이미 저쪽 사정을 살피러 갔었는데, 그쪽에선 우리의 청을 기꺼이 맡아 주겠다고 했소. 이제 당신은 내키지 않던 일에서 자유로워질 거요. 루이즈 드라 M양이 제르트뤼드를 보살펴 주게 되는데, 그녀는 오히려 그것을 좋아한다오. 벌써부터 그 애에게 화성학(和聲學)을 가르치겠다면서 기뻐하고 있소."

아멜리는 입을 열지 않기로 결심한 것 같았으므로 나는 다시 말을 이었다. "자크가 우리 눈을 피해 그 집에 드나들며 제르트뤼드를 만나게 되면 난처할 것 같아서 내 생각엔 미리 M양에게 사정을 털어 놓는 것이 좋을 것 같은데 당신 생각은 어떻소?"

나는 이 질문으로 한 마디라도 좋으니 아멜리의 말을 듣고 싶었다. 그러나 그녀는 침묵을 지키겠다고 마음속으로 맹세라도 한 것처럼 굳게 입을 다물고 있었다. 그래서 나는 할 말이 아직 남아 있는 것은 아니지만, 그녀의 침묵을 참기가 힘들어 다시 말했다.

"여행에서 돌아올 때쯤에는 아마 자크의 사랑도 사라질 거요. 그 나이에는 자기가 하고 싶은 것도 스스로 깨닫지 못하니까 말이오."

"그거야 훨씬 나이가 든 후에도 반드시 그걸 안다고는 말할 수 없죠."

그녀는 야릇하게 망설이는 투로 말했다. 그녀의 수수께끼 같은, 뽐내는 듯한 말투가 나의 화를 돋우었다. 나는 본래 솔직한 것을 좋아하는 성미여서 빙빙 돌려서 하는 말을 싫어하기 때문이다. 나는 아내 쪽으로 돌아앉으며 도대체 무슨 뜻으로 한 말인지 설명해 달라고 청했다.

"별다른 뜻이 있는 건 아녜요." 그녀는 쓸쓸하게 말했다. "나는 그저 아까 당신이 눈치 채지 못하는 것을 알려 주었더라면 하시던 말을 생각하고 있었어요."

"그래서?"

"그래서 나는 생각했어요. 그런 걸 귀띔해 준다는 건 쉬운 일이 아니라고."

앞에서도 말한 것처럼 나는 돌려서 말하는 것을 몹시 싫어했고, 더구나 말에 속뜻이 들어 있는 것은 질색이었다.

"나를 이해시키고 싶거든 좀더 분명하게 말해 주었으면 좋겠소."

나는 좀 거칠게 말했다. 그리고 이내 후회했다. 나는 아내의 입술이 순간적으로 파르르 떨리는 것을 보았다. 그녀는 얼굴을 돌리

고 일어서더니, 이윽고 쓰러질 듯한 걸음걸이로 방 안을 왔다갔다 했다.

"아멜리, 모든 게 다 잘 해결되었는데 왜 아직도 그렇게 슬픈 표정을 짓고 있는 거요?"

나는 그녀가 내 시선을 거북해 하고 있는 것을 깨달았으므로 뒤로 돌아앉아 테이블에 팔꿈치를 괴고 한 손으로 머리를 받친 채 말했다.

"내가 좀 심한 말을 한 것 같구려. 용서해 주오."

그때 나는 그녀가 내게로 다가오는 발소리를 들었다. 그리고 이마 위에 그녀의 손가락이 가만히 와서 얹히는 것을 느꼈다.

"가엾은 양반!"

눈물에 젖은 부드러운 목소리로 이렇게 말하고 그녀는 그대로 방을 나갔다. 그때 도무지 이해할 수 없었던 아멜리의 말은 얼마 후 곧 분명하게 깨달을 수 있게 되었다. 그러나 나는 여기에서 처음에 내가 생각한 그대로를 적어 놓았다. 이날 나는 단지 제르트뤼드가 떠날 시기가 되었다는 것만을 깨달았다.

3월 12일

나는 날마다 제르트뤼드를 위해 얼마간이라도 시간을 내주는 것을 내 의무로 여기고 있었다. 그것은 그날그날의 일의 형편에 따라 몇 시간이 되는 수도 있고 극히 짧은 시간이 되는 때도 있었다. 아멜리와 그런 대화를 가졌던 다음날, 나는 시간적으로도 꽤 여유가 있었고 또 날씨도 좋았으므로 제르트뤼드를 숲을 지나 쥐라 산의 한 골짜기까지 데리고 갔다. 그곳은 나뭇가지 사이로, 그리고 발 밑에 펼쳐진 넓은 풍경 저편으로 날씨가 맑으면 엷은 안개가 걷힌 위로 백석이 덮인 알프스의 위용(威容)을 바라볼 수가 있었다. 우리가 항상 앉던 그 자리에 이르렀을 때 해는 어느덧 서쪽으로 기울어지고 있었다. 짧게 깎이기는 했으나 풀이 촘촘하게 난 우리 발 밑에 목장이 펼쳐져 있었다. 좀더 저편에는 암소 몇 마리가 풀을 뜯어먹고 있었다.

이 근처의 산에 있는 그 암소들은 각기 목에 방울을 달고 있었다.

"저 방울 소리를 들으면 경치가 눈앞에 그려지는 것 같아요."

그 방울 소리에 귀를 기울이며 제르트뤼드가 말했다.

그녀는 산책할 때마다 그랬듯이, 우리가 쉬고 있는 곳의 모양을 이야기해 달라고 졸랐다.

"하지만 이곳은 내가 벌써 잘 알고 있는 곳이잖니. 저 알프스가 보이는 숲 기슭이란다."

"오늘도 알프스가 잘 보여요?"

"한껏 아름답게 보이는구나!"

"매일 조금씩 달라 보인다고 하셨죠?"

"글쎄, 오늘은 무엇에 비유하면 좋을까? 여름 한낮의 갈증에나 비유할까? 해가 지기 전에 공기 속에 녹아 들어가 버릴 것 같은 모습이구나."

"우리 앞의 넓은 목장에는 백합꽃이 피어 있는지 어떤지 말씀해 주세요."

"아니, 백합꽃은 이렇게 높은 곳에서는 피지 않는단다. 몇 가지 자라는 종류가 있긴 하지만."

"들백합이라는 건 자라지 않나요?"

"들에는 백합꽃이 없단다."

"뇌샤텔 근처의 들에도 없어요?"

"들백합이라는 건 없대두."

"그럼 어째서 주님께서는 '들에 핀 백합을 보라'고 말씀하셨을까요?"

"그런 말씀을 하신 걸 보면 그때는 아마도 있었는가 보지. 하지만 사람들이 야산을 경작하면서부터는 없어지게 되었을 거다."

"저는 목사님이 자주 이 지상에서 가장 부족한 것은 신뢰와 사랑이라고 말씀하시던 게 생각나요. 사람들이 좀더 믿음을 가지게 된다면 들백합을 다시 보게 되리라고 생각지 않으세요? 저는 그 말씀을 들을 때에는 들백합이 분명하게 보여요. 그게 어떤 모습을 하고 있는지 말해 볼까요? 불꽃 같은 화관(花冠), 사랑의 향기가 가득 찬 채 저녁 바람에 흔들리고 있는 하늘색의 큰 화관이에요. 목사님은 왜 그게 없다고 하시죠? 저기 우리 앞에 저렇게 있는 걸요. 전 향기까지 맡을 수 있어요. 이 목장 안에 가득 피어 있는 게 보여요."

"하지만 만일 있다고 해도 네가 보는 것처럼 그렇게 아름답지는 않아."

"그 이하도 아니라고 말씀해 주세요."

"그래, 네게 보이는 것만큼 아름답지."

"내가 진실로 너희에게 이르노니 솔로몬의 그 모든 영광으로도 입은 것이 이 꽃 하나만 같지 못했느니라."

그녀는 예수 그리스도의 말씀을 인용하여 이렇게 말했다. 그런데 그 목소리가 얼마나 아름다운지, 나는 처음으로 그런 말을 듣는 것 같은 기분이 들었다.

그녀는 사색에 잠긴 표정으로 "모든 영광으로도"라고 되풀이하고는 얼마 동안 잠자코 있었다. 그래서 나는 말했다.

"내가 언젠가도 말했지만, 제르트뤼드, 눈뜬 사람들은 잘 볼 줄 모르는 거야."

이 말을 마치자 나는 '오, 주여! 지혜 있는 자들에게는 감추시고 미천한 자에게는 보여 주심을 감사하나이다.' 하는 기도가 마음속에서 솟아오르는 것을 느꼈다.

순간, 그녀는 기쁨에 넘친 흥분 속에서 이렇게 말했다.

"내가 얼마나 쉽게 이 모든 것을 상상할 수 있는지 목사님은 아마도 모르실 거예요. 자, 이곳의 경치를 이야기해 볼까요? 우리 뒤에도, 위에도, 주위에도 송진 냄새를 풍기는 큰 전나무가 있어요. 석류 빛깔 줄기에 거무스름해 보일 정도로 잎이 무성한 그 가지는 옆으로 낮게 뻗어 있고요. 바람이 그것을 휘젓고 지나가면 구슬픈 소리를 내지요. 우리 발 밑에는 산 위에 비스듬히 펼쳐 놓은 책처럼 푸른 바탕에 무늬를 놓은 목장이 펼쳐져 있어요. 그것은 그늘이 지면 청색으로 보이고 해가 비치는 곳은 금빛이 돌지요. 꽃들은 이 목장의 의미를 나타내는 분명한 표시라고 할 수 있어요. 과남풀도 있고, 할미꽃도 있고, 미나리아재비도 있고, 저 아름다운 솔로몬의 백합꽃도 있지요. 암소들이 와서 그 방울 소리로 꽃의 글자를 읽고 갑니다. 그러면 하늘에서 천사들도 내려와 그것을 읽습니다. 목사님이 말씀하신 대로라면 사람들의 눈은 감겨져 있어 볼 수 없으니까요. 이 골짜기 아래쪽에는 자욱한 안개를 뿜으며 깊은 신비의 늪을 싸고 흘러가는 젖빛 나는 큰 강이 보여요. 그것은 대단히 큰 강이지요. 우리 앞에 멀리 펼쳐진 저 눈부시게 빛나는 아름다운 알프스 산

맥만 마주 보일 뿐 망망하게 흐르고 있지요. 자크가 가는 데는 저기예요. 자크가 내일 떠난다는 건 정말인가요?

"그래 내일 떠날 예정이란다. 자크가 네게 그렇게 말하든?"

"그런 말 없었어요. 하지만 전 알고 있어요. 오랫동안 나가 있겠지요?"

"한 달 동안이야……제르트뤼드! 네게 물어보려고 생각하면서도 아직껏 못 물어본 말인데……너는 왜 자크가 교회로 너를 만나러 왔었다는 걸 얘기하지 않았지?"

"자크는 두 번 왔었어요. 하지만 저는 목사님께 조금도 숨길 생각은 없었어요. 다만 걱정을 끼쳐 드리고 싶지 않았을 뿐이에요."

"말을 안 한다면 오히려 더 걱정이 되는 거야."

그녀는 더듬더듬 내 손을 찾았다.

"자크는 떠나는 것이 싫은 모양이더군요."

"그래 제르트뤼드……그 애가 널 사랑한다고 말하더냐?"

"그런 말은 하지 않았어요. 하지만 말하지 않아도 알 수 있어요. 그래도 자크는 목사님만큼 절 사랑하지는 않아요."

"그래 제르트뤼드! 너는 그 애가 떠나는 것이 괴로우냐?"

"저는 떠나는 것이 잘된 일이라고 생각해요. 저 같은 건 상대도 안 되니까요."

"아니, 너는 그 애가 떠나는 게 괴로우냐 말이다."

"목사님, 제가 사랑하는 분은 목사님이라는 걸 아시잖아요……어머! 왜 손을 빼세요? 목사님이 결혼을 안 한 분이라면 이런 말씀은 안 드렸을 거예요. 하지만 눈 먼 계집애와 결혼할 사람은 없겠지요. 그렇다면 우리가 이렇게 사랑하는 것이 왜 안 될까요? 네, 목사님, 제 생각은 잘못된 것일까요?"

"사랑하는 마음에 잘못이란 없단다."

"저는 제 마음속에 착한 것밖에는 없다고 생각해요. 저는 자크를 괴롭히고 싶지 않아요. 그리고 아무도 괴롭히고 싶지 않아요. 저는 사람들에게 행복만을 주고 싶어요."

"자크는 너와 결혼할 생각이었다."

"자크가 떠나기 전에 이야기 좀 해도 괜찮을까요? 자크에게 저에 대한 사랑을 단념하지 않으면 안 된다고 알려 주고 싶어요. 목사님, 목사님은 제가 누구하고도 결혼할 수 없다는 걸 잘 아시죠. 네? 자크와 이야기를 할 수 있게 해주세요."

"오늘 저녁에라도 이야기하렴."

"아니에요. 내일 하겠어요, 바로 떠날 무렵에……."

해는 타오르듯 번쩍이며 가라앉아 가고 있었다. 공기는 기분 좋을 만큼 따스했다. 우리는 자리를 털고 일어나 이야기를 나누며 어둠이 깔리는 골짜기를 따라 내려왔다.

두 번째 노트

나는 한동안 이 노트를 버려 두지 않을 수 없었다. 가까스로 눈이 녹아 다시 길이 트이게 되자, 나는 우리 마을이 눈으로 갇혀 있던 사이에 어쩔 수 없이 연기되었던 많은 일들을 한꺼번에 처리해야만 했다. 그래서 이제야 비로소 한가한 시간을 조금 얻을 수 있었다.

어젯밤에 나는 지금까지 적어 온 것을 모두 다시 읽어 보았다…….

그토록 오랫동안 털어 놓지 못했던 마음속의 감정을 제 이름대로 부르는 용기를 갖게 된 오늘에 있어서도 나는 어떻게 해서 지금까지 그것을 스스로 깨달을 수 없었던가, 어떻게 해서 아멜리의 말 뜻을 분명하게 이해할 수 없었던가, 그리고 어떻게 해서 제르트뤼드의 그 순진한 고백을 듣고도 내가 그녀를 사랑한다는 것을 깨달을 수 없었는가! 모두 나로서는 설명하기 어려운 일들이다. 그것은 첫째로, 내가 당시 결혼을 떠난 사랑은 허용될 수 없다는 것을 굳게 믿고 있었기 때문이기도 하고, 둘째로 그토록 열렬하게 제르트뤼드에게로 나를 이끌던 감정 속에 금단(禁斷)의 요소가 들어 있다는 점을 털끝만큼이라도 인정하지 않았던 까닭이기도 하다.

그녀가 한 고백의 순진함이나 솔직함까지도 나를 안심시켜 주는 것이었다. 나는 내심 '그녀는 아직 어리다. 진실한 사랑이라면 어떻게 망설이지도 않고, 얼굴도 붉히지 않고 그렇게 말할 수 있겠는가.' 하고 생각하고 있었다. 그리고 내 쪽에서도 애써 그녀를 불구자나 보호해야 할 아이에 대한 감정으로만 사랑하고 있는 것이라고 생각하려 했다. 그리고 교육하는 것을 하나의 도덕적 책임으로 생각하고 의무로 여겼다. 솔직하게 말하면, 나는 그녀에게서 그런 고백을 듣던 그날 저녁도 얼마나 마음이 가볍고 즐거웠는지 내 감정에 의심을 갖지도 않았다. 그 말을 노트에 적어 넣을 때도 그랬다. 사랑은 모두 죄스러운 것으로 여겨 왔고, 또 죄스러운 것은 모두 마음을 짓누른다고 생각했기 때문에, 그날 나는 전혀 마음이 무겁지 않았다는 점에서 그것을 사랑이 아니라고 생각하고 있었던 것이다.

나는 주고받은 그 이야기를 그 애도 적었을 뿐만 아니라, 그때와 똑같은 기분으로 썼던 것이다. 다시 고백하지만, 어젯밤 그것을 다시 읽어 볼 때에야 비로소 나는 그것이 사랑이라는 걸 깨달았다.

자크가 떠나자 우리의 생활은 곧 평온한 예전의 상태로 돌아갔다. 나는 자크가 떠나기 전에 제르트뤼드와 이야기를 하게 했었다. 자크는 제르트뤼드를 피하는 체하려는지, 아니면 내가 없는 곳에서는 일체 그녀와 이야기를 하지 않는 체하려는 속셈인지, 아무튼 방학이 끝날 무렵까지 돌아오지 않았다. 제르트뤼드는 이미 결정되었던 것처럼 루이즈 양의 집에 가 있었고 나는 날마다 그 집으로 그녀를 만나러 갔다. 그러나 나는 혹 사랑을 북돋을까 두려워 가능한 한 우리 두 사람의 마음을 감동시킬 만한 일은 일체 이야기하지 않기로 하고 있었다. 나는 목사로서, 그리고 대개의 경우 루이즈 양 앞에서만 이야기하기로 했다. 나는 또한 그녀의 종교 교육에 전념하는 한편 성체 배수식 준비를 시키는 데 신경을 썼다. 그리하여 부활절에 그녀는 성체 배수식을 가지게 되었다. 부활절에는 나도 성체를 받았다.

그로부터 어느새 이 주일이 지났다. 일 주일 동안의 방학을 우리 곁에 와서 지내고 있던 자크는 놀랍게도 나의 성찬식(聖餐式)에 참석하지 않았다. 그리고 참으로 섭섭하게도 아멜리도 또한 우리가 결혼한 이후 처음으로 그 자리에 나오지 않았다. 그 두 사람은 아마도 미리 계획하고 이 엄숙한 자리에 빠짐으로써 나의 기쁨에 검은 그림자를 던지려고 결심한 것 같았다. 이때도 나는 제르트뤼드가 눈이 보이지 않음으로써 나 혼자 이 시련을 견디어 나가게 된 것을 기뻐하였다.

나는 아멜리의 성격을 너무도 잘 알고 있었으므로 그녀의 행동에 내포된 무언의 비난을 모두 이해할 수 있었다. 그녀는 결코 드러내 놓고 나를 비난하는 일은 없었으나, 반드시 일종의 독자적인 행동으로 자기가 동의하지 않는다는 마음을 표시하는 것이었다.

나는 이런 식으로, 생각하기조차 싫은 불만의 표현법으로 인해 아멜리의 마음이 비뚤어져 마침내는 숭고한 종교상의 의무마저 저버리게 된 것이 참으로 슬펐다. 그리고 집에 돌아와서 그녀를 위해 진심으로 기도하였다.

자크의 불참은 전혀 다른 동기에서 나온 것으로, 그것은 며칠 후에 그와 나눈 대화를 통해 명백히 밝혀졌다.

5월 3일

제르트뤼드에 대한 종교 교육은 나로 하여금 복음서를 새로운 눈으로 다시 읽어 보게 하였다. 나는 차츰 기독교의 신앙을 형성하고 있는 개념 대부분이 그리스도의 말씀에 의한 것이 아니라 성 바울의 주석에 대한 것같이 여겨졌다.

바로 그것이 요즈음 자크와 내가 토론한 점이다. 그는 다소 빡빡한 기질의 소유자였으므로, 그의 마음은 자신의 사상에 충분한 영양을 공급하지 못하고 있었다. 따라서 그는 자칫하면 전통주의자, 독단주의자가 될 염려가 있었다. 그는 내가 기독교의 교의 중에서 '내 마음에 드는 것'만을 추려 낸다고 비난하였다. 그러나 나는 그리스도의 말씀 가운데 어떤 것만을 골라내는 것이 아니다. 다만 그리스도의 성 바울 중에서 그리스도를 택하는 것뿐이다.

그는 결국 이 두 분을 대립시키는 결과가 되는 것이 두려워 그것을 별개의 것으로 생각하기를 거부하고, 양자의 계시(啓示) 사이에 있는 차이점도 고의로 느끼려 하지조차 않는다. 그리고 자크는 성 바울로부터는 한 인간의 말을 들을 따름이나 그리스도로부터는 하나님의 말씀을 듣게 된다고 하는 내 의견에 대하여 극구 반박을 했다. 하지만 그가 이치를 따져 추론을 하면 할수록 나는 그가 어떤 지극히 작은 그리스도의 말씀에도 포함되어 있는, 그 숭고한 어조에 통 무감각하다는 것을 확신하게 되었다.

나는 복음서 어디를 펼쳐 보아도 계율의 말이나 위협의 말, 그리고 금지의 말을 발견할 수 없었다……. 이 모든 것은 성 바울에서 시작되는 것이다. 그리하여 그리스도의 말씀 가운데서는 그런 것은 전혀 찾아볼 수 없다는 것이 바로 자크의 마음에 걸리는 점이다. 자크와 같은 정신을 가진 사람들은 자기 곁에 보호자나 난간이나 창살이 없어진 것을 깨달으면 곧 자신의 존재가 위험에 빠진 것으로 생각한다. 뿐만 아니라, 이런 부류의 사람들은 자기들은 포기하고 있는 그 자유를 여간해서는 다른 사람에게 허용하려 하지 않는다. 그리고 다른 사람들이 그들에게 사랑으로써 주려고 애쓰고 있는 모든 것을 강제로 얻으려 하는 것이다.

"하지만 아버지, 저도 역시 영혼이 행복해지기를 바랍니다."

자크는 말했다.

"아니, 네가 바라는 건 영혼의 복종이다."

"복종 속에 행복이 있는 겁니다."

나는 부질없는 논쟁으로 신경을 곤두세우고 싶지 않았기 때문에 그의 마지막 말에 대해서는 아무 말도 하지 않고 그대로 두었다. 그러나 나는 사람들이 행복의 결과에 불과한 것 때문에 행복을 얻으려 하다가 도리어 행복을 위태롭게 하는 일이 종종 있다는 것을 잘 안다. 그리고 사랑 가득한 영혼은 자발적으로 복종하기 때문에 스스로 행복하다고 생각하는 것도 진실이라고 할 수 있겠지만, 한편으로는 사랑 없는 복종같이 행복과 멀어지게 하는 것도 없다는 사실도 잘 알고 있다.

어찌 되었든 자크는 토론에 능숙하다. 만일 그렇게 젊은 머릿속에 벌써 그만큼이나 교의(教義)에 대해 완고한 생각이 들어 있다는 사실을 내가 슬퍼하지 않을 수만 있다면, 나는 아마 그의 논증의 정확함과 이론의 훌륭함에 감탄했을 것이다.

나는 종종 내가 그보다 더 젊고 또 어제의 나보다 오늘의 내가 더 젊어진 것 같은 기분이 들 때도 있다. 그럴 때면 나는 마음속으로 '너희가 돌이켜 어린아이와 같이 되지 아니하면 결코 천국에 들어가지 못하리라' 하신 말씀을 되씹어 보곤 한다.

복음서 중에서 특히 복된 생활에 이르는 방법에 주의하는 것은 과연 그리스도를 배반하고, 복음서의 존엄성을 감소시키고, 그 가치를 모독하는 것이 될까? 우리의 의심스러운 생각으로 인하여, 우리 마음이 냉혹으로 인하여 방해받고 있는 기쁨의 상태야말로 오히려 그리스도인에게는 의무적인 것이 아닐까? 사람은 누구나 각기 다소의 차이는 있을망정 기쁨을 맛볼 능력을 가지고 있다. 각자는 모두 그 기쁨을 향해 나아가지 않으면 안 된다. 이 점에 관해서는 제르트뤼드의 단 한 번의 미소가, 나의 종교 강의가 그녀에게 가르쳐 주는 것보다도 훨씬 더 많은 것을 나에게 가르쳐 준다.

생각이 거기에 이르렀을 때, '너희가 만일 눈이 멀었더라면 죄가 없으련만' 하는 그리스도의 말씀이 찬란한 빛을 내며 내 앞에 마주섰다. 죄야말로 영혼을 흐리게 하는 것이며, 기쁨에 대립되는 것이다. 제르트뤼드의 전신에서 나오는 그 완전 무결한 행복은 그녀가 죄를 전혀 모르는 데에서 유래하고 있는 것이다. 그녀 안에는 오직 밝음과 사랑이 있을 뿐이다.

나는 그녀의 조심성 있는 손에 사복음서(四福音書)와 시편(詩篇)과 묵시록(默示錄), 그리고 요한삼서를 쥐어 주었다. 이미 요한복음 속에서 '나는 세상의 빛이니, 나를 따르는 자는 어두운 가운데서 행하지 않을 것이니라' 하신 주의 말씀을 들을 수 있었던 것과 같이 그녀는 '하나님은 빛이시며, 그 안에 조그마한 어둠도 있지 아니하다.'는 구절을 읽을 수 있을 것이다.

나는 그녀에게 바울의 서한은 주지 않고 있다. 왜냐하면, 눈이 먼 그녀가 죄를 전혀 알지 못한다면 '이는 계명으로 말미암아 죄를 심히 죄되게 하려 함이니라(로마서 7장 13절)'라는 구절과 그 다음에 계속되는 그 변증법을(그것이 비록 아무리 훌륭한 것이라 하더라도) 읽게 하여 그녀를 불안하게 할 필요가 없기 때문이다.

5월 8일

의사 마르탱이 어제 라 쇼드 퐁에서 왔다. 그는 오랫동안 검안경(檢眼鏡)으로 제르트뤼드의 눈을 검사했다. 그는 로잔에 있는 전문의 루 박사에게 제르트뤼드에 관해 이야기했으며, 이번의 이 검사의 결과도 그에게 보고하기로 되어 있다고 했다.

그들 두 사람은 제르트뤼드의 눈은 수술의 가능성이 있다고 생각하는 것 같았다. 그러나 나는 좀더 확실한 가능성이 있기 전에는 그녀에게 아무 말도 하지 않기로 했다. 마르탱은 루 박사와 협의한 결과를 가지고 다시 한 번 나를 찾아와 줄 것이다.

곧 꺼버려야 할지도 모르는 희망의 빛을 제르트뤼드의 가슴에 간직하게 해준댓자 그것이 무슨 소용이 있겠는가? 더구나 그녀는 현재의 상태에서도 이미 충분히 행복하지 않은가?

5월 10일

부활절 날, 자크와 제르트뤼드는 내가 지켜보고 있는 자리에서 다시 만났다. 자크는 제르트뤼드를 만나자 먼저 말을 건넸는데, 그저 일상적인 말밖에는 하지 않았다. 그는 내가 염려했던 만큼은 흥분하지 않은 것 같았다. 그래서 나는 만일 그의 사랑이 진실로 열렬한 것이었다고 한다면, 비록 작년에 그가 떠날 때 제르트뤼드가 이 사랑은 가망성이 없으니 단념해 달라고 말했다 하더라도 어찌 그리 쉽게 식어 버릴 수 있는가 하는 생각에 적이 안심이 되었다.

나는 그가 제르트뤼드에게 경어(敬語)를 쓰는 것을 알았다. 그것은 확실히 좋은 일이다. 내가 특별히 그렇게 하라고 이른 일도 없는데 그가 자진해서 경어를 쓴다는 것은 분명히 자기 자신이 그러는 게 좋겠다고 깨달았기 때문인 것 같은데, 아무튼 나로서는 기쁜 일이었다.

분명히 자크에겐 장점이 많다. 그러나 자크의 이 복종 뒤에는 반드시 적지 않은 번민과 투쟁이 있었으리라고 생각한다. 곤란한 점은 그가 자기의 마음을 얽어맸던 속박을 이제는 그 자체만으로도 좋은 것이라고 생각하리라는 것이다. 그는 모든 사람이 이런 구속에 얽매어야 한다고까지 생각할 것이다. 나는 그것을 앞에 적어 놓은 바 있는 그와의 토론 중에 느꼈다. '이성은 때때로 감정에 속한다'고 말한 것은 라로슈푸코가 아니었던가? 나는 자크의 기질을 알고, 또 그는 논쟁이 깊어 갈수록 더욱 자기 주장을 고집하는 성질의 소유자라는 것을 잘 알고 있었기 때문에, 내가 그 자리에서 그 점을 그에게 주의시키지 않은 것은 물론이다. 그러나 그날 밤, 다름 아닌 성 바울의 서한 중에서(그를 쓰러뜨리기 위해서는 그 자신의 무기를 쓰는 수밖에 없었다.) 그에게 답변할 만한 적절한 말이 눈에 띄었기 때문에 나는 종이쪽지에 그 말, 곧 '먹지 못하는 자는 먹는 자를 판단하지 말라. 이는 하나님이 저를 받으셨음이니라.(로마서 14장 3절)'라는 구절을 써서 그가 읽을 수 있게 그의 방에 갖다 놓았다.

나는 그 다음에 계속 되는 '내가 주 예수 안에서 알고 확신하는 것은 무엇이든지 스스로 속된 것이 없으되 다만 속되게 여기는 그 사람에게 속되니라' 라는 구절도 덧붙여 적어 놓을 수 있었으나, 제르트뤼드에 대해 내가 마음속으로 무슨 오해를 하고 있는 것처럼 자크가 상상하지나 않을까 염려되어 감히 그렇게 하지는 못했다. 그런 상상은 비록 잠깐일망정 그의 머리를 스치고 지나가지도 말아야 하는 것이다. 물론 여기서는 음식에 관하여 말하고 있지만, 성서 중의 다른 많은 구절들도 두 가지, 세 자기 뜻으로 해석되는 일이 얼마나 많은가?('만일 네 눈이……' 의 교훈, 작은 빵으로 여러 사람을 먹게 하신 일, 가나의 혼인 잔치 때의 기적 등등……)

여기서 그런 것을 정색하여 토론하자는 것은 아니다. 하지만 이 한 구절의 뜻은 참으로 넓고도 깊은 것이다. 즉, 속박은 법에 의하여 명령될 것이 아니라 사랑에 의하여 이루어져야 한다고 말하고 있는 것이다. 그리고 성 바울은 바로 그 뒤에 '네 형제를 음식 때문에 근심하게 한다면 너는 이미 사랑을 따라 행하는 자가 아니니라' 라고 부르짖고 있다. 악마란 사랑이 없는 곳에 나타나서 우리를 공격하는 것이다. 주여! 내 마음에서 사랑에 속하지 않는 모든 것을 없어지게 하소서…….

내가 자크에게 도전한 것은 실수였다. 그 이튿날, 나는 앞서의 그 성경 구절을 적은 쪽지가 내 책상 위에 놓여 있는 것을 발견했다. 자크는 그 종이 뒷면에다 같은 장(章)의 다른 구절, 즉' 그리스도께서 대신하여 죽으신 형제를 네 음식으로 망하게 하지 말라(로마서 14장 15절)' 라는 구절을 베껴 놓았을 뿐이었다.

나는 그 장 전체를 다시 한 번 읽어 보았다. 그것은 끝없는 논쟁의 시작이었다. 제르트뤼드의 맑게 빛나는 하늘을 내가 이런 문제로 괴롭히고, 또 이 검은 구름으로 어둡게 해도 좋단 말인가? 그것보다는, 유일한 죄악은 다른 사람의 행복을 손상시키고 또 우리 자신의 행복을 위태롭게 하는 것이라고 그녀에게 가르쳐서 믿게 하는 것이나 자신을 그리스도에게 가까워지게 하는 것뿐만 아니라, 그녀까지도 그 곁으로 이끄는 길이 아닐까?

　슬프게도 어떤 사람들은 행복에 대하여 특히 반항적인 것 같다. 말하자면 그들은 무능하고 서툴러서 행복해지지 못하는 것이다……. 내가 말하고 싶은 것은 가련한 아멜리에 관해서이다. 나는 끊임없이 그녀를 행복으로 인도하고 행복으로 밀어 주어 억지로라도 행복하게 만들어 주고 싶은 것이다. 그렇다. 나는 모든 사람을 하나님 곁에까지 끌어올리고 싶다. 하지만 그녀는 끊임없이 빠져나가고, 아무리 해가 내리쬐어도 피지 않는 꽃처럼 위축된다. 눈에 띄는 모든 것이 그녀를 불안하게 하고 괴롭히는 것이다.

　"할 수 없죠. 나는 유감스럽게도 장님으로 태어나지 못했으니까요."

　얼마 전에 그녀는 내게 이렇게 대답한 적이 있다. 아, 그녀의 그 빈정거림이 얼마나 내 마음을 괴롭게 했는지……. 그런 말을 듣고도 마음이 상하지 않으려면 내게 어느 정도의 미덕이 있어야 할까? 하지만 그녀도 제르트뤼드의 불구를 빗대어 말하는 것이 특히 내 마음을 많이 상하게 하는 것임을 깨달아야 할 것이다. 하기야 그런 그녀의 말 덕분에 내가 제르트뤼드에게서 특히 감탄하는 것은 그녀의 무한한 온순함이라는 것을 깨닫게 되었다. 나는 아직까지 그녀가 다른 사람을 나쁘게 말하는 것을 들어본 적이 없다. 하기는 내가 그녀의 마음을 상하게 할 만한 것은 무엇이건 알리지 않은 것도 사실이지만.

행복한 사람이 그 사랑의 발산으로 주위에 행복을 퍼뜨리는 것과 같이, 아멜리의 주위에서는 모든 것이 어둡고 우울해진다. 아미엘(19세기 스위스의 문학가) 같으면, 그녀의 영혼은 검은 빛을 발산한다고 쓸 것이다.

가난한 사람들, 병든 사람들, 고민하는 사람들을 찾아다니는 순회에서 부대낌의 하루를 보내고 날이 저물어서, 때로는 젖은 솜같이 피곤한 몸으로 휴식과 애정과 따뜻한 분위기를 간절히 바라는 마음으로 돌아오는 때에 내가 마주치게 되는 것은 대개의 경우 격정과 힐난의 소리며 갈등뿐이다. 그럴 바에야 차라리 바깥의 한기와 비바람이 한결 따뜻하게 느껴질 것이다.

나는 우리 집의 늙은 하녀 로잘리가 자기 마음 내키는 대로 하는 성격이라는 것을 잘 안다. 하지만 그녀가 언제나 그르다고 나무랄 수만은 없으며, 그렇다고 그녀를 반드시 굴복시키지 않고는 못 견뎌 하는 아멜리가 언제나 옳다고 말하기도 힘들다. 나는 또 샤를로트와 가스파르가 몹시 부산스러운 아이들이라는 것도 잘 안다. 그러나 아멜리가 항상 그렇게 야단만 치지 말고 좀더 부드럽게 다룬다면 더욱 효과적이 아닐까 하고 생각해 본다. 그렇게 끊임없이 주의를 주고 잔소리만 퍼부으면, 나중에는 바닷가의 조약돌처럼 반지르르해져서 꾸중의 효험이 없어지는 법이다. 아이들 편에서도 만성이 되어 나보다도 훨씬 더 예사로이 여기게 될 것이기 때문이다.

어린 클로드가 이가 나고 있다는 것도 알고 있다.(그 애가 울 때마다 아멜리는 그 탓으로 돌려 버린다.) 하지만 아내나 사라가 곧 뛰어가서 끊임없이 어르는 것은 울라고 시키는 것이나 마찬가지가 아닌가? 더러는 내가 집안에 없을 때 실컷 울게 내버려 두면 그렇게 자주 울지는 않으리라고 생각한다. 그러나 내가 집에 없을 때면 그들은 더욱 법석을 떠는 게 분명하다.

사라는 제 어머니를 닮았다. 내가 그 애를 기숙사에 넣었으면 하는 것도 그 때문이다. 그런데 슬픈 사실은, 제 나이 또래에 나와 약혼했던 시절의 어머니가 아니라 물질적인 생활고 때문에, 아니 생활고의 배양(培養) 때문에(왜냐하면 아멜리는 분명히 그것을 기르고 있으니까) 완전히 딴 사람이 되어 버린 이후의 지금의 제 어머니를 닮고 있다는 것이다.

지금이 아멜리아에게서 내 고상한 열정을 느낄 때마다 미소를 띄던 그 천사, 내가 일심동체로 백년해로하기로 마음먹고 꿈에 까지 그리던 그녀, 그리고 앞장서서 나를 광명의 세계로 이끌어 주는 듯이 보이던 그녀를 찾아보기란 힘들다—아니면 그때는 내가 사랑에 눈이 어두웠던 것일까? 내가 왜 이런 생각을 하느냐 하면, 지금의 사라에게서는 세속적인 관심 외에는 아무것도 찾아볼 수 없기 때문이다. 어머니를 닮아 그 애는 부질없는 걱정거리에 항상 허둥거린다. 마음속에 타오르는 이지적인 불꽃이 꺼져 버린 탓인지 얼굴 표정까지도 어둡고 우울해 보인다. 시에 대하여 아무 취미도 없을 뿐만 아니라 독서에도 별로 취미가 없다. 모녀간에 주고받는 대화 속에 내가 한몫 끼고 싶은 충동을 느낀 적이라곤 단 한 번도 없었다. 그래서 그들 두 사람 곁에 앉아 있으면 나는 혼자 서재에 틀어박혀 있을 때보다 더욱 뼈저린 고독을 느끼곤 한다. 그 때문에 나는 점점 더 자주 서재에 틀어박히게 되었다.

게다가 나는 또 작년 가을 이후, 날이 빨리 저무는 것을 기화(奇貨)로 내 순회의 형편이 허락하는 한, 즉 귀가가 이른 날에는 하루도 빼놓지 않고 루이즈 양의 집으로 차를 마시러 가는 버릇이 들어 버렸다. 나는 지난 11월부터 루이즈 양이 제르트뤼드 외에도 마르탱에게서 부탁받은 세 명의 어린 눈 먼 계집아이들을 돌보고 있다는 말은 하지 않았다. 이번엔 제르트뤼드가 그 애들에게 책읽기와 여러 가지 자질구레한 수공품 만들기를 가르치는데, 벌써 제법 잘들 한다고 한다.

그 집의 따뜻한 공기를 만끽할 때마다 나는 더할 수 없는 안식과 위로를 느낀다. 어쩌다 이삼 일쯤 들르지 못하게 되면 마음이 얼마나 허전한지 모른다. 이 루이즈 양은, 새삼스런 얘기 같지만 제르트뤼드와 세 어린 기숙생을 거두고 있다고 해서 그 때문에 곤란을 당하거나 귀찮게 여기지 않을 신분의 사람이다. 하녀 셋이 정성껏 그녀의 시중을 들고 있으므로 조금도 불편한 것이 없다. 그러나 무엇보다도 자신의 재산과 시간을 이 이상 더 선용한 사람이 있었을까?

루이즈 양은 전부터 가난한 사람들을 많이 보살펴 왔다. 그녀는 참으로 신앙심이 두터운 여성으로, 세상 사람들을 위하여 몸을 바치고 사랑하기 위해서 이 세상에 태어난 듯한 사람이다. 투명한 레이스 모자를 쓴 그녀의 머리카락은 이미 거의 백발이 되었으나, 순진한 미소며 정숙한 몸가짐, 그리고 그 아름다운 목소리는 무엇에 비길 데가 없다. 제르트뤼드는 그녀의 몸가짐과 말씨와 목소리의 억양뿐만 아니라 생각하는 것과 몸 전체에서 풍기는 분위기까지 닮아 갔다. 나는 두 사람이 그토록 닮아 버린 데 대해 농담을 하곤 하는데, 그들은 둘 다 도무지 그런 줄 모르겠다고 한다. 시간이 있어 그들 두 사람의 곁에서 마음 푹 놓고 한때를 즐길 때, 제르트뤼드가 루이즈 양의 어깨에 이마를 대고 한 손을 그녀의 손에 내맡긴 채 내가 읽어 주는 '라마르틴'이나 위고의 시에 귀를 기울이는 모습을 지켜보고 있노라면 내 마음은 얼마나 흐뭇한지 모른다. 내가 읽는 시가 그들의 영혼에 반영되는 것을 보는 일은 얼마나 기쁜 일인지!

세 어린 소녀들도 거기에 무감각하지는 않았다. 그 애들은 이 평화와 사랑이 넘치는 분위기 속에서 자라면서 놀라운 진보와 뚜렷한 발달을 보였다. 루이즈 양이 건강에도 좋을 뿐만 아니라 즐겁기도 할 테니 아이들에게 춤을 가르쳐 주겠다고 했을 때, 나는 처음에는 웃어넘겼다. 그러나 지금에 와서는 애들이 보여 주는 그 율동적인 운동의 우아함에 감탄하고 있다. 그러나 불행하게도 그들 자신은 그것을 감상할 수가 없다. 그러나 루이즈 양은 그들이 눈으로 즐길 수는 없지만 근육을 통해서 춤이 주는 율동의 쾌감을 느낄 수 있다고 내게 알려 주었다.

제르트뤼드가 그 춤에 끼어들 때의 우아함과 자연스러움은 참으로 돋보인다. 그녀는 춤추는 것이 정말 즐거운 모양이다. 때로는 루이즈 양도 소녀들의 놀이에 어울릴 때가 있다. 그럴 때 제르트뤼드는 피아노 앞에 앉는다. 그녀의 음악에 있어서의 진보는 실로 놀라울 정도였다. 지금은 주일마다 교회의 파이프 오르간을 맡아 즉흥적으로 찬송가에 짧은 전주곡까지 곁들일 정도의 솜씨가 되었다.

그녀는 일요일마다 우리 집에 점심 식사를 하러 온다. 아이들은 그녀와는 나날이 취미가 달라져 가고 있지만 그런 대로 잘 어울려 즐긴다. 아멜리도 별로 신경질을 부리지 않아서 식사는 대체로 무사히 끝난다. 식사 후에 온 집안 식구가 제르트뤼드를 '오막살이 집' 까지 바래다주고 거기서 간식을 먹는다. 루이즈 양이 기꺼이 음식을 받아 주고 맛있는 것을 배불리 먹여 주므로 아이들은 마치 명절날을 맞은 것처럼 흥겨워한다. 아멜리도 남의 친절에는 기분이 풀어지는지 비로소 얼굴 표정이 밝아지고 젊음을 되찾은 것같이 보인다. 나는 앞으로도, 무미건조한 생활을 영위하고 있는 그녀에게 있어서 이 휴식이 없어서는 안 될 즐거움이 되리라고 생각한다.

5월 18일

요즘에 와서는 다시 맑은 날씨가 계속되었으므로 나는 제르트뤼드를 데리고 밖으로 나갔다(요 며칠 전까지만 해도 몇 차례 눈이 내려 길이 엉망이었던 것이다). 내가 제르트뤼드와 단둘이 외출을 해 본 것은 실로 오랜만이었다.

우리는 빠른 걸음으로 걸었다. 아직도 차가운 바람에 그녀의 뺨은 불그레해졌고 금발이 끊임없이 그녀의 얼굴에 휘날렸다. 우리가 토탄갱을 따라 걷고 있을 때 나는 꽃이 달린 동심초를 한 송이 꺾어서 그 줄기를 그녀의 베레모 밑에 꽂고 빠지지 않도록 머리와 함께 땋아 주었다.

단둘이 된 것이 왠지 거북스러워서 우리는 아직 말 한 마디 제대로 주고받지 않고 있었다. 그때 제르트뤼드가 보이지 않는 눈을 내쪽으로 돌리고 갑자기 이렇게 물었다.

"자크는 아직도 절 사랑하고 있을까요?"

"단념한 모양이다." 하고 나는 곧 대답했다.

"하지만 목사님이 절 사랑하시는 걸 알까요?"

그녀는 다시 물었다.

앞서 적어 놓은 작년 여름의 그 대화 이후(스스로 생각해 봐도 이상한 말이지만) 반 년 이상이 지나도록 우리는 사랑이라는 말을 한 마디도 입 밖에 내지 않았다. 그 동안 단둘만 있을 기회가 없었다는 것은 앞에서 말한 바와 같지만, 실은 그렇게 된 것이 다행이었다.

제르트뤼드의 이 질문은 걸음을 늦추게 할 만큼 내게 심한 충격을 주었다.

"아니, 제르트뤼드! 내가 너를 사랑한다는 것은 세상 사람이 다 아는 사실 아니냐?"

나는 다소 높은 목소리로 이렇게 시침을 뗐다. 그러나 그녀는 속지 않았다.

"아니, 제가 묻는 건 그런 게 아니에요." 그리고 그녀는 잠시 침묵을 지키다가 고개를 숙인 채 말을 이었다. "아멜리 아주머니도 그걸 알고 계세요. 그리고 아주머니가 늘 비탄에 빠져 있는 것도 그 때문이라는 걸 저는 잘 알고 있어요."

"그 사람은 그런 일이 아니라도 늘 그 모양인 걸." 나는 자신 없는 목소리로 말했다. "우울한 건 그 사람의 기질이야."

"아이! 목사님은 언제나 저를 안심시키려고만 하세요." 그녀는 답답하다는 듯이 말했다. "하지만 저는 안심시켜 주시기를 바라지 않아요. 제가 걱정하거나 괴로워할까 봐 제게 알려 주시지 않는 게 많지요? 제가 모르고 있는 사실이 너무 많아요. 그래서 가끔……."

그녀의 말소리는 점점 작아졌다. 나중에는 숨이 찬 듯 말을 잇지 못했다.

"가끔 어떻다는 거냐?"

나는 그녀의 마지막 말끝을 잡아 물었다.

"그래서 저는 가끔 목사님이 저에게 베풀어 주시는 행복이 모두 저의 무지(無地) 위에 쌓여지는 것 같은 생각이 들어요."

"하지만 제르트뤼드……."

"아니, 제 말을 들어 주세요. 저는 이런 행복은 원치 않아요. 목사님, 제 진심을 헤아려 주세요. 전……뭐 행복해지려고 고집하는 건 아니에요. 그보다 전 알고 싶어요. 제가 보지 못하는 일, 그 가운데는 슬픈 일도 많이 있을 거예요. 목사님께서 그것을 제게 알리지 않고 감출 이유는 없다고 생각해요. 저는 기나긴 겨울이 지나는 동안 곰곰이 생각해 봤어요. 목사님, 전 아무래도 목사님이 저에게 믿게 해주신 것처럼 이 세상이 그토록 아름답기만 한 것 같지가 않아요. 아니, 오히려 그 반대가 아닌가 하는 생각까지 하게 되었어요."

"그야 이 세상이 인간들에 의해 여러 차례 추악하게 더럽혀진 것은 사실이지." 하고 나는 몹시 불안한 마음으로 중얼거렸다. 나는 그녀의 사상이 엉뚱하게 비약할까 두려워서 부질없다는 생각을 하면서도 그것을 딴 데로 돌려보려고 한 것이다.

그러나 그녀는 그 말이 나오기를 기다렸다는 듯이, 사슬을 맺는 고리라도 만난 것처럼 당장 그 말에 매달렸다.

"바로 그 말씀이에요. 저는 제가 그 추악함을 더 조장하지 않는다는 걸 확실히 알고 싶어요."

우리는 오랫동안 묵묵히 잰걸음으로 걷기만 했다. 내가 입 밖에 내어 말할 수 있는 것은 모두 그녀가 미리 느끼고 있는 것만 같아서 나는 입을 다물었던 것이다. 나는 우리 두 사람의 운명이 달려 있는 몇 마디 말이 그녀의 입에서 튀어나올까 봐 겁이 났다. 그리고 마르탱이 내게 일러 주었던, 어쩌면 그녀가 시력을 회복할 수 있을 것 같다고 한 말을 생각하고 견딜 수 없는 불안에 사로잡혔다.

"목사님께 여쭤 보고 싶은 게 있는데……." 이윽고 그녀가 말했다. "하지만 어떻게 말해야 할지 모르겠어요."

그녀는 분명히 용기를 다하여 그 말을 꺼냈을 것이다. 나도 역시 있는 용기를 다 내어 다음 말에 귀에 귀를 기울였다. 그러나 그녀를 괴롭히고 있는 문제는 내가 상상한 것과는 너무 동떨어져 있어서 어이가 없었다.

"장님이 낳은 어린아이는 반드시 장님일까요?"

우리 두 사람 중 누가 이 대화로 하여 더 괴로워했는지 나는 잘 모르겠다. 그러나 어쨌든 이렇게 된 바에야 말을 계속하는 수밖에 없었다.

"아니, 그럴 리가 없지. 아주 특별한 경우를 제외하고는 아이까지 장님이 될 이유가 없단다."

그 말에 그녀는 안도의 한숨을 쉬는 눈치였다. 이번엔 내가 그런 질문은 왜 하느냐고 묻고 싶었지만, 차마 용기가 나지 않아 어색한 대로 이렇게 말을 이었다.

"하지만, 제르트뤼드, 아이를 낳으려면 결혼을 해야 된단다."

"목사님, 그런 말씀은 그만두세요. 전 그게 참말이 아니라는 걸 알고 있는 걸요."

"난 너한테 충분히 할 수 있는 말을 한 거야." 나는 반박했다. "하긴, 자연의 법칙이 하나님이나 인간의 법칙에 의해 금지되어 있는 수도 있지."

"목사님은 제게 하나님의 법칙은 바로 사랑의 법칙이라고 자주 말씀하셨지요?"

"여기서 말하는 사랑이란 자선이라는 것과는 별개의 것이야."

"목사님은 그 자선으로 저를 사랑하고 계신가요?"

"그렇지 않다는 건 너 자신이 더 잘 알고 있을 텐데."

"그렇다면 목사님은 우리의 사랑이 하나님의 법칙에 벗어나는 것이란 말씀이죠?"

"아니, 그건 또 무슨 소리냐?"

"잘 아시면서 괜히 그러시는군요. 이런 건 제가 할 말이 아니에요."

나는 적당히 얼버무리려 했으나 허사였다. 내 심장은 마치 조리에 안 맞는 내 이론이 허둥지둥 무너지는 것처럼 몹시 두근거리고 있었다. 마침내 나는 비명을 토하고 말았다.

"제르트뤼드, 너는 자신의 사랑을 죄스러운 것이라고 생각하니?"

그러자 그녀는 내 말을 바로잡았다.

"우리의 사랑이죠……. 네, 저는 그렇게밖에는 달리 생각할 수가 없어요."

"그래서……."

내 목소리에 어딘가 애원조의 여운이 담겨 있는 것 같아 무척 당황스럽고 놀라고 있는데, 그녀는 숨도 돌리지 않고 말을 끝냈다.

"하지만 목사님을 사랑하지 않고는 견딜 수가 없어요."

이 모두가 바로 어제 일어났던 일이다. 처음에 나는 이것을 적을까 말까 주저했었다……. 두 사람의 산책이 어떻게 끝났는지 알 수 없다. 우리는 무엇에 쫓기듯 바삐 걸었다. 나는 그녀의 팔을 꽉 잡고 내 앞으로 끌어당겼다. 내 영혼은 육신으로부터 완전히 빠져 나가 있었기 때문에 길 위에 조그만 돌 하나만 뾰족 솟아 있어도 우리는 그대로 땅에 고꾸라질 것만 같았다.

5월 19일

오늘 아침에 마르탱이 또 왔다. 제르트뤼드의 수술은 가능성이 있다고 한다. 루 박사가 그것을 장담하며 당분간 그녀를 맡겠다고 했다고 한다. 나는 그 제안에 반대할 수가 없었다. 그러면서도 나는 비겁하게 좀 생각할 여유를 달라고 말했다. 그녀가 놀라지 않도록 얘기해 주기 위해서라는 핑계로……

내 가슴은 기쁨으로 벅차야 할 텐데 어쩐 일인지 가눌 수 없는 불안으로 몹시 무거웠다. 제르트뤼드가 시력을 회복할 수 있을지도 모른다는 말을 일러 주어야 할 생각을 하니 도무지 용기가 나지 않았다.

5월 19일 저녁

나는 제르트뤼드를 만났으나 수술 이야기는 비치지도 않았다. 오늘 저녁 '오막살이집'의 객실에는 아무도 없었다. 그래서 곧장 그녀의 방으로 올라갔다. 우리는 단둘이 되었다.

나는 오랫동안 그녀를 껴안고 있었다. 그녀는 전혀 뿌리치려 하지 않았다. 그녀가 얼굴을 드는 순간 우리의 입술은 맞닿았다……

5월 21일

주여! 이토록 깊고 아름다운 밤은 우리를 위해 만드신 것입니까?

아니면 저를 위해서 만드신 것입니까? 밤공기는 훈훈하고, 열린 창문으로는 달빛이 흘러듭니다. 저는 우주의 무한한 침묵에 귀를 기울이고 있습니다. 오! 제 마음은 말없이 다만 황홀하게 우주의 그윽한 예배 속으로 녹아듭니다. 저는 그저 빌고 또 빌 따름입니다. 사랑에 어떤 한계가 있다면, 주여, 그것은 주님의 창조물이 아니라 인간의 조작물일 것입니다. 비록 제르트뤼드에 대한 제 사랑이 사람의 눈에는 죄악으로 비칠지라도, 오! 주님의 눈에는 거룩한 것이라고 말씀해 주시옵소서.

저는 죄악의 관념을 초월하기 위해 노력합니다. 그러나 역시 죄악은 견딜 수 없는 것인 것 같습니다. 그리고 저는 그리스도를 버릴 생각은 추호도 없습니다. 아니, 저는 제르트뤼드를 사랑하지만, 그 죄를 긍정할 수는 없습니다. 제 영혼 그 자체를 완전히 빼어 버리지 않는 한 제 마음에서 이 사랑을 몰아낼 수가 없습니다. 먼 훗날 저의 사랑이 그녀 곁을 떠나는 날이 있을지라도 이번엔 자비심으로 그녀를 사랑하게 될 것입니다. 그녀를 전혀 사랑하지 않는 것은 그녀에 대한 배반이 될 것입니다. 그러므로 그녀에게는 저의 사랑이 꼭 필요합니다…….

주여, 저는 이제 아무것도 모르겠습니다. 오직 주님밖에는 보이지 않습니다. 저를 인도하여 주소서.

때때로 저는 암흑의 구렁텅이로 굴러 떨어지는 듯합니다. 제르트뤼드에게는 시력을 회복시켜 주려고 하오나, 저로서는 있는 시력을 빼앗긴 듯한 느낌입니다.

제르트뤼드는 어제 로잔의 병원에 입원하였다. 한 주일 정도가 지나야 퇴원을 한다. 나는 그녀가 돌아오는 것을 몹시 불안한 마음으로 기다리고 있다. 퇴원하게 되면 마르탱이 집까지 데려다 줄 것이다. 그때까지는 절대로 찾아가지 않겠다고 그녀와 굳게 약속을 했다.

5월 22일

마르탱으로부터 편지가 왔다. '수술은 성공적' 이라는 소식이었다. 하나님은 찬양을 받으실지어다!

5월 24일

지금까지 얼굴도 모르고 나를 사랑해온 제르트뤼드가 마침내 내 얼굴을 보게 되리라 생각하니 걷잡을 수 없이 불안해졌다. 그녀는 나를 알아볼 수 있을까? 생전 처음 떨리는 마음으로 거울을 들여다 보았다.

만일 그녀의 눈이 그녀의 마음처럼 상냥하고 너그럽지 않다면, 나는 어떻게 하면 좋은가? 주여! 저는 이따금 당신을 사랑하기 위해서는 제르트뤼드의 사랑이 꼭 필요하다고 생각합니다.

5월 27일

지난 며칠 동안은 일이 몹시 바빴기 때문에 그다지 초조한 생각을 되씹을 겨를도 없이 지낼 수 있었다. 내 마음을 다른 데로 돌려 줄 수 있는 일은 무엇이든 고마웠다. 그러나 온종일 무슨 일을 하든지 그녀의 모습이 내 곁을 떠난 적은 없었다.

내일, 마침내 내일이면 그녀가 돌아온다. 아멜리는 지난 주일 내

내 자신의 성품의 좋은 점만 내게 보여 주었다. 그녀는 그렇게 해서 제르트뤼드를 잊어버리게 하려고 애쓰는 눈치였다. 게다가 그녀는 아이들과 함께 제르트뤼드의 퇴원 축하 준비를 하고 있다.

5월 28일 밤

가스파르와 샤를로트가 숲의 목장에 가서 눈에 띄는 대로 꽃을 꺾어 왔다. 로잘리 할멈은 커다란 케이크를 만들고, 사라는 거기에다 금종이로 열심히 장식을 하고 있다. 마침내 정오에는 도착할 것이다.

나는 기다리는 시간을 보내기 위해서 이 글을 쓰고 있다. 열한 시. 나는 연방 머리를 들어 마르탱의 마차가 오게 될 길 쪽을 바라보았다. 하지만 마중 나가는 것은 그만두기로 하였다. 아멜리의 체면을 보아서라면 혼자서는 마중을 나가지 않는 편이 좋을 것 같았기 때문이다. 그러나 마음만은 걷잡을 수 없이 들뜬다.

아아, 저기 두 사람, 드디어 왔구나!

나는 얼마나 소름 끼치는 어둠 속으로 빠져들어가고 있는 것일까. 주여! 불쌍히 여기소서. 저는 그녀를 사랑하는 것을 단념하겠사오니 당신은 그녀가 죽는 것을 허락지 마시옵소서!

내 염려는 공연한 것이 아니었다. 그녀는 무슨 짓을 저질렀는가? 아멜리와 사라가 그녀를 '오막살이집' 문 앞까지 데려다 주었으며 거기에는 루이즈 양이 그녀를 기다리고 있었다고 한다. 그런데 그녀는 다시 외출을 하려 했다는 것이다……. 그래서 도대체 무슨 일이 일어났단 말인가?

나는 머리 속의 생각을 가다듬어 보려고 애쓴다. 내가 들은 이야기는 모두가 걷잡을 수 없고 모순투성이다. 내 머리 속은 온통 뒤죽박죽이다…….

루이즈 양의 정원사가 의식을 잃은 제르트뤼드를 '오막살이집'으로 옮겨 놓았다. 그의 말에 의하면, 제르트뤼드는 개울가를 따라 걷고 있었다고 한다. 그런데 이어 동산 다리를 건너 몸을 굽히더니 그만 모습이 안 보이더라는 것이었다. 처음에는 개울에 빠진 줄을 몰랐기 때문에 곧 달려가지 않았었는데, 그가 다시 그녀를 발견하게 된 것은 그녀가 작은 수문(水門)이 있는 곳까지 떠내려갔을 때였다고 한다. 그 조금 뒤 내가 제르트뤼드에게 달려갔을 때는 아직 의식을 회복하지 못하고 있었다. 아니, 사실은 두 번째로 의식을 잃은 것이었다. 금방 손을 쓴 덕분에 그녀는 잠시 동안 정신이 들었다는 것이다. 다행히 그때까지 남아 있던 마르탱의 말로는, 그녀가 지금 빠져 있는 무감각의 혼수상태는 이해하기 어렵다고 한다. 마르탱이 열심히 그녀를 불러 보았으나 허사였다. 그녀는 아무것도 들리지 않거나, 아니면 말을 하지 않기로 결심한 것 같았다.

그녀의 호흡은 여전히 매우 가쁘다. 마르탱은 이대로 가다간 폐충혈(肺充血)을 일으키지나 않을까 염려했다. 그는 겨자 가루로 만든 고약과 흡수기를 붙여 준 다음, 내일 다시 오겠다고 하며 돌아갔다. 처음에 호흡을 돌이키는 데에만 정신이 팔려서 너무 오래 젖은 옷을 입혀 둔 것이 잘못이었다. 개울물은 얼음처럼 차가웠다.

루이즈 양만이 가까스로 제르트뤼드에게서 몇 마디 말을 들을 수 있었는데, 그녀 말에 의하면, 제르트뤼드는 그 개울 위쪽 둔덕에 많이 피어 있는 물망초를 따려고 하다가 아직 거리 감각이 익숙지 못해서 그랬는지, 아니면 물 위에 뜬 부평초를 굳은 땅으로 잘못 알고 그랬는지 발을 헛디뎠다는 것이다. 내가 이 말을 사실로 믿을 수 있다면, 이번 일이 다만 불의의 사고에 지나지 않는다는 것을 믿을 수만 있다면, 내 가슴을 짓누르는 이 무거운 죄책감에서 후련하게 벗어날 수 있을 텐데!

환영의 뜻에서 마련한 그 점심 식사는 매우 즐거웠지만, 그녀의 얼굴에서 내내 사라지지 않았던 그 야릇한 미소가 나로서는 석연치 않았다. 그것은 지금까지 내가 그녀에게서 보지 못한 억지웃음이었다. 그러나 나는 그것이 그녀의 새로 뜬 눈이 지은 눈웃음이라고 생각하려고 애썼다. 그것은 마치 눈물처럼 그녀의 눈에서 얼굴 전체로 흘러내리는 것 같았고, 그 웃음을 지켜보고 있으면 다른 사람들의 속된 흥취가 불쾌해지는 것이었다. 그녀는 다른 사람들과 함께 어울려 즐거워하지 않았다. 마치 무슨 큰 비밀이라도 알아낸 것 같았는데, 만일 나와 단둘이었다면 그것을 내게 말해 주었을 것이다.

그녀는 처음부터 끝까지 거의 입을 열지 않았다. 그러나 아무도 그녀를 달리 이상하게 여기지는 않았다. 다른 사람들 옆에 있을 때 모두가 떠들어 대면 으레 말수가 적어지는 것이 그녀의 버릇이었기 때문이다.

주여! 간절히 바라옵니다. 제발 그녀와 이야기할 수 있게 도와주소서. 저는 꼭 알아야 하겠습니다. 그러지 않고서야 어떻게 살아나갈 수가 있겠습니까?……그녀가 정말 죽기로 결심을 했다면 그 이유는 '앎(知)' 때문이었을까? 알았다면 도대체 무엇을? 제르트뤼드! 그대는 도대체 어떤 무서운 사실을 알았단 말인가? 그렇게 죽기까지 해야 할 어마어마한 사실을 내가 그대에게 숨겨 왔단 말인가? 그리고 그대는 갑자기 그것을 보았단 말인가?

나는 그녀의 머리맡에서 두 시간 이상을 보내며 그 이마, 그 창백한 두 뺨, 말할 수 없는 슬픔을 간직한 채 다시 감겨진 파리한 눈꺼풀, 아직 물기를 머금은 채 해초처럼 베개 위에 흐트러져 있는 머리칼을 지켜보고 있었다―고르지 못한, 그리고 괴로운 듯한 숨소리에 귀를 기울이며…….

5월 29일

오늘 아침 내가 막 '오막살이집'에 가려고 나서려는 참인데 루이즈 양이 기별을 보내 왔다. 하룻밤을 대체로 편안하게 보내고 난 뒤 제르트뤼드는 마침내 혼수상태에서 깨어났다는 것이다. 내가 방 안에 들어서자 그녀는 방긋 미소를 지으며 머리맡에 와 앉으라고 눈짓을 했다. 나는 그녀에게 그간의 경위를 물을 용기가 나지 않았다. 그녀 또한 내가 물을까봐 두려웠는지, 모든 진상의 실토를 미리 막기라도 하려는 듯이 이렇게 말했다.

"제가 개울가에서 따려고 했던 그 작고 파란……하늘색 나는 그 꽃 이름은 뭐죠? 목사님은 저보다 손재주가 좋으실 테니까 그걸로 꽃다발을 하나 만들어 주시지 않겠어요? 그걸 이 침대 옆에 놓아 두고 싶어요."

그녀의 목소리엔 억지로 꾸민 듯한 쾌활함이 있었다. 그것이 내게 견딜 수 없는 아픔을 느끼게 했다. 그녀도 그것을 깨달았는지 이번에 훨씬 더 진지한 어조로 이렇게 말했다.

"저, 오늘 아침엔 너무 피곤해서 목사님께 말씀드릴 수가 없어요. 지금 그 꽃을 따러 가시지 않겠어요? 그리고 조금 있다가 다시 오세요."

한 시간쯤 지난 후 내가 그녀를 위해 만든 물망초 꽃다발을 가지고 돌아왔을 때, 루이즈 양이 제르트뤼드는 잠이 들었으니 저녁때까지는 만나지 못한다고 말했다.

나는 밤이 되어서야 그녀를 다시 만났다. 그녀는 침대 위에 쿠션을 포개 놓고 거기에 기대어 겨우 앉은 자세를 취하고 있었다. 되는 대로 끌어올려 이마 위에서 땋은 머리 위엔 내가 그녀를 위해 따온 물망초가 섞여 있었다.

그녀는 아직도 열이 있는지 숨소리가 몹시 거칠었다. 그녀는 내가 내민 손을 그 불덩이 같은 손으로 쥐고 있었다. 나는 그녀의 곁에 서 있었다.

"목사님, 저 목사님께 다 털어 놓을게요. 아무래도 오늘밤을 못넘길 것 같으니까요."라고 그녀는 말했다. "저는 오늘 아침 목사님께 거짓말을 했어요. 사실 꽃을 따러 간 게 아니었어요……. 만일 제가 자살을 하려 했다고 말씀드려도 목사님은 저를 용서해 주시겠어요?"

나는 그녀의 가냘픈 손을 잡은 채 침대 옆에 쓰러지듯 무릎을 꿇었다. 그러자 그녀는 손을 빼내어 내 이마를 어루만졌다. 나는 눈물과 북받치는 흐느낌을 감추려고 이불에 얼굴을 파묻었다.

"목사님은 그게 아주 나쁜 짓이라고 생각하시겠죠?"

그녀는 부드러운 어조로 말했다. 그리고 내가 아무 대답도 하지 않자, 다시 말을 이었다.

"목사님도 잘 아시겠지만, 저는 목사님의 마음과 생활 가운데 너무 크게 자리를 잡고 말았어요. 제가 목사님 곁으로 돌아왔을 때, 맨

먼저 깨달은 게 그것이었어요. 제가 차지하고 있는 자리는 실은 어느 다른 여자의 것이고 그분은 그것을 슬퍼하고 있다는 걸 깨달았어요. 그것을 더 일찍 깨닫지 못한 게 제 잘못이에요. 아니 적어도—저는 그걸 벌써 깨닫고 있었으니까요—그걸 알고도 목사님의 사랑을 받아 온 게 잘못이에요. 그러다가 갑자기 그 분의 얼굴이 내 눈앞에 나타났을 때, 그 처량하고 슬픔에 잠긴 얼굴을 대했을 때, 저는 그 슬픔을 제가 갖다 준 것이라는 생각이 들어 견딜 수가 없었어요. 하지만 목사님은 절대로 자신을 책망하지 마세요. 그냥 저를 떠나게 놓아 두시고, 그분에게 기쁨을 돌려 드리세요."

제르트뤼드는 내 이마를 어루만지던 손을 멈췄다. 나는 그녀의 손을 와락 움켜쥐고 눈물로 얼룩진 얼굴을 파묻으며 키스를 했다. 그러자 그녀는 견딜 수 없다는 듯 손을 빼냈다. 그리고 또 새로운 고민에 그녀는 흥분하기 시작했다.

"제가 목사님께 드리고 싶었던 말씀은 그게 아니었어요. 아니, 저는 그런 말씀을 드리려 한 게 아니에요."

그녀는 거듭 되뇌었다. 그녀의 이마엔 축축하게 땀이 배어 있었다. 그녀는 눈을 내리감았다. 마음을 가다듬으려는 듯, 아니면 애초의 눈이 멀었던 상태로 돌아가려는 듯 얼마 동안은 눈을 감고 있었다. 이윽고 그녀는 말을 이었다. 처음에는 기운 없고 쓸쓸한 목소리였다가, 이내 눈을 다시 뜸과 동시에 목소리가 높아져 마침내 생기에 찬 열띤 목소리로 변해 갔다.

"목사님께서 제게 시력을 되찾게 해주셨을 때, 제 눈앞엔 상상했던 이상으로 아름다운 세상이 펼쳐졌어요. 네, 정말이지 저는 태양이 그토록 밝고 공기가 그토록 빛나고 하늘이 그토록 넓으리라고는 상상도 못 했거든요. 그러나 반면에 인간의 얼굴이 그토록 수심에 가득 찬 것이라는 것도 상상을 못 했어요. 제가 퇴원하여 목사님 댁에 들어갔을 때, 맨 처음 눈에 띈 게 뭔지 아세요?……괴롭지만 말씀드리지 않을 수가 없군요. 제가 맨 처음 본 것은 우리의 잘못, 우리의 죄였어요. 아니, 부정하지 마세요. '너희가 만일 눈이 멀었더라면 죄가 없으련만……' 이라는 성경 말씀을 생각해 보세요. 하지만 저는 지금 눈이 보이는 걸요. 목사님, 일어나 제 곁에 앉으세요. 제 말을 가로막지 말고 들어 주세요. 병원에 있는 동안 제가 아직 몰랐던, 그리고 목사님이 단 한 번도 읽어 주시지 않았던 성경 구절을 읽었어요. 아니, 읽어 달랬어요. 온종일 속으로 거듭 되풀이하던 성 바울의 말씀 한 구절이 생각나는군요. '전에 법을 깨닫지 못할 때는 내가 살았더니 계명이 이르매 죄는 살아나고 나는 죽었노라.'"

그녀는 몹시 흥분하여 마지막 말을 거의 울부짖듯이 큰 소리로 말했으므로 나는 그 소리가 문 밖에까지 들리지 않을까 당황했다. 이윽고 그녀는 다시 눈을 감고 혼잣말같이 끝부분을 되뇌었다.

"죄는 살아나고……나는 죽었노라."

나는 그 어떤 공포로 가슴이 서늘해지고 몸에 소름이 돋았다. 나는 그녀의 생각을 다른 데로 돌려 보려고 이렇게 물었다.

"네게 그 구절을 읽어 준 사람이 누구냐?"

"자크예요." 그녀는 다시 눈을 뜨고 내 눈치를 살피며 말했다. "그이가 개종(改宗)하셨다는 걸 알고 계세요?"

나는 더 이상 들을 수가 없었다. 이제는 제발 그만두라고 하려 했으나, 그녀의 입에서는 벌써 다음 말이 흘러나왔다.

"목사님, 제가 드리는 말씀이 목사님을 괴롭게 한다는 건 알고 있어요. 하지만 우리 사이에 눈곱만큼이라도 거짓이 남아 있어서는 안 돼요. 제가 자크를 봤을 때, 첫눈에 제가 사랑하던 건 목사님이 아니고 그이였다는 걸 알았어요. 그이는 목사님과 어쩌면 그렇게도 닮았을까요? 아니 제가 상상하던 목사님 얼굴과 같았어요……. 아아! 목사님은 왜 제 곁에서 그이를 멀리 떼어 놓으셨죠? 그이하고 결혼할 수도 있었을 텐데……."

"하지만 제르트뤼드, 그거야 지금이라도 할 수 있지 않니?" 하고 나는 거의 미칠 것 같은 마음으로 외쳤다.

"그이는 출가하여 성직(聖職)에 들어간 걸요." 그녀의 어조는 격렬했다. 그리고 그녀는 온몸을 떨면서 흐느껴 울었다. "아, 저는 그이한테 제 마음을 털어놓고 싶어요……." 그녀는 넋 나간 듯이 중얼거렸다. "목사님은 아시겠지만, 저로선 이제 죽을 수밖에 없어요. 목이 타는군요. 누구 좀 불러 주세요. 숨이 막혀요. 저를 제발 혼자 있게 해주세요. 아아! 목사님께 이런 말씀을 드리면 속이 좀 후련해지리라고 생각했는데……돌아가 주세요. 이것으로 작별이에요. 더이상 목사님을 볼 수가 없어요."

나는 그녀를 혼자 두고 방을 나왔다. 그리고 루이즈 양을 불러 내 대신 간호를 부탁했다. 그녀의 지나친 흥분이 몹시 걱정이 되었으나 내가 곁에 있으면 그녀의 병세가 더 악화될 우려가 있을 것 같아서 나는 혹시 병세가 더 위급해지거든 알려 달라고 하고 돌아왔다.

5월 30일

아, 슬프다! 나는 그녀의 영원히 잠든 얼굴밖에는 다시 보지 못했다. 하룻밤 내내 헛소리를 하고 괴로움을 겪다가 해뜰 무렵 그녀는 그만 숨을 거두고 말았던 것이다. 제르트뤼드의 마지막 소원에 따라 루이즈 양이 친 전보를 받고 달려온 자크는 그녀가 숨을 거둔 지 몇 시간 뒤에야 도착했다. 그는 임종을 맞기 전에 신부를 불러오게 하지 않았다고 나를 호되게 질책했다. 하지만 제르트뤼드가 로잔의 병원에 있는 동안 물론 자크의 권유에 못 이겨 그렇게 했겠지만, 신교에서 가톨릭으로 개종한 사실을 전혀 몰랐던 나로서는 그럴 수밖에 없었던 것이다. 그는 이렇게 하여 자기와 제르트뤼드가 함께 가톨릭으로 개종한 사실을 나에게 알린 셈이다. 그리하여 그들 둘은 동시에 나를 버리고 떠났다. 그들은 이승에서 나로 인해 갈라졌었기 때문에 나에게서 도망쳐 하나님 앞에서나마 한 몸이 되기로 한 것 같다. 그러나 자크의 개종에는 사랑보다 이론이 더 크게 작용했으리라고 나는 믿고 있다.

"아버지, 저는 아버지를 비난할 자격이 없습니다. 다만 아버지의 그릇됨을 본보기로 저는 제 갈 길을 찾은 것입니다." 하고 그는 내게 차분히 말했다.

자크가 떠난 뒤, 나는 아멜리의 곁에 무릎을 꿇고 앉아 나를 위해 기도해 달라고 부탁했다. 나는 남의 도움이 필요했던 것이다. 아멜리는 다만 "하늘에 계신 우리 아버지……."의 주기도문만을, 그러나 그 구절과 구절 사이를 길게 끊어 그 침묵을 우리 두 사람의 간절한 소원으로 채우며 외웠다.

나는 울고 싶었다. 그러나 내 가슴은 사막처럼 메말라 한 방울의 눈물도 나오지 않음을 깨달았다.

앙드레 지드의 작품은 인간성의 자유를 찾아 방황한 작가의 순례의 도상에 세워진 도표라고 할 수 있기 때문에 고정된, 완성된 면모는 찾아볼 수 없다. 그러나 그것은 단순한 미완성이 아닌 시대와 더불어 고뇌하고 성장하는 발전 도상의 미완성인 것이다.

이러한 지드의 태도는 토마스 만의 말에 가장 잘 나타나 있다.

"지드는 소설 분야에서 지극히 대담한 실험자였다. 즉 자신이 옳다고 믿은 것을 과감하게 선언했던 순수한 모럴리스트였던 것이다. 소견이 짧은 도학자는 그를 비난하였지만 그는 정신적 호기심의 극점(極點)을 계속 간직해 나갔다.

이와 같은 고도의 호기심은 그를 회의주의에 빠지도록 만들었지만, 이 회의주의는 다시금 창조적으로 발전하게 되었으며 또한 괴테의 경우와 마찬가지로 끊임없는 충동과 탐구의 형태로 나타나고 있다.

영혼의 평온 무사나 도피는 그의 선택이 될 수 없었다. 불안, 창조적인 회의, 무한한 진리 탐구가 그의 본분이었던 것이다.

그리고 이 진리를 위해 영지(靈智)와 예술에 의한 모든 방법으로써 전진하려고 노력하였다.”

실상 20세기의 대작가들 중에서 지드만큼 다양한 평가를 받고 있는 사람도 드물다. 한편으로는 ‘현대의 양심’으로 존경을 받으면서도 다른 한편으로는 ‘위험한 배덕자’라고 공격을 받고 있는 실정이다.

그러나 그에 대한 올바른 평가가 정착되기까지에는 좀더 시간이 필요한 것 같다. 어쨌든 앙드레 지드가 인간성의 자유를 추구한 위대한 개인주의자이며 그가 남긴 발자취가 결코 작은 것이 아니었다는 것만은 확실하다.

《좁은 문》에 대하여

청교도적인 극기주의의 비극인 이 작품은 1909년 그가 고문격으로 잭 코포나 장 슐렝베르제 등과 함께 창간한 〈누벨 르브 프랑세즈〉(통칭 N.R.F)의 복간 제1호로부터 제3호에 걸쳐서 게재되어 호평을 받은 작품이다.

지드의 여러 작품들이 그의 실생활에서 영감을 얻어 씌어진 것처럼 《좁은 문》 역시 지드 자신의 실생활을 바탕으로 하여 씌어진 자기 고백적 작품이다. 특히 이 작품의 배경 및 줄거리의 설정은 지드의 실제 생활과 거의 비슷하여 이 이야기 속에서 독자들은 지드의 모습을 생생하게 그려볼 수 있다.

제롬과 그의 사촌누이인 알리사는 어렸을 때부터 온정을 느끼며 지내왔는데 그들이 점차 성장해 감에 따라 그들의 온정은 이제 이성간의 애틋한 사랑으로 바뀌어 간다. 제롬은 알리사에게 결혼을 요구하며 애원하지만 그녀는 자신의 신앙적 금욕주의로 말미암아 끝끝내 그 청혼을 거절하고 만다. 그들은 단지 편지 왕래를 하며 끊임없는 대화를 나누면서 서로의 사랑을 확인하지만, 알리사는 세상의 행복을 포기하고 오직 신앙에 정진하다가 결국엔 병들어 죽게 된다. 그녀가 제롬을 받아들이지 못한 데는 물론 그녀의 동생 쥘리에트가 제롬을 사랑하고 있다는 것을 알게 되었기 때문이기도 하지만 그보다 더 근본적인 원인은 바로 둘이서는 결코 함께 들어갈 수 없는 좁은 문을 홀로 걸어가야 했기 때문이다. 하지만 일기에서도 보이듯이 그녀의 정신적 고통은 매우 컸다. 자신 역시 제롬을 너무 사랑하고 있었기 때문이다. 그녀는 신앙과 사랑의 대립적 갈등을 결코 융합시킬 수가 없었다. 때문에 그녀는 신앙을 택했고 그와 더불어 제롬에게는 너무나 청순한 정신적 사랑을 바쳤던 것이다.

정신과 육체의 대립, 신앙과 사랑의 대립, 이것들은 항상 이원적이면서도 또한 결코 서로 분리될 수 없는 자체적 모순을 지니고 있다. 이 자체적 모순에서 지드는 독자들에게 하나의 의문을 제시하고 있는 것이다. 아무튼 《좁은 문》은 결코 지상에서는 이룰 수 없었던 두 남녀간의 청순하고 고결하며 애틋한 사랑을 다룬 매우 아름다운 사랑의 서사시라고 말할 수 있겠다.

《전원 교향곡에》 대하여

작가의 실제 인생에서 소재를 부여받아 씌어진 《전원 교향곡》은 1918년 2월에 착수되어 동년 10월에 완성되었으며 그 다음해인 1919년에 발표된 작품이다.

지드는 이미 1910년경에 《장님》이라는 표제를 머릿속에 떠올렸었지만 1918년이 되어서야 그 완성을 보게 되는데, 이 기간은 지드의 파란 만장한 생애 중에서도 신앙상의 갈등, 그리고 마르크 알레그레라는 미남 청년과의 만남이 불러일으킨 부부간의 위기를 맞아 가장 고뇌에 찼던 시기였다. 《전원 교향곡》은 작가가 이러한 위기의 상황을 모티브로 하여 실제의 자기 삶에서 이끌어내 형상화한 것이라고 말할 수 있다.

《전원 교향곡》에서 그의 신앙의 갈등은 목사인 아버지와 그 아들의 신앙적 대립에 의해 잘 묘사되고 있다. 즉 그것은 자유로운 사랑에 의한 종교와 율법에 의한 종교적 대립, 다시 말하면 프로테스탄티즘과 카톨리시즘의 대립이었던 것이다.

당시 지드는 몇 번이나 가톨릭으로 개심하려고 했지만 그때마다 '전에 법을 깨닫지 못할 때에는 내가 살았더니 계명이 이르매 죄는 살아나고 나는 죽었도다.(로마서 7:9)'라는 성 바울의 한 구절이 그의 입신(入信)을 방해하였다.

자유인 지드로서는 율법으로서의 종교를 도저히 용납할 수가 없었던 것이다. 은총 이전에 율법이 있었던 것을 인정한다면 그 율법 이전에 청정 무구한 상태가 있었다는 것을 어떻게 인정하지 않을 수 있을 것인가! 따라서 지드는 자유로운 사랑의 종교를 역설하게 되는데, 이러한 지드의 정신은 1916년부터 1919년에 걸쳐서 씌여진 일기의 단편 《너도 또……?》 속에 소상하게 적혀 있다.

마르크 알레그레와의 만남으로 인한 부부간의 위기는 한 눈 먼 소녀에 대한 애정으로 인한 부부간의 갈등으로 나타나고 있다.

마르크 알레그레는 지드의 별장이 있던 노르망디 지방 큐베르빌에서 가족 모두 친하게 지내던 에리 알레그레 목사의 넷째 아들인데, 지드는 이 재주 있는 미남 청년에게 이상한 집착을 보이며 그의 교육에 전심 전력을 기울이게 되었던 것이다. 지드는 일기 속에서 마르크 알레그레를 이런 식으로 묘사하고 있다.

이 소년은 놀랍도록 아름다운 때가 있었다. 마치 은총에 감싸여 있는 것 같았다. 시뇨레라면 '신들의 꽃가루'에 덮여 있다고 말했을 것이다. 그의 얼굴에서, 또 피부 전체에서, 황금빛의 광채가 발산되고 있었다. 그의 목, 가슴, 얼굴, 손, 즉 전신의 살갗은 어디나 똑같이 따뜻하고 금빛으로 반짝이고 있었다.……(중략)…… 그 눈빛의 나른함! 그것을 황홀하게 바라보면서 오랫동안 시간, 장소, 선악, 취미 따위를 잊고, 자기 자신을 잊고 있었다. 예술 작품 중에 이토록 아름다운 것을 표현한 작품이 있었을까 하고 의심하고 싶어질 정도였다.(같은 해 8월 21일의 일기)

이러한 문장에서 육감적인 표현을 제거한다면 그것은 그대로 작품 속 목사의 일기에 적힌 제르트뤼드의 모습이 된다.

이상에서 살펴보았던 두 가지의 동기는 그 주제와도 관련이 깊기 때문에 주제에 대해서는 대략 이해가 되었을 것이라고 생각되지만 당초에 예정되었던 《장님》이라는 제목은 주제에 있어서 매우 상징적인 의미를 부여하고 있다.

제르트뤼드는 장님이다. 목사는 양심이 명하는 대로 아내의 괴로움도 돌아보지 않고 이 소녀를 떠맡아 이 소녀의 정신적 개안을 위해 헌신적으로 노력한다. 그런 그 소녀에 대한 목사의 성직자로서의 사랑은 언제부터인가 여성에 대한 이성간의 사랑으로 변질되고 만다. 그러나 그는 그것을 확실히 깨닫지 못한다. 아니 깨닫기를 거부한다. 어떤 의미에서는 목사 또한 장님이었던 것이다. 그 소녀가 육체적 장님이라고 한다면 목사는 정신적인 장님이라고 할 수 있겠다. 장님이 장님을 인도한다면 어떻게 될 것인가? 결국 두 사람 모두 구렁텅이에 빠지게 될 것이다.

이 책의 첫 번째 노트는 장님이 장님을 구렁텅이 바로 앞까지 이끌고 가는 과정이며, 이에 대해 두 번째 노트는 무서운 속도로 잔혹한 각성의 과정을 기록하며 두 사람을 파국의 구렁텅이로 성급하게 이끌어 가는 과정이다. 결국 제르트뤼드는 자살을 기도하고, 스스로의 신앙의 좌절에 직면한 목사는 자기 마음속에서 불륜의 사랑의 흔적을 인정하지 않을 수 없게 되며, 아들과의 신앙적 갈등 또한 해결할 수 없게 된다.

그렇다면 그는 과연 가톨릭 신앙의 승리를 선언한 것인가? 그렇다면 어째서 자크의 손에 이끌려 가톨릭으로 개심한 제르트뤼드는 최대의 죄악인 자살을 기도한 것일까? 개심에 의한 죄의식의 각성이 없었다면 제르트뤼드는 오히려 죽지 않았을지도 모른다. 그렇다면 그녀를 인도한 자크의 손 또한 장님의 손이 아니었을까?

여전히 문제는 남는다. 우리가 작자로부터 최종적인 해답을 기대한다고 해도 결국 그것은 아무런 소용이 없을 것이다. 그 해답은 독자들 자신이 각기 내심의 독백 속에서 발견해야만 할 것이며, 독자의 마음속에 그러한 독백을 유발시키는 것이야말로 지드의 진정한 의도였을 것이기 때문이다.

1869년	11월 22일, 파리 메디시스 가 출생. 아버지는 남프랑스 위제스 태생의 파리대학 법과 교수이며, 프로테스탄트, 어머니는 노르망디의 독실한 가톨릭 집안인 롱도 가(家) 출신.
1877년	알자스 학교에 입학, 품행 불량으로 정학 3개월 후 복학했으나 홍역에 걸려 휴학.
1880년	10월 28일, 아버지 사망. 홀어머니 밑의 엄격한 종교적 분위기에서 자람. 몸이 약해 학교를 다시 휴학, 각지로 여행.
1884년	알자스 학교에 재입학했으나 얼마 후 학업을 중단, 독서에 열중하여 종교와 예술서적에서 다른 삶의 기쁨을 발견. 신앙과 미덕으로 사는 사촌누이 마들렌느를 사모함.
1888년	앙리 4세 학교에 입학, 스피노자, 데카르트, 니체를 읽고 특히 쇼펜하워를 애독, 이때부터 문학에 심취.
1891년	파리대학 철학과에 입학했으나 곧 퇴학, 2월 《앙드레 왈테르의 수기》를 익명으로 출판. 《나르시스론》 출판.
1893년	금지와 구속과 체면의 부르주아 모럴에서 탈출하기 위해 북아프리카로 여행 《율리앙 여행》, 《사랑의 시도》 출판.

1895년	1월, 알제리에 가서 와일드를 만남. 5월, 어머니 사망.
	10월 8일, 외사촌 누이 마들렌느와 결혼, 《팔뤼드》 출판.
1897년	《지상의 양식》을 출간하여 생명에 대해 강렬히 찬미함.
1902년	1월, 《배덕자》 출판, 비로소 본격적인 소설을 시도.
1908년	11월, 〈N.R.F〉 지 창간. 《좁은 문》 탈고.
1909년	〈N.R.F〉 지 제1호부터 《좁은 문》 연재. 《날짜 없는 일기》, 《국민주의와 문학》 발표.
1911년	《이자벨》 출간. 릴케의 《말테의 수기》 번역.
1913년	《교황청의 지하도》 탈고. 타고르의 《기탄잘리》 번역.
1914년	《교황청의 지하도》 출간. 제1차 세계대전이 일어나자 〈N.R.F〉 지 휴간.
1918년	아내 마들렌느와 불화, 6월 프랑스를 떠남.
1919년	6월 〈N.R.F〉 지 복간. 《전원 교향곡》 출판.
1920년	《코리동》, 《한 알의 밀알이 죽지 않는다면》 제1부 익명으로 출판. 이듬해 익명으로 제2부 출판.
1926년	5월, 콩고 여행에서 돌아옴. 그의 유일한 장편 소설 《사전꾼들》과 자서전 《한 알의 밀알이 죽지 않는다면》 출판.
1927년	《콩고 기행(紀行)》 출판, 식민지 정책을 규탄.

1932년   《괴테》,《모차르트》 발표.《지드 전집》 간행 시작.

1936년   소련 작가대회에 참석, 11월《소련 여행기》 출판.

1938년   겨울, 아프리카 여행. 4월, 부인 마들렌느 사망.

1939년   《지드의 일기(1889~1939)》 발표.

1940년   2차 대전 중 독일군에게 점령되자 프랑스 탈출, 알제리로 망명.
　　　　　　12월,《단상》 발표.

1944년   《지드의 일기(1939~1942)》 출판.

1945년   5월, 파리로 돌아옴.《푸생의 교훈》,《앙리 게옹》,《폴발 레리의 영광》
　　　　　　발표. 프랑크푸르트에서 괴테상 수상.

1947년   영국 옥스퍼드 대학에서 명예박사 학위 수여. 11월, 노벨문학상 수상.

1950년   《지드의 일기(1942~1949)》 출간.

1951년   2월 19일, 파리 바노가 자택에서 사망.

일신 베스트북스 20
좁은 문

저　자 : A. 지드
발행인 : 남용
발행처 : 일신서적출판사
주　소 : 서울시 마포구 신수동 177-3
전　화 : 703-3001~5
팩　스 : 703-3009
등　록 : 1969년 9월12일 제 10-70호

ISBN 978-89-366-0380-9
　　　978-89-366-0360-1(세트)

잘못 만들어진 책은 교환해 드립니다.